8월의 호텔

소문난 여자의 남자 이야기

엘리자베스·F·헤일리 지음

홍석연 옮김

문지사

✤ 차 례 ✤

●

홧김에 그 짓을

'스크류드.'

'꼭 조이다'라는 말은 저속한 내용이라고 질리언은 생각했다. 그러나 우연히 떠오른 낱말이었다.

'스크류드.'

한마디로 음란한 행위를 묘사한 말이다.

질리언은 두번 다시 그 단어에 대해서 생각하지 않기로 결심했다. 지금 그녀는 자동차를 몰고 최근에 이사한 집을 향해 조용히 달리고 있었다.

며칠 전 손질해 놓은 길 양옆의 잔디 위에는 누렇게 퇴색한 낙엽이 바람결 따라 이리저리 구르고 있었다. 아마 금년 최초의 낙엽일 것이다.

이윽고 그녀는 낮은 지붕, 풀장, 잘 다듬은 생나무 울타리로 장식된 집들이 늘어선 길을 따라 교외 주택가인 킹스 네크로 들어섰다.

'스크류드.'

이 말이 계속 질리언 브레이크를 괴롭혔다. 사실은 사소한 사건이 있었던 것이다. 그것은 10월 첫 금요일에 일어난 사건이었다.

그날은 유난히 좋은 날씨였다. 질리언은 에이스 하이 흥신소를 통해―옛부터 하던 방법이지만―남편인 윌리엄의 바람기를 알게 되었다.

매주 월요일부터 금요일 오후까지 남편 윌리엄은 퍼드 대학 출신인 필리스 사이스라는 22세의 여자가 세들어 사는 아파트에 있었다는 것을 알게 된 것이다. 더군다나 퍼드 대학은 질리언 자신이 졸업한 모교가 아닌가.

질리언이 675달러라는 조사료를 주고 알아낸 사실은 대략 다음과 같았다.

여성의 특징―실과 같이 가는 머리카락을 갖고 있음. 치열이 고르지 않음. 테가 굵은 안경을 씀. 유난히 풍만한 가슴을 지님.

남편 윌리엄(빌리)의 행적―오후 2시 45분에 사무실을 나옴. 택시로 23번가 7번지 북동쪽 길모퉁이에서 내린 다음 반 블록 정도 남쪽으로 걸어서 그곳에 있는 아파트 2층으로 올라감.

이 여자는 질리언(질리)이 남편 윌리엄과 함께 사회를 보는 라디오 쇼 프로인 '빌리와 질리 쇼'의 제작 조수로서 최근에 고용되었다.

질리언은 정지, 골목 주의, 어린이 주의, 일시 정지 등의 도로 표지를 곁눈으로 읽으면서 천천히 차를 몰았다. 떠 있는 듯한 지금의 기분은 처음 킹스 네크에 들렀을 때 느낀 그 감정과 똑같았다.

롱 아일랜드 만에 열쇠 모양으로 자리잡고 있는 킹스 네크에 신축한 집은 두 개의 욕실과 세 개의 침실, 그리고 두 대의 차를 입고시킬 수 있는 차고를 갖고 있었다. 맨해튼에서 41분 거리에 있으며 코네티컷의 해안선이 나뭇가지 사이로 9마일이나 한눈에 들어오는 한적한 곳이었다.

윌리엄과 질리언은 주일에 5회, '빌리와 질리 쇼'의 사회자로 출연하여 토론과 정보를 제공하면서 사랑에 대해 대담하는 등 뉴욕 소리의 연인으로 통하고 있었다.

아침 9시 5초, 아나운서의 프로 소개가 나온다.

"청취자 여러분, 위기에 처해 있는 결혼생활의 현실에 있어 솔직하고 명확한 관찰과 해답을 선사하는 '빌리와 질리 쇼'가 시작됩니다."

청취자 조사에서 뚜렷하게 나타난 일이지만, 이 쇼의 인기의 비결은 이 두 사람의 결혼이 이상적인 신체적·정신적 유대로 성립되어 있다는 것을 청취자들이 알고 있었기 때문이었다. 87퍼센트를 차지하는 여성 청취자는 그들을 결혼의 이상형으로 선망하고 있었다.

그러나 결국 빌리는 질리를 배신함으로써 80만 명이 넘는 청취자를 우롱한 셈이 되었다. 적어도 그 87퍼센트를 점하는 여성에 대한 모독이었다.

이렇게 생각하니 질리언은 심장이 터질 듯한 배신감을 느끼지 않을 수 없었다.

그러는 사이에 어느덧 차는 집안 차도로 들어섰다. 작은 조약돌이 깔린 사잇길, 1.5에어커의 대지, 튜더 왕조풍의 저택, 그리고 시원스러운 조망. 8만 5천 달러나 되는 주택이었다.

'남편 빌리의 배신을 어떻게 벌할까? 빌리의 아침 커피에 독약이라도 넣을까? 이혼소송을 제기하면 간단히 끝나겠지. 그렇게 하면 윌리엄이 상속 받은 상당액의 유산 중에서 정당한 위자료를 받을 수 있을 것 아닌가.'

하지만 그녀는 심사숙고 끝에 그런 값싼 행위는 포기하기로 했다.

어느 방법을 취하던 결국에 쇼는 중단될 위험성이 있기는 만찬가지였다. 이 쇼는 그녀 인생의 전부라고 할 수 있으니 그렇게 해서는 안될 것 같았다.

이윽고 차가 멎었다. 집 열쇠는 핸드백 안에 있을 것이다. 그러나 질리언 브레이크는 차 안에 한동안 그대로 앉아 있었다. 또 다른 복수의 방법이 생각났기 때문이다. 그것은 서로를 공평하게 할 수 있는 방법 같았다.

이윽고 차에서 나온 그녀는 현관을 향해 슬레이트 보도를 걸었다. 오후 3시. 남편 윌리엄이 지난 주처럼 행동 패턴을 취한다면, 지금쯤 사무실을 나와 필리스 사이스의 아파트로 가서 풍만한 앞가슴을 가진 22세의 흰쥐를 희롱하고 있을 것이다.

'팔삭둥이 빌리! 결함자! 그런데 왜 이렇게 격분을 해야 하지?

하지만 윌리엄은 나만을 우롱한 것이 아냐. 그는 라디오 쇼와 청취자 모두를 모독한 거나 다름없어.'

현재 진행 중인 쇼는 30년 전부터 고정 프로로 자리잡았지만, 진부한 진행으로 인해 위기를 맞게 되었다. 그때 이 프로에 생기를 불어넣은 것이 바로 질리언 브레이크였다.

또한 질리언의 생활을 윤택하게 한 것도 이 쇼 덕택이었다. 윌리엄과의 결혼생활이 이토록 오랫동안 유지될 수 있었던 것, 좀 더 과장해서 말하면 질리언의 인생을 구해 준 것도 이 쇼였다.

그러나 쇼의 성공은 그녀 한 사람의 공에 의한 것은 아니다. 질리언 자신도 그 사실을 잘 알고 있었다. 결국은 서로 합심하여 얻은 성공이었다.

그녀의 명석한 지능은 사회학자, 결혼 카운슬러, 신인 작가, 그밖의 수많은 연예인을 동원하여 이 쇼에 출연시킴으로써 크게 인정 받았다. 더욱이 출연자 중에는 창업 후 불과 얼마 안되는 윌리엄의 프로덕션 고객도 포함되어 있었다.

게다가 그녀의 남편 윌리엄은 테마의 명확함, 농밀함, 기획 총괄을 담당하였으며 풍부한 상식으로 교묘하게 쇼를 이끌어 나갔다. 그러므로 질리언도 자극 받고 해박하게 되어 어떤 분야의 사람을 만나도 척척 진행할만큼 명사회자로 변신하게끔 되었다.

이렇게 하여 단순한 라디오 쇼의 테두리를 벗어나 확고한 프로로 자리를 굳힐 수 있었다.

그로부터 8년 동안 매일 아침 전파를 타고 이상적인 부부상의 모델이 되었고, 전국 잡지 중 세 곳 — 한 잡지는 표지에까지 이 프로를 소개했다 — 에서는 두 사람의 전혀 공통점이 없는 각기 다른 독특한 개성이 세련된 조화를 이룬 모범 커플로 크게 격찬하기도 했다.

하지만 그들에게 결혼과 쇼는 기묘한 관계였다. 쇼를 시작할 무렵, 두 사람은 아직 신혼시절이었다. 그러나 쇼가 새로운 생명력을 얻어 그 활기를 더해 가는 반면, 그들의 결혼생활은 반비례로 점점 더 생기를 잃어갔다.

따라서 그녀는 쇼가 기생충처럼 자신들의 결혼생활로부터 생명의 정기를 빨아먹어간 것이 아닌가 하고 생각될 정도였다. 더군다나 쇼에 지장이 초래될 것이라 우려한 나머지 아기의 잉태도 단념했다. 물론 후에 윌리엄에게 결함이 있어 잉태하고 싶어도 불가능하다는 사실을 알긴 했지만.

게다가 지금은 22세의 퍼드 대학 출신 여자가 나타나 남편을 가로챈 것도 이 쇼 때문이었다.

따라서 현재의 감정으로 처리하자면 질리언이 택할 수 있는 길은 남편을 살해하거나 이혼을 하는 것이었으나 선불리 행동으로 취할 수 없었다. 왜냐하면 그녀 자신이 쇼를 포기하고 싶지 않았기 때문이었다.

그녀는 욕실 구석에 옷을 벗어 던지고 거울에 자신의 알몸을 비추어 보았다. 많은 남성들이 이 몸매를 탐욕스럽게 바라보는 이유를 그녀는 잘 알고 있었다. 라디오 프로의 출연자들이 나올 때마다 모두 그녀의 몸매를 훔쳐보고는 눈빛을 바꾸었던 것이다.

여름도 끝났다. 인도산 홍차처럼 적당히 그을은 피부가 그녀의 날씬한 몸매를 더욱 윤택하게 감싸고 있다. 앞가슴은 미련스러울 정도로 크지는 않았지만, 29세의 연령으로서는 알맞게 탐스러웠다. 게다가 날씬한 다리, 아름다운 곡선을 그리며 터질 듯이 팽팽하게 돌출한 히프…….

질리언은 거울 앞으로 바짝 다가서서 얼굴을 클로즈업시켜 보았다. 아직 여름 태양의 열기가 남아 있는 듯한 긴 머리카락이 부드럽게 어깨 위에 안개처럼 드리워져 있었다. 더욱이 약간 앞으로 내밀 듯한 붉은 입술은 곧게 뻗은 콧날을 한층 뚜렷하게 해주었다. 귀족적이면서 관능적인 얼굴 모습.

이윽고 욕실에서 나온 그녀는 곧장 홈 바로 걸어가서 마티니를 만들었다. 그리고 나서 거추장스러운 듯 잠자리 날개 같은 검은색 팬티마저 벗어 던지고 전라의 몸으로 의자에 앉았다. 차가운 가죽의 질감이 피부를 통해 몸 속으로 스며드는 것 같았다.

그녀의 매력의 가장 중요한 포인트는 보는 남자의 눈에 따라 변하는 카멜레온과 같은 반응력에 있었다. 창백한 피부의 연약한 여자, 글래머, 인텔리 여성, 색스 심벌, 귀족적이며 초연한 여자 등 질리언은 어느 타입의 여자로도 쉽게 변신할 수 있었다.

오랜 경험으로부터 질리언은 이 재능을 터득했는데, 어느 순간에도 남자가 요구하는 여자로 변신할 수 있는 것이 그녀의 장점이기도 했다.

게다가 그녀는 남자가 몽상하는 여자로 변신하면서도 질리언 브레이크라는 원형질을 버리지 않는 능숙함까지 지니고 있었다.

남편인 윌리엄은 이런 사실을 알고 있었으나 조금도 이해해 주지 않았다. 단순한 요부 정도로만 생각하고 있었다. 쇼 프로에 나온 남성 출연자가 질리언에게 논쟁을 벌이고 때로는 남성다움을 과시할 때 그와 상대하고 있는 그녀의 태도를 윌리엄은 '바람에 나부끼는 버들가지'라고 말하면서 만족해 하고 있었다.

　게다가 아내의 감정의 진폭은 모두 자기의 레이더에 잡힌다고 자만하고 있으나 거의 빗나갔다. 결국은 변화 과정을 오해하고 있었던 것이다. 그가 말하는 기계적 조작이 아니라 보다 세련된 감성이 작용하고 있다는 사실을 모른 탓이리라. 즉 이 변화는 그녀의 육체적 변용으로 일어나는 것이 아니라, 남자의 눈에 비치는 영상일 뿐이었다.

　'이것은 천부적인 재능이야. 철저하게 이용하자.'

　질리언은 이렇게 생각하면서 곧 잠에 떨어졌다. 깊고 괴로운 잠. 부정한 남편이 돌아온 8시경까지 질리언은 어수선한 꿈에 시달렸다.

　"여보, 8시가 훨씬 지났소."

　집에 들어오자마자 윌리엄이 큰소리로 말했다.

　"그래요! 당신은 날씨까지 보는군요."

　"무슨 말을 하려는 거요? 8시라고 하지 않았소."

　"8시가 어떻게 되었다는 거예요?"

　"정말 당신, 잊고 있는 거요? 파티라는 것이 8시 30분에 있지 않소? 제발 그런 눈으로 바라보지 마. 내가 꺼낸 말은 아니지 않소. 당신이 여름을 보내는 마지막 향연이라고 하지 않았소. 저 길 건너 옆집인 이탈리아에서 이민 온 사람을 잊었소? 생각 나지?"

　질리언도 그제야 겨우 깨달았다. 파티가 있는 날이었다.

　그녀는 일어섰다. 그리고 자기가 아직까지 벌거벗고 있다는 것을 깨달았다.

그녀는 윌리엄 옆을 지나면서 슬쩍 곁눈질로 보았다. 남편의 와이셔츠 칼라 위에 역력한 립스틱 자국이 있었다. 그 작은 붉은 반점에 그녀는 신경이 곤두섰다. 남편의 부주의인가, 아니면 심리학자 프로이트가 말한 죄의식의 반영인가.

'이 돼지!'

그녀는 비아냥거리고 싶었지만, 꾹 참고 말했다.

"무리하게 파티에 갈 필요는 없지 않아요? 집에서…… 맞아요, 이 집에서 세례를 해주면 어때요? 빌리, 우리들은 오랫동안 잠자리……."

"여보, 서둘지 않으면 늦겠소."

"당신을 위해 해드릴 만한 일이 없는지 모르겠어요?"

"있어. 어서 서둘러 옷을 입어요. 너무 요란한 옷은 피하는 것이 좋을 것 같소. 이런 일로 꾸물거리고 있다니. 더 이상 말썽일랑 일으키지 말아 줘요."

'이제부터 시작하는 거야.'

순간 질리언은 남성 유혹 계획을 실행에 옮기기로 결심했다. 그래서 그날 밤의 파티 드레스로 그녀는 에메랄드 그린색인, 앞가슴을 크게 높이고 등을 깊이 판 드레스를 택했다. 온몸이 공연히 떨렸다. 알 수 없는 기대와 예감 때문이리라.

마리오 벨러와 돈나 마리가 문 앞에서 손님을 바쁘게 맞았다. 이 파티에서 불유쾌했던 순간은 이때 뿐이었으리라.

마리오의 아내 돈나 마리는 뚱뚱한 몸매에 키가 작을 뿐 아니라 코 밑에 솜털까지 나 있는 여자였다. 그녀는 그 유명한 빌리와 질리를 손님으로 초대한 기쁨과 자랑으로 퍽 흥분하고 있는 듯했다.

이윽고 남편인 마리오는 초대에 응해준 것에 대해 감사의 인사를 하고는 명함을 윌리엄에게 주었다. 벨러 미어 올리브 제유회사와 포토 솔렌토 건설회사의 중역을 겸임하고 있는 직함을 양각으로 인쇄된 명함이었다.

"정말 훌륭합니다."

윌리엄은 겨우 이 정도의 인사말밖에 하지 못했다. 그래서 얼른 질리언이 덧붙였다.

"저희들 같은 사람을 초대해 주시어 진심으로 감사합니다."

이것으로 서먹서먹한 장면은 어느 정도 넘길 수 있었다.

파티석상에는 질리언의 기대에 어긋나지 않는 남자, 뚱뚱한 남자들, 마른 남자, 키 작은 남자, 키 큰 남자, 음울한 남자, 느긋한 남자 등 각양각색의 남자들이 준비된 셈이었다.

일이란 서두르지 않는 것이 최상의 계략이라고 생각한 질리언은 처음에는 얌전하게 윌리엄 옆에 서서 그의 부인으로서의 역할을 수행하는 데 노력했다.

그러자 윌리엄은 자신들이 이상적인 부부라는 것을 과시하기라도 하는 듯 어디에서나 그녀의 손을 지그시 잡아주거나 볼을 쓰다듬어 주는 등 다정스런 행동을 보였다.

그녀는 마치 자기가 전기 인형 같은 기분이 들었다. 그래서 그럴 때마다 윌리엄을 찬찬히 바라보았다.

윌리엄은 전형적인 미남 타입으로, 이 파티에서 단연 군계일학이라고 질리언도 생각했다.

그러나 중년에 접어든 지금의 그는 오히려 브룩크스 브러더스 양복점의 마네킹과 흡사했다. 그렇더라도 몸매는 뉴욕 체육관의 정회원답게 훤칠했다. 더욱이 프린스턴 대학 특유의 행동거지는 단연 눈에 띄었다.

그는 브레이크스 은행 일족의 자손답게 권력자에도 전혀 주눅이 들지 않고 평범하게 대하여 어느 모임에 나가더라도 존대 받는 인물이었다. 윤곽이 뚜렷하지 않은 턱이 흠이라면 흠이지만.

벌써 윌리엄의 주위에는 킹스 네크의 소수파, 이른바 지식인들이 모여들고 있었다. 유태교회의 목사 조수아 템벌, 변호사인 멜빈 코비 등이 그들이었다.

또 그들 주위로는 일단의 여자들이 둘러싸고 있었다. 그녀들은 유명인들의 보이지 않은 후광의 덕을 보려는 패거리였다.

그때 윌리엄의 말소리가 들렸다.

"저는 종종 이런 생각을 합니다. 만일 이러한 파티가 없다면 교회 그 자체가 우리들의 눈앞에서 분해될 것이라고 말입니다. 이런 파티는 단순한 사교의 장이 아니라, 심리학적으로 표현한다면 일종의 조우라고 할 수 있습니다. 집단 요구의 대행 구실을 하고 있다고 할 수 있겠죠. 모든 미국인이 매주 1회만이라도 교회 파티에 참가한다면 정신분석 따위는 당장에 시대 낙오적인 학문이 될 것입니다."

질리언은 어깨를 한번 으쓱하고는 차갑게 웃었다. 존대함과 정중함을 적절히 혼합한 그 말투에는 전율을 느끼게 하는 위선이 있다고 질리언은 생각했다. 꿈꾸듯 유창하게 말하는 저 말소리는 듣는 사람의 목을 풀솜으로 겹겹이 싸서 조이는 것과 같은 매력 적인 음성이었다.

따라서 그의 직업적인 음성과 놀랄만한 유창한 화술에 주눅이 들어 보다 훌륭한 인텔리들도 그만 입을 다물고 마는 것이 언제 나 그의 자만심이었다.

지금의 저 얘기도 결코 새로운 것이 아니다. 지난 화요일의 쇼 에서도 써먹은 것이다.

질리언은 살짝 그 일단의 사람들 속에서 빠져나왔다. 그 자리 에 곧바로 뚱뚱한 부인이 비집고 들어가 윌리엄을 뚫어지도록 바 라보기 시작했다.

질리언은 옆방에 있는 홈 바로 발길을 옮기면서 실내 장식을 둘러보았다.

잘못 휘두른 망치 자국이 뚜렷이 남아 있는 서까래, 솜을 가공 하여 만든 벽지를 바른 벽, 갓장식이 달린 램프, 이탈리아 산촌의 저녁놀을 그린 칙칙한 유화가 몇 점 보였다. 적색과 비단으로 구 석구석 메운 분위기가 오히려 역겨웠다. 조금 유치한 사치같이 보였다.

그녀는 그곳에서 굿맨 부부인 마빈과 헬렌을 만났다. 두 사람 은 전부터 말다툼을 하고 있었던 것 같았다. 남편인 마빈의 음성 이 높아지고, 그의 이마에는 몇 방울의 땀이 맺혀 있었다.

"아니 미코노스 씨의 부인은 일주일에 35달러로 생활하고 있 다는 거야. 식비와 자동차 유지비를 포함해서 말야."

아내인 헬렌은 이에는 대답하지 않고, 블라우스 위쪽 단추 두 개를 익숙한 솜씨로 조용히 풀었다.

그런데 바로 이때 기묘한 현상이 일어났다. 남편 마빈의 음성이 높아짐에 따라 헬렌의 가슴의 선이 더욱더 드러나는 것이었다. 그러자 마빈은 고개를 숙이고 음성을 낮추더니 드디어는 말다툼도 끝났다.

다음에 만난 사람은 이웃집에 사는 이어블러 부부인 모턴과 글로리아였다. 남편 모턴의 손톱끝에는 그린 빛 페인트와 그리스가 달라붙어 있어 하루의 노동이 몸에 배어 있는 듯한 느낌이 들었다. 이미 소파에 앉은 채 깊은 잠에 빠져 있는 모턴 옆에서는 그의 아내 글로리아가 몇 사람의 남자들을 앞에 놓고 일장 연설을 하고 있었다.

연설 내용은 시멘트벽에서 퇴색한 페인트를 긁어내는 법, 페인트솔을 깨끗이 씻는 법, 블랙 앤드 데커 사 제품인 드릴의 성능이 제일 우수하다는 것, 가을 파종 때까지 잔디를 손질하는 법 등등이었다. 그녀의 이 연설 옆에서 모턴은 코를 골며 하루의 피로를 풀고 있었다.

질리언이 뒤돌아보니 호모인 마틴과 행크가 얘기에 열중하고 있었다. 마틴이 입을 열었다.

"빠른 시일 안에 드라이브에 나서지 않으면 안 되겠어. 메인 주의 나뭇잎이 벌써 단풍으로 물들어 가고 있다는 거야. 그렇다면 아마 며칠 지나면 곱게 물든 단풍이 낙엽으로 변해 떨어지기 시작할 거야."

"맞아. 2,3주 안에 그렇게 되겠지."

행크가 대답했다.

이때 질리언은 마디건 부부인 퍼디와 아그네스를 소개 받았다.

"퍼디 마디긴 씨예요? 유명한 권투 선수였던?"

질리언이 물었다.

"예, 그렇습니다, 부인."

아내인 아그네스가 자못 자랑스럽게 대답하고는 말을 이었다.

"세계 라이트 헤비급 챔피언에 도전한 최강의 복서라고들 말해요."

질리언은 퍼디를 보고, 늠름하고 우람한 체격을 극구 찬양해 주었으나 아무 반응도 보이지 않았다. 그 대신 아그네스가 끼어들었다.

"부인, 너무 과찬의 말씀이시군요. 그렇지만 지금도 아침의 트레이닝을 하루도 거르지 않고 하고 있어요. 여름이나 겨울이나 한결같아요."

질리언은 은퇴한 후 무엇을 하고 있느냐고 다시 한번 퍼디에게 물었으나, 이번에도 대답한 사람은 역시 아그네스였다.

"아직은 집안일이나 하며 그럭저럭 지내고 있어요."

그때 이 자리를 마련한 마리오 벨러가 의자 위에 서서 큰소리로 외쳤다.

"여러분, 잠시 조용히 하시고 제게 주목해 주십시오. 오늘 파티를 위해서 여러분이 깜짝 놀라실 정도의 여흥을 마련했습니다. 킹스 네크의 여러분들의 기분을 돋우기 위해 친구인 조니 알롱거 군을 설득하여 이곳에 참석케 했습니다. 그의 히트 록을 두서너 곡 듣도록 하겠습니다."

질리언은 순간 놀랐다. 조니 알롱거라면 마피아가 스폰서로 있다고 소문이 자자한, 요즘 선풍적인 인기를 얻고 있는 신인 가수였기 때문이다.

데뷔곡 '죽도록 사랑하리'는 1년 이상 베스트 텐에 랭크되어 있으니 두 번째 곡이 아직 나오지 않고 있는 상태였다. 어쨌든 그의 인기 비결은 라이벌인 제리 베일에 비해 그 음성이 너무 달콤하기 때문이라는 것이었다.

이윽고 전등이 하나만 남고 전부 꺼지자, 침실에서 턱시도를 입은 두 남자가 나타났다. 곧 흑인이 피아노에 앉아 익숙한 솜씨로 조니 알롱거의 히트곡 전주를 연주하기 시작했다. 조니가 이어 노래를 불렀다.

그대는 나의 꿈속의 애인
입술을 스치는 그대의 환상
키스만을 남기고 사라져가는 그대의 사랑
그대는 떠나갔다. 내 곁에서
아아, 죽도록 사랑하리라.
이 사랑은 우리들의 영원한 것.

어두운 방안에서 질리언은 마른 목을 축이지 못하여 애만 태우고 있었다.

그때 갑자기 마리오 벨러의 몸이 불쑥 다가서며 그녀의 팔을 조용히 흔들었다.

"어떻습니까?"

"아주 좋아요. 조니 알롱거가 이곳에 오리라고는 생각지도 못했어요."

"그는 제게 소속되어 있습니다."

"그래요?"

"50퍼센트만이지요. 그런데 저 노래를 제가 어떻게 생각하는지 아십니까?"

"어떻게 생각하다니요?"

"구역질이 나며 속이 메스껍도록 싫어진답니다."

"그러세요."

질리언은 조용히 고개만 끄덕였지만, 그의 마음속에 음흉한 생각이 있을 거라는 생각이 언뜻 머리를 스쳤다.

마리오 벨러에게는 그의 살갗을 한꺼풀 벗기면 전혀 딴 사람으로 변할 것 같은 비현실적인 매력이 있었다. 최고의 신사복과 값비싼 오데 콜론 향수 냄새에서 위험이 솟아오를 것같이 느껴지는 그런 사람이었다. 극단적으로 표현하면 브룩크스 브러더스의 신사복을 고릴라가 입고 있는 셈이었다.

이윽고 노래가 끝났다. 질리언은 조니의 다음 곡 '내 연인이 되어주오'가 시작되기 전에 옆방으로 사라졌다.

홈 바가 있는 그 안식처는 한산했다. 모든 손님들이 조니의 노래를 듣고 있기 때문이었다.

프랜호프 부부인 아더와 레이너만이 그곳에 있었다. 아직 앳띤 얼굴의 아더의 머리는 밥 딜런 스타일이었다.

그는 금단추가 달린 더블의 블레이저만을 입고 있었고, 한구석 의자에 앉아 있는 레이너는 얼빠진 눈으로 새하얀 벽을 응시하고 있었다.

"저 사람에게는 신경을 쓰지 마십시오. 지금 꿈속을 헤매고 있으니까요."

아더가 말했다.

"LSD?"

질리언이 물었다.

"그런 것같습니다. 오늘밤은 새로운 게임을 하기로 되어 있습니다. 레이너는 마약을 먹고 그 게임을 망치는 역할을 맡게 되어 있죠."

"게임이라니요?"

질리언이 다시 물었다.

"타임머신입니다. 이곳에서 당장 17세기로 되돌아가서 고양이가 그 당시에는 어떻게 하고 있는가를 조사하지요. 그것을 그녀가 엉망으로 만드는 겁니다."

"그러면 전부 17세기에 살고 있어요?"

"그렇습니다. 그런데 당신은 좀 다르군요. 헤이 유 그룹?"

"영어인가요?"

"그러면 아무것도 모르고 계시는군요."

아더 프랜호프는 이 말을 남겨놓고는 초점 잃은 눈을 뜨고 있는 레이너를 데리고 방을 나갔다.

잠시 후 그들은 조용한 교외의 밤에 모터바이크의 폭음소리를 요란하게 울리고는 이곳을 떠났다.

"미친놈들!"

바에서 소리가 들렸다. 바텐더를 보고 있던 아니 미코노스였다.

그는 젊은날의 경험이 인정되어 킹스 네크에서 파티가 있으면

으레 바텐더를 맡고 있는 사람이었다. 그로서는 아내인 레이번에게서 떨어질 수 있는 절호의 기회이기도 했다.

"이곳에 계셨군요."

질리언이 말했다.

"저 녀석들! 방금 나간 그 사람들 얘기입니다. 그런데 무엇을 드시겠습니까?"

아니가 그녀를 바라보며 물었다.

"마티니를 좀 강하게요."

"모두가 내장을 혹사하는군요."

"저도 오늘은 곤드레만드레가 되도록 취하고 싶어요."

아니 미코노스의 이 위협적인 분위기는 저 눈에서 나오는 것일까. 아니의 눈은 질리언을 정면에서 지켜보다가 다음에는 머리에서 발끝까지 훑듯이 훑어보았다. 그보다는 그의 손목을 텁수룩하게 덮고 있는 털 때문일까.

그것은 털이라기보다는 모피같았고, 인간의 손이라기보다는 동물의 수족 같았다. 넥타이를 느슨하게 늘어뜨리고는 단추를 두 개나 푼 셔츠를 통해 텁수룩한 가슴의 털이 엿보였다.

"부인은 어디에 계세요?"

질리언이 물었다.

"좀전에 보니 당신 남편 곁에 있더군요. 별로 놀랄 일이 아니지요. 그런데 그 마티니의 맛은 어떻습니까?"

"아주 훌륭해요."

이렇게 말하고 질리언은 또 한 모금을 마셨다.

주위에는 아무도 없었다. 잠시 동안 두 사람은 묵묵히 그대로

서 있었다.

순간 묘한 침묵이 흘렀다.

'침묵을 깨뜨릴 적당한 말이 없을까?'

하지만 질리언은 굳이 말할 얘기가 없다는 것을 너무나 잘 알고 있었다.

질리언은 29년 동안이나 이 지구에 살고 있으면서 일찍이 아니 같은 종류의 남자와 얘기한 일이 없었던 것이다. 그러나 드디어 침묵을 깨고 너무나 당연한 질문을 한 사람은 아니 미코노스였다.

"도대체 당신은 여기서 무엇을 하고 계십니까? 당신 같은 미인이 저 같은 추남과 시간을 낭비하다니, 그 까닭을 모르겠습니다."

"아마 당신의 마티니 때문인지도 몰라요."

"그럴 듯하군요. 사실 저는 리처드 버튼 같은 남자다운 남자이기도 하니까요."

아니가 어깨를 한번 으쓱했다.

"그것은 상상에 맡기겠어요."

"맞습니다. 저는 당신이 이곳에 있는 이유를 상상하고 있었습니다. 제게서 무엇을 기대하고 있는 것은 아닌가 하구요."

"당신에게 무엇을 바라겠어요?"

"밖에 나가 찬바람을 쏘이면 그것을 알 수 있을지도 모르지 않겠습니까?"

"글쎄요."

"시원한 바람이라도 쏘일까요?"

"좋아요."

그녀의 음성은 메가폰으로 말하고 있는 듯 부자연스러웠다. 아니 미코노스는 한마디도 하지 않았다. 손을 씻고 앞치마를 벗자, 그는 유리문을 열고 정원으로 나갔다. 그가 취하고자 하는 목적을 질리언은 역력히 알 수 있었다.

그러나 질리언은 묵묵히 정원의 외등 불빛이 미치지 못하는 으슥한 곳까지 그를 따라 걸어갔다. 마치 밀려가는 듯한 묘한 감각이었다.

순간 그녀는 자신은 이 무언극의 출연자는 아니라는 기분 나쁜 의식이 꿈틀거렸다. 틀림없이 환상의 드라마와 같은 방관자, 어리석은 자, 극장의 관객일 따름이리라.

그러므로 질리언은 저항하지 않았다. 아니 미코노스라는 잘 알지도 못하는 남자가 덮쳐왔을 때도 방관자와 같은 의식은 사라지지 않았다. 자기 자신이 아닌 것 같은 이상한 무감각에 사로잡혀 있었던 것이다.

순간 거실 창 너머로 노래를 부르고 있는 조니 알롱거의 실루엣이 어른거렸다. 그리고 아직 한낮의 온기를 간직하고 있는 잔디의 부드러운 촉감이 등을 통해 느껴졌다.

그때 아니 미코노스의 입술이 그녀의 뽀얀 목덜미를 기습적으로 덮쳤다. 그리고 다음 순간에는 그녀의 입술을 덮쳤다. 게다가 등으로 돌아간 그 동물의 수족 같은 손이 깊이 패인 드레스 속을 더듬더니 그녀의 왼쪽 젖가슴을 능숙한 솜씨로 잡았다.

그래도 질리언은 움직이지 않았다. 그의 두꺼운 입술에 짓눌린 입이 답답할 뿐이었다. 그는 손을 다시 그녀의 오른쪽 젖가슴으로 이동시키면서 전신을 눌러왔다. 그의 이빨이 입술을 지그시 물었다.

또 그의 두 손이 어느 틈엔가 그녀의 젖가슴을 애무하기 시작했다. 그리고 그녀 자신을 상징하는 그 숲속으로 맹렬히 파고드는 그 뜨거운 용기, 공포, 고통, 그리고 몸을 빼내고 싶은 강렬한 충동과 그녀는 필사적으로 싸웠다.

그러나 이윽고 난생 처음으로 알게 된 무서운 감정이 솟아올랐다. 편안히 그를 받아들이고 싶은 마음이 싹튼 것이다.

곧이어 아니 미코노스의 움직임에 맞추어 질리언의 몸이 물결치기 시작했다. 그녀의 손이 그를 강하게 껴안았다. 목구멍 속 깊은 곳에서 낮은 신음소리가 뜨겁게 새어나오는 것을 질리언은 아득히 깨닫고 있었다.

끝났다. 아니 미코노스. 잘 알지도 못하는 낯선 남자임에 틀림없었다. 드디어 그녀의 싸움은 시작된 것이다.

'빌리와 질리 쇼'에서(10월 3일 방송)

빌리 "오늘의 드라이브는 아주 즐거웠소."

질리 "정말이에요. 역시 10월은 최고의 계절이에요. 교외에서는 이것을 더욱 절감해요."

빌리 "황금의 가을이기 때문에 그런 게 아니겠소."

질리 "그 맑은 공기……."

빌리 "낙엽."

질리 "호박 수확."

빌리 "사과 주스."

질리 "만개한 국회."

빌리 "토요일 오후엔 텔레비전 앞에 앉아서……."

질리 "무엇이라구요?"

빌리 "토요일 오후엔 텔레비전 앞이라면 누구나 알 수 있지 않겠소?"

질리 "오늘은 어쩐지 머리 회전이 둔한 것 같아요."

빌리 "이상하군요. 미식 축구가 있지 않소? 매주 토요일엔 말이오."

질리 "정말 그렇군요. 오늘 이러다가는 청취자 여러분께 망신을 당할 것 같아요. 그렇더라도 숫자뿐인 게임 아니겠어요. 저는 오히려 아나운서의 음성이 더 매력적이에요. '달리기 시작했습니다. 마치 탄환같습니다. 골문까지 20야드. 엔드존이 목전에 보입니다. 드디어 터치다운!' 그러나 역시 시시해요."

빌리 "터치다운."

질리 "다시 한번 말해 봐요."

빌리 "터치다운이라고 했소, 터치아웃이 아니고."

질리 "맞아요. 어쩐지 터치다운과 관계가 있는 것 같아요."

빌리 "맥주, 컬러 텔레비전, 육군 팀과 노틀담 대학 팀의 시합, 바로 내일이라는 것을 잊지 말아요. 이것이 생활이라는 거요."

질리 "시시해요. 토요일 오후를 그런 일로 보내다니!"

빌리 "도대체 스포츠의 어떤 점이 그렇게도 마땅치 않소?"

질리 "스포츠란 자기가 직접 참가해야만 신나는 것이라 생각해요. 헐렁한 실내복을 입고 온종일 텔레비전 앞에서 뒹굴다니, 어리석어요."

빌리 "열심히 일하는 남자에게는 얼마간 휴식할 권리가 있는 거요."

질리 "물론 옳아요. 그러나 주부의 입장에서는 남편이 텔레비전을 즐기는 동안은 가장을 잃고 있는 거예요."

빌리 "어떻든 미식 축구 시간만은 방해를 하지 않았으면 좋겠소."

질리 "정말 못 참겠군요."

빌리 "여자란 역시 남자의 감정을 모르는군요."

질리 "어쨌든 저는 남자의 일을 방해하겠어요. 그것이 아마 더 멋있는 게임이 될 거예요."

두 번째 이야기

●

보복

"자네, 양피주머니 놀이는 중단하는 것이 좋을 것 같아."

지금 텔레비전에서는 지난날 이름을 날렸던 미식 축구 선수가 신인 선수에게 충고하고 있다.

아니 미코노스는 의자 등받이에 몸을 기대면서 투박한 손으로 이마를 지그시 눌렀다. 아직도 술이 덜 깬 것 같았다. 관자놀이 근처가 기분 나쁘게 지끈거렸고, 눈은 아직 거슴츠레했다.

그러나 이 정도만으로도 다행이었다. 파티에서는 언제나 두주 불사로 퍼마시어 몸을 가누지 못하곤 했다.

하지만 어젯밤에는 그 일이 있었으므로 그렇게 과하게 마시지는 않았다. 그녀가 일을 끝내고 드레스를 입고 있던 모습을 그는 지금 생각하고 있었다.

아니는 다시 한번 텔레비전에 눈을 돌리며 차디찬 맥주캔을 이마에 갖다댔다. 지난날 이름을 날렸던 선수가 시합 전의 쇼에서 스톱모션을 해보이며, 가드가 하프백을 블록하는 방법을 실연해 보이고 있었다.

"위대한 선수의 명 플레이를 또 한 가지 보여드리겠습니다. 패디가 얼마나 훌륭한 선수였던가는 이것만 보아도 알 수 있을 것입니다."

이어 이름을 날렸던 선수의 고함이 들려왔다.

아니는 방안을 둘러보았다. 벽에는 고등학교 시절 미식 축구 선수로 활약했을 때의 그의 늠름한 사진과 해병대 제복을 입은 7인의 사진이 걸려 있었다.

잠시 그는 그것을 바라보았다.

'강철 같은 사나이, 아니 미코노스.'

이것이 그 옛날 그의 별명이었다.

그러나 지금도 여전히 옛날 그대로의 미코노스였다. 41세에 접어든 지금, 그의 머리카락은 빛을 잃었고 허리에는 군살이 붙었으나 지금도 역시 '철의 사나이'임에는 틀림이 없었다. 그러므로 곁에는 언제나 바벨과 연습대를 준비해 두고 매일 아침 30분씩 운동을 게을리하지 않았다.

그러나 그날은 여느 때와 달랐다. 폭신한 소파에 발을 뻗고 편안하게 드러눕고 싶었다. 텔레비전에서는 시합 전의 쇼가 거의 끝나가고 있었다.

'저 신인은 틀림없이 패디의 말대로 미식 축구를 중단하겠지.'

토요일의 미식 축구는 아니에게는 단순히 휴식을 위한 오락이 아니었다. 오히려 그는 이것을 위해 있는 그런 사람이었다.

더욱이 그날은 신나는 날이었다. 아내인 레이번이 아이들을 데리고 시내 아파트에 살고 있는 그녀의 어머니를 방문하기 위해 집을 비웠다.

그러므로 시원한 캔맥주를 홀짝거리며 혼자서 조용히 자기 멋대로 시간을 보낼 수 있는 여유를 즐기고 있는 중이었다. 잔디, 낙엽, 아이들의 소란 등의 어수선한 일로 골치를 썩힐 필요가 없었다.

아니는 어제 저녁에 있었던 여자와의 관계도 잊어버리고 다시 텔레비전에 신경을 집중시켰다.

그때 전화벨이 울렸다. 그는 신호음이 두 번 이상 울리는 것을 참지 못했다.

"여보시오, 아니요."

그는 상대방이 우선 날씨 얘기를 꺼낸 다음 자기 인사를 하리라 생각하고 기다렸다.

"저, 질리언이에요. 기억나요?"

"글쎄요…… 누구시더라."

"제가 생각한 것보다 훨씬 더 취하셨었군요. 그런 일이 있을 수 있어요? 어젯밤의 파티 기억해요? 당신, 맥주를 마시고 싶다고 했지요, 내…… 브래지어에서."

아니는 그제서야 생각이 났다. 그 드레스의 여자였다. 질리언이란 이름이었는지는 확실히 기억나지 않았다. 흐릿한 기억 속에 플라자 웨스트에서 또 한 명의 여자와 함께 그녀를 본 기억이 어슴푸레 생각났다.

순간 그는 그녀의 나긋하게 물결치던 허리를 또 한번 어루만져 보고 싶었다.

'그렇군. 그 파티의 여자가 질리언이었군.'

그는 이런 생각을 하면서 한입 가득 넣었던 건포도를 뱉으며 호기심 넘친 음성으로 대답했다.

"아, 생각나는군요. 그런데 웬일입니까?"

"저, 당신의 커프스 버튼을 가지고 있어요. 한쪽 것만이에요. 바깥에서 떨어뜨렸어요."

"커프스 버튼?"

"정원에서 있었던 일을 잊었나요? 당신은 계속 지껄였어요. 제게 제법 익살을 떨더군요."

"그 일로 바깥주인께서 화라도 내셨다면, 제 대신 사과를 해주세요. 미친놈만큼이나 취했었다구요."

"그게 아니예요."

질리언은 남편 윌리엄을 힐끗 쳐다보았다. 그는 책을 읽고 있었다.

"저는 다만, 이것을 돌려드리고 싶을 뿐이에요. 특별한 물건같이 생각되었거든요. 모르긴 해도 당신의 특별한 여인이 선물한 것이 아닌가 해서요."

'이 여자, 정말 맹랑하군. 빨리 끊어주면 좋으련만. 노틀담 대학 팀이 육군 팀의 14야드 라인을 향해 공격하는 중인데, 멋진 장면을 놓쳤군.'

그는 이런 생각을 하면서 말했다.

"사실을 말하면 함스테드에서 죽은 흑인의 옷에서 슬쩍한 것입니다."

"아주 근사한 솜씨군요."

질리언은 잠시 머뭇머뭇하다가 용기를 내어 말을 이었다.

"언제 돌려드릴까요? 당신이 가장 편리한 시간은 언제예요?"

"그렇다면 지금이 좋겠군요."

질리언은 전화를 끊고 윌리엄을 슬쩍 바라보았다. 윌리엄은 책에 정신을 잃고 있었다.

질리언은 권태로운 듯한 표정을 지으며 한껏 기지개를 켜고 2층으로 올라갔다.

'오늘은 핑크색 슬랙스에 주름잡은 스포츠웨어를 입도록 하자. 머리 스타일은 이 정도면 되고.'

밖으로 나가는 아내를 윌리엄은 힐끗 쳐다보았으나 아무 말이 없었다.

그 동안 아니 미코노스는 끊어진 수화기를 물끄러미 바라보고 있었다. 덕분에 노틀담 대학 팀이 선취점을 올린 것을 보지 못했다.

"저처럼 동정심 많은 여자에게 시원한 음료라도 대접하면 안 되나요?"

질리언이 말했다.

"저쪽에 있을 거요."

다른 때라면 핑크색 슬랙스 따위에 마음이 현혹될 아니가 아니였지만, 그날은 뭔가 사정이 달랐다.

그의 집 홈 바는 미국 식민지 시대풍으로 꾸며져 있었다. 레이번은 이런 꾸밈을 좋아했으나 아니는 마음에 들지 않았다. 이 세상에서 가장 보기 흉한 것들 중에 하나라고 생각했다. 도대체 미국 식민지 시대에 집안에 바가 있었다는 말을 들은 일조차 없었기 때문이다.

아니는 그 당시의 화승총이라도 있으면 마구 갈겨대고 싶을 정도였다. 냉장고에까지 황금의 독수리 마크를 붙여놓았으니 아내이긴 하지만 너무도 남편의 마음을 몰라주었다.

"마시고 싶으면 이 바에서 적당히 골라요."

아니는 눈에 다시 그 나긋한 허리의 율동이 들어오는 것을 느끼면서 말을 이었다.

"당신도 미식 축구를 좋아한다면 더 좋겠군요."

"그렇지만 권투 선수는 좋아해요."

이렇게 말하면서도 그녀의 마음속에서는 그런 야만인들의 싸움 같은 것 하며 혀를 찼다.

"올리브와 오니온 중 어느 것을 넣을까요?"

이윽고 아니가 물었다.

"언제나 두 가지 다 넣지만, 오늘은 올리브만으로 할래요."

아니가 셰이커를 흔들고 있을 때, 하베이 존스가 노틀담 대학 팀 골문 깊숙이 패스를 차 넣었다. 순간 아니는 흥분한 나머지 글라스를 엎질렀다.

질리언은 엎지른 글라스를 받으면서 푹신한 쿠션이 있는 의자에 두 다리를 모아 책상다리를 하고 앉았다. 육군 팀이 공을 차면 아니는 의자를 주먹으로 힘껏 두드리며 흥분했다.

아내인 레이번은 그가 빅 게임을 보고 있으면 결코 방안에 들어오지 않았다. 그런데 어찌된 일인지 그날은 도무지 미식 축구 게임에 열중할 수가 없었다.

'아직도 숙취 때문일까?'

아니는 바람에 나부끼는 깃발처럼 마음이 안정되지 않았다.

그때 그는 질리언의 타는 듯한 시선을 느꼈다.

'이 여자는 무엇 때문에 이곳에 왔을까?'

광고 방송이 시작했을 때 그는 힐끗 그녀를 곁눈으로 보았으나, 다시 두통이 시작되었다.

"아이구, 머리야!"

그는 머리를 움켜쥐고 소리를 질렀다.

그러자 질리언이 얼음 그릇에서 얼음조각을 가져와 아니의 이마에 갖다댔다. 순간 아니는 자신도 모르게 숨이 가빠지는 것을 느꼈다.

얼음은 질리언의 손에서 서서히 녹으면서 그 물방울이 아니의 눈 위로 흘러내렸다.

순간 아니는 두 눈에 열기가 가득 차면서 본능이 꿈틀거리기 시작했다.

그때 육군 팀이 돌진했다. 아니도 그와 함께 돌진했다. 그의 눈은 텔레비전과 질리언 사이를 분주하게 오갔다.

순간 질리언은 얼룩 투성이의 누더기 같은 티셔츠를 입고 있는 이 야수를 부추긴 것은 순전히 자기 쪽같다고 생각했다. 그렇더라도 일은 생각대로 진행되는 듯했다.

그의 오른팔 손목 언저리에는 해병대의 문신이 새겨져 있었다.

'나는 도대체 무엇을 기대하고 있지?'

하지만 아니는 이미 말할 여유를 잃었다. 그는 다짜고짜 투박한 손을 뻗어 질리언을 덥석 잡고는 가볍게 자기의 넓적한 무릎 위에 눕히고 미친 듯이 그녀의 목에 자신의 뜨거운 입김을 쏟았다.

"허리가 아파요. 좀……."

"말이 많군요."

"자, 여러분……."

텔레비전에서 아나운서의 말이 계속 흘러나왔다.

"여러분들이 쿼터백이라면 어떻게 하시겠습니까? 저곳에서 저렇게 서성거리겠습니까, 아니면 돌진하겠습니까?"

질리언이 저항하기 시작했으나 헛일이었다. 헛된 발버둥이었다. 그녀의 날카로운 손톱이 그의 등을 파고들었다.

하지만 그는 아랑곳하지 않았다. 아마 그것을 깨달았으면 더욱 흥분하여 그녀를 다그쳤을 것이다.

그러나 그녀의 반항도 순간일 뿐 온몸이 나른해지기 시작했다. 서로의 입술이 맞부딪히며 혀가 단맛을 깨닫자, 질리언도 저항을 중단하고 아니의 동작에 맞추기 시작했다.

"드디어 터치다운을 성공시켰습니다."

그녀는 텔레비전의 요란한 소리가 꿈속에서 들려오는 듯했다.

"팬 여러분! 이제 전반이 끝났습니다."

순간 입추의 여지없이 빽빽이 들어선 관중들이 환호성을 내 질렀다.

그러나 이즈음 킹스 네크의 버너클 드라이브에 있는 아니의 집은 쥐죽은 듯 고요했다.

질리언은 몸을 일으키고는 아니를 내려다보면서 남자의 그것을 살짝 움켜잡았다. 그러나 꼼짝도 하지 않았다. 그래도 상관없다고 질리언은 생각했다. 불과 1분 사이에 만사는 끝났다. 언제 태풍이 불었느냐는 듯 방안은 조용했다.

아니는 그녀의 존재를 무시하고 다시 텔레비전으로 얼굴을 돌렸다. 육군 팀의 킥오프였다.

꾸벅꾸벅 졸고 있던 아니의 귀에 레이번의 음성이 아래층에서 들려왔다.

"아직 안 끝났어요?"

그는 눈을 비볐다. 벌써 월터 클로카이트의 뉴스 해설 시간이었다. 숙취도 사라졌다. 그리고 질리언도 떠나고 없었다.

온 집안을 떠들썩하게 뛰어다니는 아이들의 떠드는 소리가 귀청을 울리고, 접시 닦는 기계의 진동소리가 다시 정신을 혼란스럽게 했다.

"이 기계도 이제는 못 쓰겠어요."

레이번의 짜증 섞인 음성이 들려왔다.

아니는 아래층으로 내려갔다.

"시합은 연장전으로 들어갔나요, 여보?"

레이번이 물었다. 그녀는 야구 시즌이 벌써 오래전에 끝난 사실도 모르고 있었다.

아니는 대답하기조차 싫었다. 설명해 준다 해도 무슨 뾰족한 수가 생기는 것도 아니었다.

다시 그는 어슬렁거리며 2층으로 올라와서야 비로소 제정신으로 돌아왔다.

'질리언은 어떻게 되었을까?'

방바닥에는 그의 티셔츠가 아무렇게나 내던져져 있었다. 빈 칵테일 글라스만이 손님이 다녀갔다는 사실을 보여주고 있었다. 그는 그것을 책상 서랍에 처넣고 욕실로 들어갔다.

그는 거울을 들여다보았다. 눈이 부석부석하고 뒤돌아 거울을 보니 등에는 질이언의 손톱자국이 선명히 나 있었다.

그때 아래층에서 레이번이 빨리 내려오라고 소리쳤다.

침대에 들어갔을 때에는 아니는 이미 녹초가 되어 있었다. 그러나 잠은 좀처럼 오지 않았다.

레이번은 겨울에도 잠옷의 상의라도 벗어야 자는 남편이 그날따라 입고 자는 것이 이해가 되지 않았다. 왜냐하면 그는 잠옷 바지까지 벗어야 잠이 드는 버릇이 있는데, 그녀의 조건 아닌 조건 때문에 할 수 없이 상의만이라도 벗게 되었기 때문이다.

아니는 이 침대가 그날 밤은 마치 바늘 방석같았다. 결혼한 지 15년이 지났으나, 그는 아직도 계속 결혼하고 있지 않다고 생각하는 밤이 있었다. 그렇게 말하면 아니의 아버지 또한 마찬가지였다.

철공소의 작은 회계과 사무실에서 급료를 받은 직공들은 길 건너에 있는 술집으로 곧장 직행했는데, 그의 아버지가 그들과 어울려 몇 잔 걸치고 기분이 좋아지면 언제나 털어놓는 이야기가 이것이었다.

아니는 펜실베니아 주의 고향 도니터를 지금도 종종 회상하곤 한다. 먼 옛날 일이다. 더욱이 그곳은 이곳에서 400마일밖에 떨어져 있지 않는데, 전혀 별세계와 같이 생각되었다.

도니터는 피츠버그로 흘러들어가는 모농 헬라 강 연변에 있는 공장지대이다. 흔히 볼 수 있는 지저분한 거리이며, 그곳 주민들 또한 거리와 마찬가지로 가난한 사람들이었다.

그러나 그들은 그나마 공장 덕택으로 생활을 유지하고 있었다. 폴란드 이민들, 아일랜드인, 흑인 등이 어울려서 살았다.

어른들은 쉴틈없이 일하며, 술을 즐기며 어린아이를 만들고 하다가 죽어갔고, 자식들은 그들의 부모의 생활을 그대로 이어받아 살아가는 곳이다. 조금이라도 머리가 깬 어른들은 자식들에게 하루라도 빨리 이곳을 떠나라고 한마디 남기고 죽는 것이 고작이었다.

그러나 도니터의 미식 축구 팀은 주 제일의 강팀이었다. 특히 아니 미코노스는 이곳 주민들의 우상이었다. 이것이 그를 구해준 것이다.

그리하여 지금도 밤늦게 침대에 누워 옆자리에서 아내라는 이름의 타인의 잠꼬대를 들으면서도 과거의 일을 회상하는 것이 그의 취미였다. 도피, 자신의 인생을 그나마 명상할 수 있는 시간은 이 심야뿐이었다.

아니의 아버지는 노래를 무척 좋아했다. 그래서 그는 아버지의 음성을 잊을 수가 없다. 시인의 마음을 가진 분이라고까지 생각하기도 했다. 그러나 당시는 공장이 그의 생활의 전부였다.

그 주변에 마을이 생기고 거리가 생겼지만 슬럼가에서 벗어나지는 못했다. 돈 많은 공장주들은 그곳에서 18마일이나 떨어진 교외에 살고 있었으며, 그밖의 사람들은 전부 이곳에서 버림 받은 듯한 생활을 유지해 갔다.

아니의 집은 지리적으로도 부와 가난을 갈라놓은 중간 지점에 있었다. 아이들은 9명이나 되었으나 두 번째 아들로 태어난 아니는 부모의 사랑을 가장 많이 받았다. 첫째 아들은 폐결핵으로 죽고 없었다.

아니는 결코 부모를 실망시키는 일은 하지 않았다. 그래서 자연히 부모의 사랑을 받을 수밖에 없었다.

그 무렵, 시합이 끝나면 그의 아버지는 그를 부둥켜안고 등을 토닥거려 주었고, 계집애들은 그가 지나갈 때는 환호성을 지르며 그를 따랐다.

그는 13세 때 소피아라는 여자아이에게 3센트를 주고 잠자리를 같이 했다. 겨우 3센트였다. 만약 10센트짜리 은화라도 주었으면 그녀는 그에게 어떤 서비스라도 해주었을 것이다.

그곳 아이들은 빈 우유병을 모아 제크 루빈슈타인 상점으로 갔다. 빈병 세 개에 3센트를 주었던 것이다. 늙은 제크는 많은 사람들로부터 늘 미움을 샀다. 빈 우유병을 팔러오는 아이들을 비웃은 탓이 아니라 유태인이기 때문이었다.

아니는 제크의 아들 하베이를 올리는 것이 취미였으나 완력을 휘두르지는 않았다. 그렇다고 그가 골목대장이었다는 것은 아니다.

이윽고 고등학교를 졸업한 그는 인디애나 대학으로 진학하려고 결심했으나 그렇게 간단한 문제는 아니었다. 그를 스카우트하려고 손을 쓰고 있는 대학이 무려 46개교나 되었다.

그러나 그는 다른 학교보다 많은 장학금을 준다는 단순한 이유 하나로 인디애나 대학을 선택했다.

하지만 졸업시험에 자신이 없던 그는 시험 직전에 해병대에 자원 입대를 했다.

아니의 생애 중 군대시절이 가장 행복했다. 미식 축구 시합보다도, 응원단장이었던 도너라는 아가씨와 놀았을 때보다도 훨씬 멋진 시기였다.

케프 글루스타의 무릎까지 빠지는 진흙탕 속에서 치고 받고 때로는 포복을 했을 때 그는 자신에게 말하곤 했다.

"이 전쟁도 결국 끝나리라 생각하니 아쉬운데."

그는 전쟁을 좋아했다. 그러므로 펠리스 교관의 말이 늘 머리 속을 떠나지 않았다.

"자네는 반드시 프로 살인자가 될걸세."

아니가 몇 개의 수류탄으로 월남 전투에서 월맹군의 강력한 진지를 세 곳이나 박살내어 은성무공 훈장을 받았다는 사실을 그 교관이 들었다면 그도 굉장히 기뻐했으리라.

아니의 얼굴에는 지금도 전쟁으로 인해 생긴 상처자국이 두 곳이나 있다. 그러나 그가 전쟁 이야기를 할 때에는 이 상처에 대해서는 한마디도 하지 않는다. 다만 그가 즐겨 자랑삼아 얘기하는 에피소드는 이것이다.

그가 한번은 월맹군을 추격하다 어느 오두막집을 덮친 적이 있었다. 마침 그때 적군 소위 한 명이 자살하려 하고 있었다. 아니는 스스로 나서서 그 소위의 할복을 도와주었을 뿐 아니라, 자기 나이프로 소위의 항문을 깊숙이 찔러주어 그의 엄숙한 마지막 의식을 빛내주었다.

그러나 그후 전투에서 부상을 입은 그는 호놀룰루로 후송되었다. 이것은 그에게 강제 제대보다 더한 수치였다. 그는 아무도 모르게 이 마음의 상처를 가슴 깊이 간직하며 살았다.

게다가 월맹군 소위의 할복사건이 한시도 그의 뇌리에서 떠나지 않았다. 마지막 모습이 그의 눈앞에서 어른거리며 그를 괴롭혔다.

그는 결국 그 고뇌에 대한 위안을 여자에게서 찾기 시작했다. 런던의 파카딜리나 파리의 피가르와 같이 이곳 여자들도 자기집 문앞이나 희미한 가로등 밑에서 손님을 끌지 않고 떼지어 술집에 모여 앉아 손님을 유혹했다.

죽음과 절망을 딛고 재생하려는 강한 욕망을 북돋우려 할 때 매춘부보다 더 효력 있는 묘약은 없다고 말하는 사람이 있는데, 아니도 옳은 말이라고 생각했다.

그러나 그것은 허울 좋은 구실에 불과할 뿐이었다. 아니는 재생은커녕 오히려 보다 더 깊숙이 절망과 고뇌의 나락으로 빠져들어갔다.

어쨌든 그 월맹군 소위의 망령은 끝까지 그를 떠나지 않았다. 더욱이 그 소위는 '공산당 만세!'라고 외치고 행복한 죽음을 맞이했다. 그러나 아니에게 있어서 남은 인생에 무엇을 기대할 수 있겠는가.

그는 지금도 때때로 심한 잠꼬대에 놀라 잠을 깨는 일이 있었다. 레이번은 총성과 죽어간 전우들의 절규가 남편의 꿈을 괴롭힌다고 하지만, 아니의 귀를 뒤흔드는 것은 오직 자신의 음성 뿐이었다. 그의 절규와 더불어 호놀룰루의 그 너절한 병실 바닥에 떨어지는 물방울 소리도 들렸다.

지금 그의 몸에는 식은땀이 흥건히 흐르고 있었고, 그의 우람한 체격은 바람에 흔들리는 나뭇가지처럼 떨고 있었다.

아니는 곤히 잠들어 있는 레이번이 깰세라 신경을 곤두세웠다. 몸을 내던지며 그를 유혹한 많은 여자들과는 달리 그녀는 그를 거절한 유일한 여자였다. 그렇기 때문에 아니는 그녀와 결혼을 했던 것이다.

"나와 결혼하기 전까지는 절대로 그것만은 안 돼요!"

그녀는 단호히 이렇게 말했다.

처음 그는 이 말을 믿지 않았으나 시간이 흐르면서 그녀의 말이 틀림없다는 사실을 깨닫게 되었다. 몇 번이고 그 직전에서 그를 좌절케한 여자. 그래서 아니는 호기심으로 그녀와 결혼을 한 거나 다름없었다.

당시도 제법 미인이었던 그녀는 지금도 전혀 그 미모를 잃지 않고 있었다. 어린애를 두 명씩이나 낳아 기르면서도 그 팽팽한 가슴은 처녀 못지않다고 아니는 생각하고 있었다.

그러나 이탈리아 인과 아일랜드 인의 피를 물려받은 그녀는 양쪽의 최악의 국민적 특성도 함께 물려받았다. 그래서 알코올과 밤샘은 결코 용납치 않았고, 그의 행동에도 엄격했다.

하지만 그녀의 아버지는 무척 관대한 편이었다. 의협심과 충의심이 강한 그는 딸의 지참금 대신 아니를 풀장 설치를 전문으로 하는 건설회사의 공동 경영자로 맞아들였다.

따라서 교외 생활자 중에는 돈을 빌리면서까지 집안에 풀장을 만드는 사람이 많았으므로 부사장인 아니와 그의 장인은 교외에 집도 마련하고 돈도 많이 벌었다. 덕분에 킹스 네크와 같은 고급 주택가에 집을 장만할 수도 있게 되었던 것이다.

아니는 발코니에서 늦은 아침을 들면서 바다 경치를 즐기는 아파트 생활로서도 흡족했으나, 레이번은 지역사회의 유지로서 행세하고파 했다.

"생활의 뿌리를 깊게 내려야 해요."

그녀는 자주 이렇게 말했다.

그리하여 강이 내려다보이는, 침실이 무려 일곱 개나 있는 목가풍의 주택을 사들였다. 아직도 월부금을 지불하고는 있으나, 어쨌든 대저택을 마련한 것이었다. 더욱이 돈 안 들이고 풀장도 만들었던 것이다.

결혼 초부터 레이번은 의무에 충실한 아내였으나 그 외에는 정말 멋이 없었다. 두 사람의 결혼생활은 마치 로 기어로 달리기 시작한 자동차가 진흙 구덩이에 빠진 것과 같은 것이었다.

아니가 이웃 사람들을 평하는 말은 항상 정해져 있었다.

"상놈 같은 유태놈들!"

그는 이 욕설이 퍽 마음에 들었다.

그리하여 이웃 사람이므로 다소 싸게 풀장을 설치해 줄 것이라 믿고 부탁하는 그들에게 바가지 요금을 씌우고는 쾌재를 불렀다.

게다가 그는 공인협회, 학교 구제위원회, 공화당 클럽, 자유를 위한 미국 청년위원회 등 어느 파티에나 참석했다. 그는 파티에 참석하는 것이 즐거웠다.

그런데 어젯밤의 파티는 정말 멋진 것이었다. 처음 그가 질리언을 본 것은 풀장 근처였다. 그녀는 그때 등이 깊이 파인 그린 색 드레스에 하이힐을 신고 풀장에 서 있었다. 정말 멋진 여자라고 아니는 생각했다.

그때 그는 멜빈 코비와 얘기를 나누고 있는 중이었다.

"저런 것을 먹지 못하는 남자는 마누라를 도둑맞아도 할 수 없지 않은가?"

아니가 질리언을 힐끔 보며 이렇게 말하자, 그녀가 매서운 얼굴로 쏘아보았다.

"맞아, 킹스 네크의 사나이들이 모두 저 드레스 속의 팬티를 벗기고 싶어하거든."

코비가 맞장구쳤다.

아니가 그녀를 홈 바에서 만난 것은 그 후였다. 그렇게 빨리 질리언과 가깝게 되리라고는 생각조차 못한 일이었다. 그녀는 틀림없이 세련된 여자였으나, 그의 여성관은 역시 옳았다. 여자는 여자일 뿐이니 말이다.

아니가 다시 질리언을 만난 것은 그 다음주 금요일이었다.

그가 플라자에서 샌드위치를 먹고 있는데, 질리언이 마침 오후의 마티니를 즐기고 있는 것이 눈에 띄었다. 남편인 윌리엄은 없었다.

아니는 홀 안을 살펴보았다. 윌리엄은 다른 테이블에서 말쑥하게 차린 신사들과 얘기를 나누고 있었다.

플라자는 킹스 네크 역 근처에 자리잡고 있었으나, 역 주변의 레스토랑과는 어울리지 않게 밝고 고급스러웠다. 게다가 밤에는 혹인 피아니스트의 연주가 곁들어지고, 부부 교환 클럽의 모임 장소가 되기도 했다.

아니는 바로 이 점이 마음에 들었다. 이것은 아내 레이번에게 말할 수 없는 비밀이기도 했다.

그러나 낮에는 퍽 조용했다. 그래서 아니는 간단한 셔츠 차림으로 현장을 순시하는 도중에 때때로 이곳을 습관처럼 들르곤 했다.

"안녕하세요, 아니?"

그때 질리언이 마티니를 들고 와서 그의 옆자리에 서슴없이 앉았다. 그녀는 머리를 틀어올리고 있었다.

"몰라보겠군요."

"바쁘세요?"

아니는 물론 현장을 순시해야만 했으나 질리언을 만나고 보니 마음이 변했다. 그래서 즉시 현장 감독에게 전화를 걸었다.

"별 문제가 없다면 프리포트에는 굳이 내가 가볼 필요는 없겠지?"

이윽고 전화를 끊은 그는 질리언 옆의 자기 자리로 돌아왔다. 그녀는 자기 남편 윌리엄은 의식도 하지 않았다.

아니는 전에 미식 축구를 할 때, 윌리엄처럼 윤곽이 뚜렷하지 않은 턱을 가진 쿼터백과 대결을 벌인 적이 있었다. 그는 미시건 출신이었다. 힘겹게 1점을 딴 일전이었다.

'그렇다면 오늘도 한번 놀라게 해줄까?'

아니는 이런 생각을 하며 속으로 음흉한 미소를 지었다.

"저와 한잔 하시겠어요?"

그때 질리언이 말했다.

아니는 마티니가 싫었다. 그런 것은 술이 아니었다. 목구멍을 넘어갈 때 콕콕 쏘는 불 같은 자극 때문에 구미에 맞지 않았다. 그러나 그날은 별다른 날이니 물러설 수가 없었다.

그는 고개를 끄덕이며 동의했다.

곧이어 주문을 받고 돌아가는 웨이트리스의 튀어나온 엉덩이가 스커트 속에서 움직였다. 아니는 군침을 삼켰다.

'언제쯤이 좋을까?'

아니는 현재 정사중이라도 다음 상대에게 손을 뻗는 그런 정력적인 남자였다. 그러나 주도권을 장악하고 있는 것은 언제나 여자 쪽이었다.

"우리는 방금 뉴욕에서 돌아왔어요. 당신, 우리들이 진행하는 라디오 쇼를 들은 적이 있어요? 아니, 그것은 여성 취향 프로그램이니 들을 수가 없었겠지요."

가지고 온 마티니는 록으로 되어 있었다. 질리언은 글라스를 흔들면서 아니의 눈 속에 가물거리고 있는 어떤 표정을 알아차렸다. 얼음조각은 글라스 속에서 계속 소리를 냈으며, 그의 눈은 그 얼음조각에서 떨어지지 않았다.

'저 눈빛은 토요일 저녁 미쳐 날뛰는 맹수처럼 나에게 달려들었을 때의 그 눈빛이야.'

질리언은 퍼드 대학에서 조금은 심리학을 배웠으나, 이런 경우에는 가지고 태어난 동물적 본능만으로도 충분했다.

"얼음이란 깨끗한 거예요. 이렇게 글라스 속에 떠 있는 경우에도……."

아니는 이마에서 땀이 흐르는 것을 느꼈다.

그는 술잔을 들어 단숨에 들이켰다. 몸이 화끈거리며 기분이 가라앉았다.

질리언은 마치 자기가 적으로부터는 보이지 않는 유리한 지점에서 감시할 때와 같은 제삼자적 입장에서 느물거리고 싶었다.

"당신은 마티니를 싫어하지 않아요? 좀 천천히 마셔야 했어요."

"나는 내 방식대로 마실 뿐이오."

아니의 음성은 거의 신음소리 같았다. 그가 말을 이었다.

"나는 당신이 요람 속에 있을 때에 이미 알코올을 즐기고 있었소."

질리언은 이쯤에서 후퇴하리라 생각하며 남편 테이블로 눈길을 돌렸다.

그런데 그곳에는 이미 아무도 없었다. 갑자기 불안이 그녀를 엄습했다. 그때 아니가 또다시 마티니를 주문하자 그녀의 마음도 바뀌었다.

"당신은 내게 하고 싶은 말이 있지요?"

"당신 남편은 어디에 있지? 그 늙은 영감 같은 작자 말이야."

아니의 말투가 갑자기 격앙되었다.

"하고 싶은 말이나 해요, 아니."

질리언은 침착하게 말했다.

"당신은 어떻게 하여 그 젊은 영감과 살게 되었지? 당신은 그곳이 상당히 부드러운 모양이지?"

"그게 어떻다는 건가요?"

"여자, 여자라면 신물이 날 지경이야. 나는 바그다드의 샐턴보다도 더 많은 여자들과 어울려 보았어. 인텔리 여성들은 모두 그곳에 금테라도 둘렀다고 생각하는 골빈 족속들이야."

질리언은 새로 나온 마티니를 몇 모금 마시고는 콤팩트를 꺼내서 입술을 자세히 점검했다. 이제 돌아갈 시간이 된 것이다. 그러나 또 한 명의 질리언이 그것을 막았다.

'이 귀여운 암탉아! 이왕지사 내친 걸음이니 끝까지 결과를 지켜보아야 하잖아.'

"나는 여자들과 안해 본 짓이 없단 말이야. 당신이 상상조차 하지 못할 짓도 해보았어."

"정말 훌륭한 분이군요. 그래, 상상조차 할 수 없는 짓이라니 도대체 어떤 짓이에요, 아니?"

"호놀룰루에서였지……."

그는 말을 꺼내다가 입을 다물고 주위를 둘러보았다. 홀에는 아무도 없었고, 멋진 엉덩이를 가진 웨이트리스가 바에서 글라스를 닦으며 웨이터인 베니와 농담을 하고 있었다.

"호놀룰루에서 어떤 재미를 보았다는 거예요?"

질리언이 궁금한 듯 물었다.

"멋대로 상상해. 내 묘비에는 이렇게 새겨지겠지. '아니 미코노스, 여기에 잠들다. 호놀룰루에서 죽음'이라고 말야."

"그건 그렇고…… 아니, 얼음조각에 얽힌 무슨 사연이 있는 것 같던데, 그 얘기나 해줘요."

"……어떤 아가씨와 관계를 갖고 있을 때였지. 내가 마악 분사하려는 순간, 그녀가 내 항문 속에 얼음조각을 사정없이 집어

넣은 거야. 그리고는 내 것을 입 속에 넣고는 자기 마음대로 장난치더군. 일각이 삼추같았어. 온몸과 이빨까지 빨려나오는 것 같았어.”

얘기를 마친 아니는 갑자기 머리를 테이블에 부딪쳤다. 웨이터와 웨이트리스가 깜짝 놀라 뒤돌아보았다. 간신히 머리를 든 아니는 울부짖었다.

“오, 맙소사!”

이번에는 머리를 뒤로 젖히고 눈을 감았다.

질리언은 이렇게 되리라고는 생각조차 못했다. 무릎에 놓았던 백이 바닥에 떨어져 그것을 주우려고 몸을 구부리자, 남아 있는 마티니가 회색 슈트 위로 흘러내렸다.

“질리언, 당신은 어떻게 생각해? 그곳에 얼음이라니…….”

“별일 없었나요?”

그때 웨이터가 급히 뛰어왔다.

“미코노스 씨, 별일 없으시겠습니까? 제가 댁까지 모셔다 드릴까요?”

“걱정 말아요, 베니. 미코노스 씨는 우리집 근처에 살고 있으니, 제가 모셔다 드릴게요.”

질리언이 웨이터를 돌아보며 말했다.

이윽고 아니는 자기가 질리언의 팔에 의지하여 밖으로 끌려간다는 것을 몽롱하게나마 알았다.

플라자의 정원이었다. 그러나 낯설었다. 아니는 실눈을 뜨고 곁에 있는 차디찬 캔맥주를 들었다. 나무 사이를 통해 저 멀리 롱 아일랜드 만이 출렁거리며 보였고, 옆 의자에는 질리언이 앉아 있었다.

"마셔요. 기분이 좋아질 거예요."

질리언이 말했다.

"질리언, 플라자에서 내게 그런 것을 마시게 하다니, 형편없는 사람이군."

"설마 그렇게 되리라고는 생각도 못했어요."

"이젠 잘 알겠군 그래."

"그래요, 베트콩 소위의 일도요."

"젠장!"

아니는 빈 맥주캔을 던졌다. 푹신한 잔디 위를 둔한 금속성 소리를 내며 맥주캔이 굴러가는 소리가 들렸다. 질리언은 그에게로 다가가 그의 발 밑 땅 위에 앉았다.

"침실이 훨씬 안락할 거예요."

질리언이 부드러운 목소리로 말했다.

"나는 이제 틀렸어. 이렇게 취했으니, 당신에겐 아무 쓸모도 없을 거야."

아니는 힘없이 말했다.

"걱정 말아요. 지금껏 당신을 기다리고 있었는걸요."

아니는 온몸이 빠개지는 듯한 통증을 느꼈다. 위 속에 들어간 마티니는 마치 활활 타고 있는 석탄처럼 뜨거웠다. 그래도 질리언을 따라 두꺼운 유리문을 지나 침실로 안내되었으나 몸의 균형을 잡을 수가 없었다.

하지만 아니는 침대 위에 쓰러지자 본능적으로 질리언을 더듬었다.

순간 그의 눈에 머리를 틀어올린 질리언이 환영처럼 비추었다.

'이집트의 클레오파트라인가? 아니, 그 역을 한 리즈 테일러같군.'

그러나 그녀는 비참해진 아니는 거들떠보지도 않고 손으로 그의 그것을 잡고 애무하기 시작했다. 얼마 안되어 물건은 열을 받으면서 점점 뜨겁고 크고 굵어져갔다.

'젠장, 이렇게 곤드레가 되었는 데도 일어서다니!'

아니 미코노스는 이미 기력을 잃고 있었다. 꼼짝도 하지 않고 누워서 그 부분의 자가 운동에 몸을 맡기고 있었다. 그녀의 몸속에 깊이 들어갔어도 여느 때와는 달리 완만한 운동밖에 하지 못했다.

'아니, 왜 이렇지? 전에는 이런 적이 한번도 없었는데⋯⋯.'

아니는 이런 생각을 하면서 맥없이 말했다.

"질리언, 도저히 안되겠어."

"문제없어요. 아니, 오 케이예요."

"아냐, 아냐!"

그는 절규했다. 그리고 다음에 무엇이 일어날 것이라는 것을 희미하게나마 짐작하고 있었지만, 역시 그랬다. 차디찬 감촉으로 그것을 알 수 있었다. 질리언이 커다란 얼음조각을 그의 입 속에 넣은 것이다. 그의 절규는 그 얼음으로 막혔다.

아니는 순간 입으로 넘쳐흐르는 얼음물이 자기를 익사시킬지도 모른다는 생각이 들었다.

그러나 두 사람은 초원의 뱀과 같이 몸을 뒤틀고, 신음하고 열기를 뿜으며 마지막 열정을 쏟았다. 영원, 불멸, 불휴. 일찍이 세

르판테스와 밀턴만이 찾아낸 것을 아니는 지금 발견했다. 입 속에서 얼음은 계속 녹아갔고, 그의 정액이 분수처럼 분출되었으나 그의 격렬한 운동은 그치지 않았다.

얼마 후, 아니는 질리언에게 이렇게 말했다.

"이젠 그만 나를 집에 데려다 주겠소?"

"정말 아무 일 없겠어요?"

"괜찮아. 집에 데려다 줘."

질리언은 아니에게 옷을 입히고 껴안아 그를 차에 태웠다. 조금만 가면 아니의 집이었다. 위 속에서 타고 있던 불길이 아니의 머리까지 올라왔다.

이윽고 차에서 휘청거리며 내린 아니는 돌아가는 질리언의 차 소리를 들었다. 그는 뒷문으로 들어갔다.

순간 아니는 자기 집 정원에 있는 간이 홈 바에 몸을 부딪히며 쓰러졌다. 병들이 떨어지며 깨졌다.

그는 간신히 몸을 일으켰다. 몸 속의 불은 이미 그의 가슴을 태우고 있었다. 그는 허우적대며 다시 쓰러졌다.

무엇인가가 첨벙 물에 빠지는 소리를 듣고 아내인 레이번이 풀장의 전등을 켰다. 우선 엉망이 된 간이 홈 바와 흐트러진 병들이 눈에 들어왔다. 그리고 풀장 한구석에 엎드려 떠 있는 남편 아니의 모습이 들어왔다. 확실치는 않으나 그의 곁에는 수많은 얼음조각이 떠 있었다.

'빌리와 질리 쇼'에서(10월 19일 방송)

빌리 "오늘은 특별 게스트인 '해머와 못'의 편집장 클레이튼

슈바르트 씨와 대담하기로 합시다. 이 잡지는 미국 최대의 일요 목공 잡지이거든요."

질리 "정말 재미있겠네요. 특히 이 방송을 청취하고 계시는 교외 청취자들도 좋아하실 거예요."

빌리 "그렇겠죠."

질리 "우리 동네에도 점점 집들이 계속 들어서고 있거든요."

빌리 "그렇소. 2,3년 사이에 일요 취미 목공이 전국적으로 대유행하고 있으니 많은 도움이 될 거요. 남자뿐만 아니라 여성들도 소매를 걷어붙이고, 페인트칠을 하고 해머질까지 할 정도니까요."

질리 "제 친구 중에도 그런 사람이 있어요."

빌리 "부부가 함께 일하고 있는 가정이 갈수록 증가하고 있다더군요."

질리 "이것이 미국적 전통이겠지요."

빌리 "그렇다고 할 수 있겠죠. 협동정신이라고나 할까. 아마 이것이야말로 참된 협동이라는 것일 거요."

질리 "가족이란 그래야만 하겠지요."

빌리 "옳은 말이오. 일요 취미 목공은 곧 무엇인가를 창조하려는 생활태도의 구현이라 할 수 있소. 생활의 토대를 단단히 굳히는 일이겠죠."

질리 "빌리, 오늘따라 좋은 말만 골라 하시는군요."

빌리 "다시 말하면 결혼생활이 글자 그대로 시멘트로 굳히는 것이 되지 않겠소."

질리 "그럴 듯하군요. 부부가 함께 퇴색한 페인트칠을 긁어낸

다는 것, 멋진 한 폭의 그림같아요."

빌리 "그리고 벽지도 함께 바르고……."

질리 "거울도 함께 달구요."

빌리 "타일도 또한 단단히 붙이지요."

질리 "재미있군요."

빌리 "함께 일하고, 함께 건설한다는 것이야말로……."

질리 "그것이야말로 결혼생활을 성공시킬 수 있는 참된 가치가
되겠군요."

세 번째 이야기

첫 유혹

모턴 이어블러는 땀내가 밴 시트 위에서 뒤척거리고 있지만, 너무나 지쳐 옷 벗는 일조차 힘겨웠다. 어두운 밤중에 일어나서 잠옷을 찾는다는 것은 더더욱 힘에 부쳤다. 시계추 소리가 리드 미컬하게 들려왔다.

모턴은 그 소리를 듣고 있으니 한결 마음이 잔잔해졌다. 찰칵 찰칵…… 졸음이 감각을 마비시킬 때까지 계속 움직이는 시계추 와 그 미미하면서도 분명한 소리.

"지금 몇 시지?"

그가 외쳤다.

"1시 15분이에요."

성가시다는 듯 그의 아내가 대답했다.

여전히 시계추 소리는 계속되었고, 그 리듬도 변함없었다. 그의 아내 글로리아는 아래층에서 퇴색한 페인트칠을 긁어내고 있으리라.

'고무장갑을 낀 손에는 매크블라이 사의 페인트 제거제와 칼이 들려 있겠지. 토요일 밤인데 아직도 페인트칠을 긁어내고 있다니, 기막힌 일이군.'

모턴은 이런 생각을 하며 다시 소리쳤다.

"밤에는 좀 쉬도록 하지?"

"다 끝나가요. 조금만 더 기다려요."

찰칵, 찰칵, 찰칵……

요즘 모턴은 이 소리를 들으며 잠이 들었다가 다시 이 소리에 눈을 뜨곤 했다. 아침 햇살이 눈부셨으나 아내는 세상 모르고 잠들어 있기 일쑤였다. 블론드 머리에 풍만한 가슴을 자랑하는 글로리아였지만, 잠자리에서도 옷을 그대로 입은 채. 아마 너무나 피곤하고 지친 까닭이리라.

이런 나날이 계속된 것이다.

그날은 열한 개나 되는 방 천장의 페인트칠을 새로 칠했다. 온몸이 쑤시고 걸렸다. 누군가에게 흠씬 두들겨 맞은 기분이었다. 그래도 그는 불편한 몸을 이끌고 계단을 내려갔다.

"당신, 잔 것이 아니었군요?"

글로리아가 고개도 들지 않고 물었다.

"잠이 안 오는데…… 글로리아."

"그래요?"

그 이상 무엇을 말하랴. 그들은 서로의 심정을 너무나 잘 알고 있었다. 모턴이 그녀의 허리를 껴안고 땀이 밴 스웨터에 몸을 비벼대는 것만으로도 글로리아는 그의 눈치를 알 수 있었다.

그는 그녀의 허리에 있던 손을 위로 올렸다. 당장이라도 터질 것 같은 팽팽한 앞가슴이 손길에 닿았다.

"여보, 제발 귀찮게 굴지 말아요."

글로리아가 그의 손을 뿌리쳤다.

"글로리아, 정말 나는 더 이상 참을 수 없단 말이오."

"며칠만 있으면 집안이 깨끗이 정리가 될 거예요. 그때까지만 참아요."

찰칵, 찰칵 시계소리가 들렸다.

"내일, 내일이 벌써 몇 번이오."

"당신도 집안일 좀 생각하세요."

그녀는 페인트칠을 끝낸 완성된 부분을 가리키며 말을 이었다.

"아이를 위해서라도 우리 서로 집안을 가꿔요."

"아이를 위해서라니? 이런 생활만 하면서 어떻게 아기를 가질 수 있지?"

"모…… 턴."

글로리아가 모턴의 입을 막았다.

언쟁 아닌 언쟁은 모턴의 판정패로 끝났다.

그는 할 수 없이 엉금엉금 계단을 다시 올라갔다. 그리고 더러워진 시트에 벌렁 누워 심한 졸음이 그를 엄습해 올 때까지 기다려야 했다.

그런 동안 그는 그 옛날 대부호의 마구간이었던 이 낡은 집을 저주했다. 그리고 교외생활을 저주하고 이웃을 저주하고, 무성한 삽초를 저주하고 그날 온종일 페인트칠한 천장을 저주했다.

또한 롱 아일랜드 익스프레스 웨이를 저주하고, 잠들기 직전에는 때에 찌든 시트를 저주하고 세상의 모든 것을 저주했다.

그는 내일 아침에는 글로리아에게 이 시트만은 바꾸자고 말해야겠다고 생각하며 스르르 잠이 들었다.

아침이 되었다.

모턴은 생각과는 달리 모든 피로는 완전히 가시고 원기가 회복되었다. 지끈지끈 쑤시던 관절의 아픔이 씻은 듯 사라지고 기분까지 상쾌했다. 젊음만이 갖는 이 왕성한 회복력에 모턴은 행복을 느끼면서도 한편으로는 원망스러웠다.

만일 50세라도 되어 있으면 피로를 구실로 목공일을 하루쯤 건너뛸 수도 있으련만, 모턴과 글로리아는 애석하게도 아직 팔팔한 25세밖에 안되었다. 하루 18시간은 넉넉히 일할 수 있으며, 실제로 그렇게 일을 하고 있는 것이다.

글로리아는 어젯밤에 이미 그날의 작업 내용을 책상 위에 적어 놓고 있었다. 그녀에 의하면 그의 그날 작업은 잔디 깎기와 가을 파종으로 되어 있었다.

모턴은 할 수 없이 기계적으로 잔디밭 위를 제초기로 밀며 왔다갔다 했다. 머리를 쓰지 않은 일이니 마음은 편했다.

그는 몽상을 즐기기를 무척 좋아했다. 그래서 그날도 그는 기계적으로 손과 발을 움직이면서도 마음만은 비현실의 세계를 마음껏 산책할 수 있었다.

이윽고 그의 머리에는 산뜻하고 행복한 꿈이 어른거리기 시작했다. 깨끗한 시트, 온몸에서 따뜻한 김을 무럭무럭 올리며 욕실에서 몸매를 자랑하며 나오는 젊은 아내, 나긋나긋한 섬섬옥수, 핑크색의 부드러운 잠옷 속에 출렁이는 풍만한 앞가슴, 저 멀리 강이 내려다보이고 난방장치가 잘된 아파트 거실 안 스테레오, 그리고 따뜻한 햇살. 그날도 그는 이런 반투명한 환상의 세계에서 보낼 수 있었다.

아내 글로리아는 집안에서 칠을 한 지 이미 70년이나 되었다는 페인트를 긁어내는 데 열중하고 있으나 그의 마음은 꿈, 손은 제초기에 맡긴 채 행복감에 젖어 있었다.

그의 꿈은 다시 계속되었다. 독신 남성용 고층 아파트, 전기 수리공, 수도 수리공…… 바로 이때 그를 부르는 소리가 그의 꿈을 산산조각으로 만들었다.

"이어블러 씨, 이어블러 씨."

어디선가 여자의 음성이 들려왔다. 언뜻 보니 이웃에 사는 질리언 브레이크가 집과 집 사이의 경계를 만들고 있는 울타리에 기대고 서 있었다.

모턴은 질리언을 꼭 한 번 어느 파티에서 본 적이 있었다. 그때 그는 무슨 일 때문에 그랬는지 잘 기억이 나지 않지만, 그녀에게 고맙다는 인사를 한 적이 있었다.

"너무 열심히 일하시는군요. 우리집에 강력 제초기가 있으니, 그것을 가져다 쓰세요. 오늘 저희는 쓰지 않으니까요."

자신은 깨닫지 못하고 있었지만, 모턴의 눈은 질리언의 몸에 못박혀 있었다. 그녀의 갸름하고 맑으면서도 매혹적인 얼굴에서 다시 날씬하고 자극적인 몸매와 팔로 그의 눈은 서서히 움직여

갔다.

'알맞게 햇살에 그을린 팔과 햇살을 받아 빛나고 있는 머리카락. 그런데 저 가냘픈 팔로서는 아마 샴페인 글라스조차도 제대로 들지 못하겠지. 아니, 테니스 라켓 정도는 들 수 있을지 모르겠군.'

순간 그는 퍼뜩 깨달았다. 질리언이야말로 그가 지금까지 꿈에만 그려본 이상적인 여성이 아니던가.

"고맙습니다, 브레이크 부인."

질리언은 살짝 미소를 지어보였다. 실제로 질리언에 있어 제초기 따위는 생각 밖의 물건이었다. 이 세상에서 이만큼 감흥을 일으키지 않은 물건은 없을 것 같았다. 그러나 모턴 이어블러에게 접근하려면 역시 제초기를 구실로 내세울 수밖에 다른 방법이 없었던 것이다.

"차고에 있어요."

"감사합니다, 브레이크 부인."

모턴은 가볍게 훌쩍 울타리를 뛰어넘어 질리언 곁을 지나 차고로 걸어갔다. 차고 속은 시원하고 어둑어둑했다. 열어놓은 문 건너편에는 작은 방이 있었다.

그는 저 방이라면 좀더 시원하고 어두울 뿐 아니라, 의자도 있을 것이라는 엉뚱한 생각을 했다.

그런데 문 앞에 서서 자기를 물끄러미 쳐다보고 있는 질리언이 눈에 들어오자, 순간 그는 아랫배가 빳빳해지면서 묘한 통증을 느꼈다.

얼굴이 화끈해진 그는 질리언에게서 황급히 눈을 떼고, 제초기에 정신을 집중시키려고 노력했다.

"정말 열심히 일을 하시는군요. 밤에도 계속 일을 한다면서요?"

"네, 저 집에서 살 수 있게 될 때까지는 그래야 되겠습니다."

"좀처럼 쉴 시간이 없겠군요."

"겨우 자는 시간만 있을 정도지요. 워낙 낡은 집이라……."

"제 남편도 멍청하게 앉아 있는 것을 좋아하지 않아요."

질리언은 이렇게 말하면서 너무 서두르고 있는 것이 아닌가 하고 자기 자신을 자제했다.

"그러나 우리집은 새 집이라 아직은 튼튼해요. 더욱이 그는 집에 없고, 지금 뉴욕에서 일하고 있거든요."

"두 분께서는 뉴욕에 많이 계시지요? 저도 그 쇼를 들은 적이 있습니다."

"그래요? 정말 놀라운 일이군요. 남성 청취자는 아주 적다고 들었는데요."

"이제 그만 돌아가야 되겠습니다. 오늘의 제초 작업은 만만치 않거든요. 제초 작업이 끝나면 파종도 해야 합니다."

"정말이에요? 파종은 재미있는 일이 아니겠어요?"

모턴은 이 말에 어떤 저의가 있는 듯하다고도 생각했으나 그 이상 아무 말도 하지 않았다.

"가지고 나가기 전에 이 기계를 시운전해 보세요. 한동안 쓰지 않았기 때문에……."

모턴은 풀장 옆의 양지 바른 곳으로 제초기를 끌어냈다. 파란 물은 보기만 해도 시원했다.

그는 제초기를 자세히 살펴보았다. 제초기는 자동 추진력 로터리 엔진 3.5마력에 4사이클 엔진, 거기에 자동 발진장치, 루시 버튼식 수력 연료 펌프, 자동압축 공기 방출기, 용기는 다이 캐스팅 마그네슘 합금제였다. 그로서는 감히 생각지도 못할 값비싼 제초기였다.

그는 제초기의 스위치를 넣었다. 그러나 채 1분도 안되어 기세 좋게 움직이던 엔진이 꺼졌다.

"고장이군요."

"글쎄요…… 이상하군요."

"이 정도의 고장은 쉽게 고칠 수 있을 겁니다."

그의 음성은 자신에 넘쳐 있었다. 최근 몇 개월 동안에 자동톱, 드릴, 살사기, 해머, 선반 등등 여러 가지 기계를 수리했던 경험이 있기 때문이었다. 그의 뛰어난 기술은 어떠한 기계도 만지고 고쳤다.

그는 제초기의 점화장치, 플러그, 디스트리뷰터, 캬블레이터 등을 하나하나 점검해 나갔다. 그러는 동안 질리언의 모습은 보이지 않았다.

이윽고 다시 나타난 그녀는 방금 냉장고에서 꺼내온 듯한 시원한 맥주를 들고, 자기의 몸매를 자랑이라도 하는 듯 비키니 차림으로 서 있었다. 묘한 곳에 구멍이 뚫려 있고, 마치 끈으로 엮어 만든 것처럼 생각되는 수영복이었다.

단번에 맥주병을 비운 모턴은 또다시 기계를 손보려고 몸을 구부렸다.

"모턴 씨, 이렇게 분해하고도 원상태로 결합시킬 수 있어요?"

"문제없습니다. 그런데 고장난 곳을 찾을 수가 없군요."

"적당히 해놓으세요. 수리공을 부르겠어요."

모턴 이어블러가 일단 집으로 돌아가서 스크루 드라이버 등 간단한 수리 공구를 들고 돌아왔을 때에는 질리언은 물 속에 몸을 담그고 있었다.

'정말 멋진 여자야. 저 가냘프면서도 매끈한 손. 그건 그렇고, 이런 기계는 난생 처음인걸.'

그는 시간이 갈수록 기계에 짜증이 났다. 질리언이 그날 아침 일찍 연료 탱크에 소금을 한 줌 집어넣은 것을 모턴이 알리 없었다.

아내인 글로리아는 단 한 번 모습을 보였을 뿐 12시까지 꼬박 버뮤다에 얼룩 투성이 스웨터를 입고 그에게 간단한 식사를 내주고 집안으로 들어가고는 그만이었다.

질리언은 얼룩 무늬가 있는 간이침대에 곧게 뻗은 날씬한 다리를 쭉 뻗고 누워 오후의 햇살을 즐기면서 아니 미코노스와의 일을 잠시 생각했다.

순간 온몸이 근질거리며 마음이 들뜨기 시작했다.

'그런 참혹한 피날레를 고할 생각은 없었는데……'

그러나 지금의 그녀 마음은 슬픔보다는 야릇한 기분에 들떠 있었다.

태양이 그녀의 전신을 감쌌다. 그녀는 몸을 뒤척이며 엎드려 누웠다. 그녀의 몸이 움직일 때마다 모턴 이어블러의 눈에 열기가 더해 갔다.

'슬슬…… 실험에 착수해 볼까?'

질리언은 그의 반응을 확인이라도 하려는 듯 깊게 숨을 들이마셨다.

그런데 아직 그 숨을 몰아내쉬기도 전에 공구를 떨어뜨리는 소리가 들렸다.

'이렇게 간단히 진행되어간다면, 너무 싱거워서 짜릿한 맛이 없지 않을까?'

온몸을 나른하게 만드는 따사로운 햇살을 느끼면서 질리언은 벌써 다음에 상대할 남자를 고르고 있었다.

'…… 반응이 강한 남성이라야 할텐데…… 좀더 강하게 도전할 의욕을 자극하는 남성은 없을까? 변호사 멜빈 코비 같은 사내라면 쓸만할 것 같은데 뭔가 남이 모르는 약점이 있을 것 같고, 마빈 굿맨은 너무 노랑이고, 줏대없는 우일로비 마틴은 호모라 여자에게는 무관심한 사나이고…… 후보 남성은 수두룩하지만 보람을 두고 말한다면, 역시 마피아의 한 사람이라고 소문난 마리오 벨러가 가장 으뜸이겠지. 그러나 그는 좀더 뒷날로 미루자. 그렇다면 이 다음은 역시 유태교회의 목사인 조수아 템벌이 쓸만한 것 같아.'

질리언은 이런 생각을 하면서 부드러운 목소리로 말했다.

"모턴 씨, 너무 신경써서 그런지 몹시 피로해 보이는군요. 좀 쉬면서 한잔 하시겠어요?"

"이제서야 고장 부분을 발견했습니다. 연료 탱크가 막혀 있더군요."

그때 질리언이 팔을 뻗어 그의 목덜미를 부드럽게 쓰다듬었다. 순간 그는 전류에라도 감전된 듯 흠칫했다.

"이리 와요. 한잔 할 정도의 수고는 하셨어요."

질리언이 작은 방으로 들어가며 말했다.

"그러면 좀 쉬고 할까요."

그는 차고에서 나와 시원하고 침침한 방안 의자에 앉았다. 서늘한 냉방의 공기가 그를 휩쌌다.

"다음엔 댁의 가구 커버도……."

"그런 일까지 해주신다니 고맙군요. 그러나 지금은 기분전환이나 하세요."

"그렇군요."

질리언은 그에게 시원한 음료수를 권하고, 수영복 차림 그대로 모턴 곁에 앉았다.

수영복의 묘한 스타일이 그의 시선을 자극했다. 그리고 시간의 흐름과 함께 그의 긴장감도 높아갔다.

"다음은요?"

질리언이 물었다.

"넷?"

"당신 집 수리를 물어보았어요."

"저도 모르겠어요. 아내 글로리아가 리스트를 만들고 있는데, 주말에 가서야 저에게 보이거든요. 그렇더라도 워낙 낡은 집이라 언제 끝날지 모르겠습니다. 요사이는 그 집을 산 것이 후회되기도 합니다."

모턴은 한숨을 내쉬었다.

"부인은 어때요?"

"그 사람은 저와는 정반대입니다. 일에 재미를 붙이고 사는 사람같습니다. 제게 이렇게 바쁘니 얼마나 좋으냐고까지 말합니다. 저는 그저 어리둥절할 뿐입니다. 당신은 결혼생활에 대해서 자세히 알고 계시겠지요?"

"그렇긴 하지만."

질리언이 시니컬하게 대답했다. 그때 그녀의 눈이 어둠 속에서 호박색으로 빛났다.

"누구나 다 고민은 가지고 있어요. 그런데도 서로 손을 마주잡고 도우려 하지 않거든요."

"물론 알고 있습니다. 뼈저리게 알고 있죠. 그런데 브레이크 부인, 당신이라면 이런 경우 어떻게 하시겠습니까?"

"라디오에서라면 꼭 이렇게 말하겠어요. '이성, 인내, 동정 ……' 그러나 마이크가 없으니 잘 모르겠어요. 어쨌든 청취자들은 제가 생각하고 있는 것을 더 이상은 상상하지 못할 거예요."

그녀는 그 말을 강조하는 듯 오른팔을 쭉 뻗었다.

그때 망 모양의 수영복 틈이 벌어지면서 그녀의 오른쪽 가슴이 모턴 이어블러의 눈에 뚜렷이 들어왔다. 희고 부드러우나 팽팽하게 솟아오른 그녀의 가슴은 멜론보다는 오히려 탐스럽게 익은 복숭아 같았다.

"중요한 것은……."

질리언이 말을 이었다.

"방송에서는 감히 이런 말은 못하지만, 한마디로 커뮤니케이션이에요. 어느 누구와도 가벼운 마음으로 손을 내밀고 서로가 서로의 마음을 주는 거예요. 사랑하고 사랑을 받으면서요."

"그렇지만 누구와 어떻게 하지요?"

"이래도 몰라요?"

모턴은 떨리는 손을 조심조심 질리언의 무릎에 얹었다. 이 더러워진 손으로 만지면 그녀의 백옥 같은 몸이 크게 손상될 것 같은 두려운 마음으로 손을 뻗었지만, 전류에 감전된 그는 이미 정신을 잃었다.

부드럽고 매끄러운 허벅지에 그의 손이 닿자, 그녀의 피부에 가벼운 경련이 잔잔한 파도처럼 물결쳤다.

그러자 이번에는 그녀의 손이 그의 무릎에 충격을 주면서 움직였다. 모턴의 손이 이에 질세라 더 깊이 그녀의 양다리 사이로 파고들었고, 그와 동시에 질리언이 그에게 달라붙어 그의 움직임에 가락을 맞추었다.

모턴은 촉감만으로 질리언의 수영복을 받치고 있는 끈을 발견하고는 재빨리 세 곳을 풀었다. 순간 수영복이 그녀의 발 밑으로 미끄러져 내려갔다.

두 사람은 약속이라도 하듯 서로 손을 뻗어 그 깊숙한 비밀스러운 곳을 애무하기 시작했다.

이윽고 모턴의 아랫배가 질리언의 그곳을 향해 압박을 가하자, 그녀는 미소를 띄운 채 그에게 몸을 맡겼다.

"부인, 이 값비싼 의자가 더러워지겠군요?"

"모턴, 몸으로만 얘기해요."

질리언은 그의 버뮤더의 벨트를 끄르고 정적 속에서 꿈속으로 빠지기 시작했다. 어두침침한 방, 서늘한 바람이 감미로웠다.

커뮤니케이션…… 그것이 빠르게, 격렬하게, 숨가쁘게 이루어졌다. 장소를 바꾸고 위치를 바꾸었다. 손톱자국이, 이빨자국이 교환되었다.

이윽고 전신을 휘감는 경련에 그들은 몸부림쳤고, 환희의 절정감이 뿌옇게 길게 길게 이어졌다. 이것만이 인간이 얻을 수 있는 이해와 일체감이라는 것인가.

"제가 한 말뜻을 이해하겠어요? 실은 이것을 말하고 싶었어요."

질리언이 뜨거운 입김을 뿜으며 속삭였다.

"이렇게 쉬운 것인지, 저는 미처 몰랐습니다."

이윽고 두 사람은 떨어졌다. 짜릿한 여운이 아직도 핏속에서 가물거리고 있었다.

그때 모턴이 갑자기 웃음을 터뜨렸다.

"잔디 깎기보다 훨씬 인생이 즐거운 것이라는 사실을 저는 잊고 있었던 것 같습니다."

그는 만면에 웃음을 띠우고 옷을 주섬주섬 입었다.

"그렇게 서둘 필요가 없지 않아요?"

"아닙니다. 지금쯤이면 파종할 시간입니다."

"벌써 씨는 뿌리지 않았어요? 좋아요. 돌아가도 상관없어요. 그러나 다시 오도록 해요."

"언제?"

"언제라도 좋아요. 당분간 남편은 돌아오지 않을 거예요. 그러나 차고에 자동차가 있으면 남편이 돌아온 것이니, 그날은 피해야 해요. 그밖에는 언제라도 오 케이예요."

"죄송합니다. 의자가 더러워졌군요."

"상관없어요."

화요일, 목요일, 토요일, 일요일, 모턴은 네 번이나 그녀를 찾았다. 그 다음 일요일에는 글로리아가 정원수를 사기 위해 집을 비운 덕택에 잔디 위를 강아지처럼 뒹굴면서 부드러운 잔디를 쿠션삼아 행복에 젖은 한나절을 보냈다.

그러나 잔디 깎는 일뿐만 아니라, 모든 계획이 엉망으로 어긋났다. 모턴은 이쪽 창틀을 칠하고도 바로 그 옆 창틀을 페인트칠할 것을 잊어버렸다. 또한 부엌의 타일을 주문하면서도 접착제 주문은 잊었다.

따라서 잔디는 무성해 갔고, 집은 다시 옛날의 낡은 집으로 변해 갔다. 하지만 모턴 이어블러는 질리언과 만나는 시간이 한없이 즐거울 뿐이었다.

한편 글로리아는 퇴색한 페인트칠을 긁어내고 액체 도료를 칠하고, 낡은 벽지를 떼내고 새 벽지로 도배했다. 그녀의 작업은 계획대로 진행되었으나 모턴의 작업이 지지부진했다. 계획이 어긋나기 시작했다. 자연 글로리아의 눈에 모턴의 행동이 수상쩍게 보였다.

드디어 월요일 아침 싸움이 터졌다.

"여보, 어떻게 된 일이에요? 페인트를 사러 가서 세 시간이나 늦게 돌아오니 이해가 안 가요."

글로리아가 먼저 목소리를 높였다.

"그 가게는 너무 붐빈단 말이야."

"아무리 그렇더라도 물건을 사오지 않았다니 너무하지 않아요. 그리고 무엇이 좋아서 그렇게 싱글벙글하고 있어요? 목요일

일만 해도 그래요. 회사에서 소프트볼을 했다고 했는데, 그런 적이 없다고 하더군요."

"알았어. 이번 주부터는 제대로 하겠어."

"이렇게 책상에 앉아만 있으면서 무엇을 하겠다는 거예요. 우리들의 목적은 훌륭한 가정과 행복한 인생을 이룩하려는 것이 아니예요? 그런데도 이렇게 멍청하게 앉아만 있으니, 이제 우리의 생활에는 관심이 없는 거군요."

"절대 그렇지는 않아. 그러나 밤낮없이 노예처럼 일에 시달리니, 어디 살맛이 나겠어? 결혼 초에는 좋았는데……."

"당신이 생각하고 있는 것이란 겨우 그것뿐이군요. 어쩐지 나는 섹스에 미친 사람과 결혼한 것 같은 기분이 들어요. 그러나 지금은 집도 마련했고, 곧 아기도 가져야 해요. 하지만 그 전에는 질서 있는 생활을 해야겠어요."

"아기? 잠자리도 함께 하지 않으면서 아기를 갖는다고?"

모턴은 큰소리로 외쳤다.

"이 색광!"

글로리아도 지지 않았다.

"그것이 어떻다는 거야?"

"그것만을 위해 당신은 저와 결혼하지는 않았겠지요? 지금의 관계가 오히려 내게는 아름답다고 생각되요."

"제기랄!"

"당신은 내 육체만을 탐내는군요."

글로리아의 말은 계속되었다.

"함께 가정을 이루고, 생활을 꾸미고……."

"집어치워!"

잠시 침묵이 흘렀다.

이윽고 모턴이 먼저 입을 열었다.

"생활을…… 가정을…… 당신의 육체를…… 스크류드……."

"내겐 이제 그런 말 따위는 들리지도 않아요."

"그렇다면 이것으로 모든 것이 끝장이야."

순간 그의 머릿속에 또다시 갖가지 몽상이 어른거렸다. 공기 조절장치가 있는 깨끗하고 정리된 독신 아파트, 호화로운 가구, 스테레오, 화려한 침대, 그 위에 질리언 브레이크, 드디어 그는 결단을 내렸다.

모턴은 새로 단장한 계단을 뛰어올라 산뜻한 벽지로 도배한 침실로 뛰어들어갔다. 그리고 작업복을 벗어 던지고 자기 옷가지를 트렁크 속에 챙겨 넣고는 집을 나갔다.

그로부터 1주일 후, 그는 전화를 걸었다.

"질리언?"

"모턴?"

"어떻게 지내십니까?"

"당신은 어때요? 지금 어디 있어요?"

"새 아파트를 구했습니다. 66번가입니다. 안개 사이로 이스트 강이 내려다보이는 아담한 아파트입니다."

"멋지군요. 글로리아는 잘 있어요?"

"글로리아라구요?"

그는 한숨을 내쉬고는 말을 이었다.

"어쨌든 쇼가 끝나면 이곳으로 오십시오. 아주 멋진 풍경화같습니다."

"그러면 글로리아와는 헤어졌나요?"

"글로리아라구요? 모두 옛날의 일입니다. 그건 그렇고, 오늘
저녁 오시겠어요? 아니, 꼭 오십시오."

"안녕, 모턴 씨."

냉정한 한마디였다.

"뭐라구요?"

"안녕히 계세요."

철컥! 모턴 이어블러의 귀에는 그 이상 아무것도 들리지 않았
다. 그는 그대로 서서 안개 속에 희미하게 보이는 이스트 강을
내려다보았다. 공기 조절장치의 모터 소리가 조용히 들려왔다.
갑자기 방안에 냉기가 감돌았다.

일요 목공의 모턴 이어블러는 지금은 하는 일이 없어 새로 사
들인 FM 라디오를 멍청히 앉아서 들었다. 그리고 얼마 후 마티
니를 몇 잔 마시고 침대 시트를 매만졌다. 밤늦게서야 그는 겨우
마음을 가라앉힐 수 있었다.

그는 귤상자를 구해 선반을 달았다. 그러나 아무 연장이 없는
지금은 제대로 되지 않았다.

침대 속으로 들기 전에 그는 메모를 했다.

'회사에서 돌아오는 길에 드릴을 살 것.'

'빌리와 질리 쇼'에서(10월 27일 방송)

질리 "킹스 네크에서 이번에 특별한 예배가 있다고 신문에 나
왔더군요."

빌리 "아, 그 유태교회 말이군요."

질리 "그래요, 로큰롤 밴드를 초빙했다더군요."

빌리 "굉장하겠군요."

질리 "기발한 아이디어같아요. 언젠가 예배 때 재즈 음악을 사용한 적은 있지만, 로큰롤은 이번이 처음같아요."

빌리 "목사인 조수아 템벌은 개혁자로서 유명하다고 하던데 ⋯⋯."

질리 "그 사람, 유명인치고는 비교적 젊은 편이에요."

빌리 "그를 게스트로 초청하면 재미있지 않겠소?"

질리 "멋진 생각이에요. 아직 유태교 목사를 게스트로 초청한 적은 없었으니 말이에요."

네 번째 이야기

●

목사도 인간이다

질리언은 너무나 일이 쉽게 끝나 싱겁기조차 했다. 아니 미코노스는 물론 모턴 이어블러도 힘 하나 들이지 않고 정복했기 때문이다.

그래서 그녀는 유혹 계획을 그만 포기하려고 생각하고 있었다. 지금 그녀에게 필요한 것은 '할만한 보람'을 찾는 일이었다. 자신을 실험해 볼 수 있는 그 무엇이 필요했다.

킹스 네크의 몇 안되는 유태인 사회에서 정신적 지도자로서 군림하고 있는 조수아 템벌은 요사이 부쩍 화제의 중심 인물로 많은 사람의 입에 오르내렸다. 특히 다음달 금요 예배 때 조나와 웨일스라는 로큰롤 그룹을 초빙하겠다는 그의 발표는 대단한 논쟁을 불러일으켰다.

그리하여 '빌리와 질리 쇼' 제작진에서는 그를 게스트로 초청하기로 결정했고, 그의 승낙도 받아냈다.

템벌 목사가 출연한 월요일 아침, 윌리엄 브레이크는 질리언이 잘 리드해 줄 것이라고 마음 편히 생각하고 있었다.

그런데 그날 대담 방송에서 질리언은 처음부터 템벌 목사에게 역습당한 꼴이 되었다.

그는 질리언의 매력에 대해 전혀 무관심했을 뿐만 아니라, 더욱이 그녀의 존재조차 무시하고 있는 듯했다. 오직 청취자를 상대로 설교하는 데만 온 정신을 쏟고 있었다.

템벌은 그녀의 재치있는 질문을 교묘하게 받아넘기며 자기의 생각대로 화제를 끌고 가려고 했다. 완전히 주객이 전도된 셈이었다. 그녀는 필사적으로 그에게 저항했으나 그러면 그럴수록 자신이 더더욱 초라해 보였다.

클레블랜드의 유니언 테올로지컬 신학원 출신인 템벌은 수염이 많고 근육질의 다부진 30대 후반의 사나이였다.

게다가 곱게 손질한 반다이크 수염을 쓰다듬으며, 회색 트위드를 입고 서 있는 그의 모습은 아무 쓸모없는 군더더기를 모두 털어버리고 수용과 일치를 모토로 한 신시대의 신앙을 구축하고 있었다. 그 결과는 유태교를 오히려 감리교에 가까운 신앙으로까지 변용시켰다.

또한 강철과 유리를 주 재료로 하여 교회를 세워 킹스 네크 안의 다른 종교의 선망의 초점이 된 것도 전적으로 그의 창의력이었다.

이 건물의 정상에는 세 개의 철봉이 포크상으로 하늘 높이 우뚝 치솟아 있는데, 헤브라이 어인 'shin'이라는 글자를 본딴 것이 었다.

이는 삼위일체의 상징이었으나 험구가들은 마치 해신의 삼지창이 바닷속에서 뻗어나온 것 같다고 수군거렸으며, 이제 이교도의 신이 롱 아일랜드 만에서 주먹을 내밀어 이 삼지창을 산산조각 낼 것이라고 쑥덕거리는 사람도 있었다.

그러나 그보다 훨씬 불길한 사고가 교회의 낙성식 날에 일어났다. 그날 템벌의 제의로 낙성식을 축하하는 의미에서 백 개의 풍선을 하늘 높이 날려보내기로 했다.

그런 풍선 중의 한 개가 하늘 높이 치솟은 포크상의 하나에 걸려 터지고 말았다. 이 정도로 끝났으면 좋으련만, 불운하게도 풍선의 잔해가 'shin'의 'h'자만을 가려 아래에서 올려다보면 'sin' (원리)으로 보였다. 급진주의자인 템벌도 이에는 넋을 잃고 망연자실하지 않을 수 없었다.

따라서 구경꾼 중의 한 사람이 공기총으로 이것을 쏘아 떨어뜨릴 때까지 많은 사람들이 안스러운 마음으로 그 풍선을 바라보고만 있었다.

이런 불길한 사건에도 불구하고 교회는 날로 번창하여 템벌 자신도 그의 역량을 인정 받게 되었다. 따라서 그는 킹스 네크의 유태인 사회에서 중추적 역할을 하면서 여러 종파를 하나로 묶으려는 중심적 존재로도 부각되기도 했다.

아직까지 질서가 잡히지 않은 이 킹스 네크라는 신흥지에서 정신적 지주를 얻은 유태인들은 나름대로 축복 받은 종족이었다.

따라서 끝까지 인내만 한다면 반드시 하나님의 선택 받은 국민으로서 영광을 누릴 수 있다고 템벌은 설교했다. 지역사회에 있어서의 공적과 자유의 정신이 개인적 영화를 가져다 준다는 그의 설교가 이 교외사회에서 어찌 용납되지 않겠는가.

작년, 세 자녀의 아버지인 템벌은 전국에서 가장 기대되는 젊은 교구장의 한 사람으로 선출되었다. 이어 하나님의 축복인 듯 '종교의 혁신'이라는 라이프지의 연재 기사에 템벌이 소속되어 있는 교회가 3면에 이르는 컬러판으로 소개되는 영광을 입기도 했다.

그 후 얼마 안되어 그는 이번에는 시민권 운동에 헌신한 공로를 인정 받아 흑인 단체로부터 표창장까지 받았다.

그는 또 워싱턴과 세인트 오거스틴에 초청되었는데, 이때 AP의 사진기자가 텍사스 주 셀머에서 운집하고 있던 가난한 백인과 대담하려는 템벌의 모습을 카메라에 담아 전국 각지의 신문사에 돌렸다. 템벌은 이 사진을 5백 매나 사들여 각 교회와 주 유지들에게 돌렸다.

그러나 그가 조나와 웨일스 그룹을 금요 예배에 초빙하겠다고 말했을 때에는 그를 추종하고 있던 사람들 중에도 동요하는 사람이 있었다. 반대자의 대부분은 심리적인 입장에서가 아니라 오히려 윤리적인 관점에서 이론을 제기했다.

그러나 템벌은 이를 일축하고, 더욱더 종전의 개혁운동을 보다 진보적인 경향으로 몰고 나갔다.

논쟁은 전 지역사회로 확대되었고, 여론은 반반으로 나뉘어졌다. 뉴스 데이지의 조사에 따르면 그를 사기꾼이라고 여기는 사람이 5퍼센트, 그의 생각에 찬성하는 사람이 5퍼센트, 어쨌든 조나와 웨일스 그룹은 진지한 태도로 예배에 참석하리라 생각한다는 사람이 20퍼센트였고, 나머지는 아직 고려중에 있다는 것이었다.

그러나 이런 비평의 화살 속에서도 템벌은 단호히 이렇게 주장했다.

"유태교는 유기 신앙입니다. 그러므로 현재에 적응하지 못하면 죽음만이 있을 뿐이죠. 따라서 나는 신앙이라는 건반을 사용하여 내 자신의 곡을 창작하려는 것입니다."

그는 질리언에게 보다는 마이크를 향해 목소리를 높였다.

순간 질리언은 템벌이 종교 혁신의 선두 주자를 목표로 삼는다면, 자신은 정석대로 전통에 입각해서 그에게 도전하리라고 결심했다.

"다윗왕의 하프 아래 유태 문화에서 음악은 언제나 그 시대에 적응하며 변천해 왔습니다 스페인의 아라바넬즈, 멘델스존, 할레비 등을 생각해 보십시오."

"하지만 그들은 모두 종교음악과는 인연이 없는 음악가가 아닌가요?"

"그 질문에는 '나폴레옹이 갈라디아를 침공했을 때 환영 행진곡을 작곡한 사람은 유태교의 장로들이었습니다'라고 대답하는 것으로 대신하겠어요."

"그럴 듯하군요. 그러나 그 환영 행진곡을 교회 예배 때에는 사용하지 않을 정도의 양심이 그 시대에는 있었어요. 그런데 그 장로들과 이번의 조나와 웨일스 그룹을 똑같이 취급하려는 것은 설마……."

템벌은 노여움으로 온몸이 후들후들 떨리는 듯했으나, 억지로 나마 질리언을 무시했다.

"만일 전통이라는 것을 고수한다면 바이블에 관한 위대한 평석(評析) 따위는 감히 햇빛을 보지 못했을 것이며, 우리들 유태인들도 해롯왕 이전의 제의(祭儀)에 묶여 한 발자국도 나오지 못했을 것입니다. 따라서 평석이란 단순히 바이블을 현대어로 옮겨놓은 것이 아닙니다. 바이블을 로르사하 테스트라 한다면, 평석은 장로들이 몇 세대에 걸쳐 키우고 가꾼 사상의 퇴적입니다."

"물론 그렇기는 하겠지요."

"그런데 개혁운동은 유태교를 현대어로 옮겨놓은 일도 아니며, 위대한 유태교 학자들의 생각을 맹목적으로 외우는 일도 아니지요. 루터의 종교개혁과 마찬가지로 그것은 낡은 신앙에 새로운 생명을 불어넣은 운동에 지나지 않습니다. 그러므로 종교적 관습을 바라는 것이 우리들의 임무라고 한다면, 음악만을 예외시하는 일이야말로 신앙에 대한 배반이 아니고 무엇이겠습니까?"

질리언은 퍼드 대학에서 극동 종교론을 전공했다. 당시 그녀는 장님 재즈 피아니스트와 동거하고 있던 때였다. 그러므로 그렇게 간단히 물러서서는 안된다고 집요하게 매달렸다.

윌리엄은 안도의 한숨을 지었다. 그에게 이후의 일이 예측되었다. 남성 출연자가 지적으로 나올 경우에 질리언은 처음엔 언제나 자신의 방식대로 대항하곤 했다. 그녀에게는 정확한 인용을 통해, 예외적인 경우를 예시하고 때로는 결정적인 통계자료를 제시하는 천부적인 재능이 있었다.

이것으로도 승산이 없으면 그녀는 야유, 냉소, 함정, 즉 2차적으로 이런 것들을 동원했다. 또 만일 출연자가 굳은 신념을 가지고 얘기하고 있다는 것이 감지되면 '유머가 부족하고 융통성이 없으며, 약간은 존경할만한 학자'라고 교묘히 받아넘기며 상대를 어리둥절하게 만들기도 했다.

이런 경우에도 때로는 출연자가 굴하지 않고 반격해 오는 경우가 종종 있었다. 그러면 이번에는 온갖 애교와 교태를 부려 상대를 당황하게 만드는 최후의 무기를 쓰곤 했다.

드디어 질리언이 공격을 개시했다.

"그러나 중세의 유태인 학자들은 당신이 무시하고 있는 제의(祭儀)에 대한 전통적 관점에서의 율법을 해석하지 않았나요? 더욱이 그 제의 자체가 당신이 말하는 제의가 아니라, 각 개인의 인간적 행위가 갖고 있는 신성한 가치를 반복 시인하기 위해 불가결했다고 생각되지는 않는지요?"

"그러나 사회자······."

"잠깐만 기다려 주세요. 유태교와 기독교의 개혁운동의 유사성을 말씀하실 때에 놀란 것은, 당신은 양자의 의도에 중대한 차이가 있다는 것을 무시하셨어요. 프로테스탄트의 종교개혁은 신앙을 순화하고, 예수 당시로 돌아가자는 것이 그 목적이었어요. 그런데 유태교의 경우는 간소화하고, 미래 지향적이라고 생각할 수 있지 않은가요? 마지막으로 한마디 더 하겠어요. 신을 받들고 그를 위해 봉사하고 있는 당신이 우리를, 사회에서 비도덕적이며 경박한 무리들이라고 천시 받고 있는 인간들을 교회 안으로 끌어들여 참회시키지도 않고 기도석에 앉히려는 당신의 속마음을 저를 비롯해서 이 프로그램을 듣고 있는 청취자들은 납득을 하지 못하고 있어요."

"그뿐인가요?"

템벌이 이렇게 묻고는 처음으로 저항의 화살을 당기기 시작했다.

"메이어 율법사가 왜 무법자와 어울리는가를 질문 받았을 때의 대답이 지금의 저에게도 해당될 듯합니다. '나는 석류나무를 발견하여 그 열매를 먹고 껍질을 버렸다.'"

윌리엄은 조금 전과는 반대로 차츰 초조해지기 시작했다. 석류나무의 예가 이 경우 적절하지 못할 뿐더러 청취자들이 라디오의 스위치를 끄는 소리가 들리는 것만 같았다. 수다쟁이 영감은 수다쟁이 마누라보다 더 처치곤란하기 마련 아닌가.

더욱이 지금의 그는 말초신경보다도 무용한 존재이며, 마술사의 손장난으로 인해 순간적으로 자취가 사라지는 토끼와 같은 심정이었다. 그야 어떻든 아침 대담 프로에 이런 형이상학적인 표현은 좀 지나친 것 같았다.

"질리!"

윌리엄이 참다 못해 중간에 끼어들었다.

"교구장의 말씀은 종교음악은 새로운 사운드로부터, 아니 로큰롤에서조차도 무엇인가 얻는 것이 있을 것이라는 뜻이라고 생각지 않소?"

"그것뿐이 아니예요, 빌리!"

"이봐요, 질리, 진정해요! 당신, 이분은 지금보다 더 중대한 말씀을 하고 계시는 거요. 종교 조직은 전통에 반항하는 것만으로는 불충분하므로 전통을 버려야 한다고 하시는 말씀 아니겠소? 템벌 교구장님, 그렇지요?"

이윽고 두 사람의 언쟁이 다시 재개되었다. 전통과 개혁을 둘러싼 종교문제에 대해 질리언은 템벌을 자기 멋대로 휘둘렀다. 그는 그녀의 해박한 지식에 현혹되어 의기소침해지고 공포의 빛까지 얼굴에 띠었다.

그가 바빌로니아의 학자를 인용하면 질리언은 그 학자를 논파한 말을 인용했으므로 템벌은 망연자실 의욕을 잃었다. 대담이 아니라 논전이었다.

계속되는 15분간, 템벌은 유니언 테올로지컬 신학원에서 배운 모든 지식을 총동원했지만, 결국 그녀를 당하지 못했다.

질리언은 이미 지적 게릴라전으로 전술을 바꾸어 저격, 목표공격, 퇴각, 조소, 냉소 등을 적당히 활용하여 쇼가 끝났을 때에는 벅찬 승리감이 그녀의 가슴을 두근거리게 했다.

이제 조나와 웨일스 그룹의 문제는 그녀의 머리속에서 깨끗이 사라졌다.

"당신은 백만의 학자에 필적할만 하군요, 브레이크 부인."

템벌은 손을 들고 그녀에게 항복했다. 그러나 이렇게 덧붙였다.

"이 논쟁을 계속하고 싶군요."

"저도 마찬가지예요, 교구장님."

그는 윌리엄에게는 건성으로 인사를 하고 나갔다.

스튜디오의 문이 닫히자마자 윌리엄이 말했다.

"질리언, 나는 당신의 속셈을 모르겠소."

이제 윌리엄의 얼굴은 울상이었다.

"래드 클리프 여자 대학의 세미나에라도 참석하고 있는 줄 아오?"

"나는 퍼드 대학 출신이에요. 제발 입 좀 다물고 있어요. 내가 무엇을 말하든 상관없지 않아요? 게다가 소견 좁은 주부들은 오직 내가 승리하기만을 바래요. 당신이 지면 그만큼 이 쇼는 성공한 거예요."

다음날 템벌이 질리언에게 전화를 걸어 방송 테이프를 빌려 달라고 했다.

"그러시다면 내일 저녁 우리집에 갖다 놓겠으니, 오시겠어요?"

질리언이 말했다.

"그렇게 하겠습니다."

"그럼 준비해 놓을게요."

질리언의 예상은 적중했다. 윌리엄은 다음날 밤 집에 돌아오지 않았다.

템벌이 질리언의 집에 이르자, 그녀는 다리와 가슴이 훤히 들여다보일 만큼 터진 드레스를 입고 그를 반갑게 맞이했다. 고리 모양의 귀걸이와 그에 걸맞는 은제의 팔찌가 유난히 그녀를 돋보이게 했다.

"어서 오세요, 목사님. 제가 갖다드려야 했을텐데, 죄송합니다. 그런데 차소리를 듣지 못했는데요."

"문 밖에 세웠습니다. 댁의 차도에서 소란스럽게 하기가 미안해서요.”

질리언은 이상한 생각이 들었다. 유태교회의 목사도 이렇게 소심한 곳이 있는가 하고……

“그래도 차도는 차를 위해서 일부러 만들어 놓았는걸요.”

그녀는 그의 손을 잡고 거실로 안내했다. 스페인 풍의 실내장식, 비교적 거실이 넓어보이는 것은 공간을 최대한 활용한 설계 때문이었다.

“밖에서 보고는 영국식이라고 생각했는데요.”

“튜더 왕조풍의 흉내지요. 그러나 저는 남의 모방을 싫어해요. 이런 점에서 윌리엄과는 의견이 맞지 않아요.”

“참, 바깥주인이 안 보이는군요.”

“늦게 돌아오는 적이 많아요. 수요일과 월요일, 때로는 공휴일도 늦게까지 일을 해요. 그래서 롤프와 지내는데, 저는 개를 싫어해요. 특히 롤프는 더욱 싫어요.”

“롤프는 지금 어디에 있습니까?”

템벌이 물었다.

“차고에 가두어 버렸어요. 윌리엄이 없을 때에는 항상 이렇게 가두곤 해요.”

“좀 가엾지 않으십니까?”

“별로 그렇다고 생각되지 않아요. 개 팔자란 그렇고 그런 게 아니겠어요?”

질리언은 템벌에게 위스키 한 잔을 권했다. 그는 서슴없이 받았다. 그의 이런 태도가 질리언의 마음에 들었다.

“목사님, 마티니는 저희들에게 어떤 은혜를 베풀어 줄 수 있지요?"

"그것은 어느 정도 훌륭하게 만들었는가에 달려 있겠지요, 부인."

질리언은 되돌아와서 템벌 곁에 앉았다. 테이프 얘기로 시작된 화제는 쇼로 옮겨갔고, 나중에는 악에 대한, 선의 투쟁에 대한, 오늘날의 의복에까지 발전했다. 이에 이르자 템벌은 열을 올리며 말했다.

"악은 어디에도 있습니다. 물론 내 주위에도 있습니다. 하나님을 봉사하는 사람이라도 그분의 종이기 때문에 결코 유혹과 무관하지 않습니다."

"굳이 하나님의 종이기 때문이라고 강조하시는 이유는 무엇이죠?"

"브레이크 부인, 이런 속담이 있지요. '인간이 위대하면 할수록 악의 유혹도 크다'고……."

템벌은 새삼 자기 위신을 세우기라도 하려는 듯 크게 헛기침을 하면서 질리언의 손목을 힘껏 잡았다.

그러나 그녀는 그 손을 강하게 뿌리치고 주방으로 들어가서는 곧 테이프를 가지고 돌아왔다.

"테이프 여기 있어요. 이것을 가지러 오셨지요?"

"네, 죄송합니다."

템벌은 일어서며 질리언에게 한 발자국 다가섰다.

"부인을 놀라게 했다면 깊이 사과합니다. 설마 저에게…… 실망하시지는 않으셨겠지요?"

"목사님, 당신은 아내와 세 자녀의 가장이시지요?"

"네."

"어느 누구보다도 당신의 가정생활은 이 킹스 네크에서는 모범이 아니신가요?"

"겉과 속은 다를 수도 있지 않습니까? 쇼윈도를 본 것만으로는 내실을 알 수 없지요."

"그렇다면 불행한 가정생활을 하고 계시다는 말씀이군요."

"농담입니다, 부인."

"당신도 바람을 피우신 경험이 있으신가요?"

"엉뚱한 질문을 하시는군요. 설마 이것도 녹음하는 것은 아니겠지요?"

"상품을 사기 전에는 그 품질을 조사해야 한다는 것쯤은 알고 계시겠지요?"

"그렇다면 부인께 솔직히 고백하겠습니다. 저는 지금 변화를 구하고 있습니다. 사랑하는 제 아내도 저를 충족시키지 못하고 있는 그 무엇을 갈망하고 있습니다. 저 역시 완전한 금욕주의자는 아닙니다."

"그렇더라도 성직자는 금욕생활을 하셔야지요."

"그것은 그리스도교의 성자들만이 하는 일입니다. 바울도, 어거스틴도 방탕한 끝에 자신의 죄를 참회하기 위해 금욕하지 않았습니까? 그러므로 방탕과 금욕은 동전의 앞뒤에 불과합니다. 어느 한쪽에 온 정신을 쏟으려면 먼저 다른 한쪽에 빠져보아야 합니다."

"이것 역시 인터뷰의 계속같군요."

"상품 얘기를 다시 할까요. 어떻습니까, 이것으로 매매계약은 성립되었습니까?"

"질리언이라고 부르세요."

그러자 질리언에게 손을 내밀면서 템벌이 말했다.

"상품은 만져보아야 하겠지요."

"아직은 안돼요."

질리언은 웃으면서 침실 쪽으로 달려갔다. 뜨거운 입김을 뿜으며 그녀를 쫓는 템벌의 눈이 열기로 빛났다.

템벌은 침실에 들어서자마자 낮은 스페인식 침대 기둥에 그녀를 힘껏 자기 몸으로 밀어붙이다가, 질리언을 그대로 침대로 넘어뜨렸다.

"잠깐! 물어볼 말이 있어요.."

"새삼 무슨 말이지요? 얘기는 완전히 끝나지 않았습니까?"

"이런 짓을 하면, 지옥에 떨어지리라 생각되지 않아요?"

템벌은 순간 몸을 곤두세우고 질리언을 얼마 동안 뚫어지도록 내려다보았다. 농담을 하고 있는 것인지, 아니면 미친 여자는 아닌지 종잡을 수 없는 여자라고 생각하는 표정이었다.

"엘리사 선지자도 말했습니다. '심판관이 없으면 심판도 없다'고 말입니다."

그는 이 말을 끝내기가 무섭게 질리언을 침대로 쓰러뜨리고는 다시는 도망가지 못하게 날쌔게 덮쳤다.

그러나 순간 그녀가 보다 먼저 몸을 피하는 바람에 템벌은 욕정으로 빳빳하게 곤두선 그 부분을 침대에 부딪쳤다.

"아얏!"

템벌은 외마디 소리를 지르고 그대로 엎드려 있었다. 부러지지 않은 것이 천만다행이었다.

"목사님, 다치지 않았어요?"

"물론 부러지지는…… 않았소. 어쨌든 엘리사 선지자의 말을 명심하도록 하시오."

질리언은 은근히 걱정되었다. 아픔으로 얼굴을 찡그리고 있는 그가 불쌍하게 보였고, 도와주고 싶었다.

"마사지를 해드릴까요?"

그러나 이 말을 듣는 순간, 그는 실신하고 말았다. 그리고 약 30분 가량 지나서야 겨우 정신을 차린 그는 부상 부분에 생각이 미치기가 무섭게 질리언의 몸에 손을 뻗었다.

"입고 있는 것을……."

템벌은 거의 신음소리로 말을 이었다.

"어서…… 옷을 벗어."

질리언은 웃으면서 몸을 피했다.

'이런 판국에 내게 옷을 벗으라고! 미친 목사군!'

그러나 템벌은 전광석화와도 같이 질리언의 몸을 낚아채더니 옷을 벗겼다.

그러자 햇빛에 그을린 그녀의 날씬한 다리가 검은 네트 팬티 밑으로 곧게 드러났다.

순간 그는 아랫배가 다시 빳빳해지면서 온 힘이 밑으로 쏠렸다. 질리언의 손과 발이 그의 몸을 피하려고 허우적거렸다.

그러나 그는 강철 같은 팔과 다리로 그녀를 무겁게 짓누르며, 끈적끈적한 입술로 그녀의 입술을 덮었다. 그리고 미친 듯이 그녀의 몸을 훑기 시작했다. 목에서 가슴으로, 다시 그 밑으로 그의 혓바닥이 바쁘게 움직였다.

그때 나이트 테이블 위에 놓여 있는 전화벨이 요란하게 울린 것은 템벌이 그녀의 매끈한 하체를 애무하려는 찰나였다.

"그대로 둬!"

그가 속삭이듯 말했다.

"이런 상황 속에서도 과연 그 일이 가능할까요?"

"잊어버려. 귀를 막고 모든 것을 잊는 거야!"

"안돼요!"

그녀의 긴박한 소리에 템벌의 압박이 약간 느슨해졌다.

"잊으라니, 그것은 무리예요. 아마 윌리엄의 전화일 거예요. 받지 않으면 오히려 더 의심을 사게 돼요."

템벌은 투덜거리며 몸을 일으켰다. 그녀는 잽싸게 침대에서 내려와 전화를 받았다.

"여보세요, 저예요. 별고 없었어요?"

"윌리엄이야?"

템벌이 초조하게 물었다.

그녀는 손으로 아니라는 사인을 보냈다.

그는 답답하다는 듯 손으로 이마를 가볍게 치면서 크게 신음소리를 냈다.

질리언은 그의 재촉하는 여러 번의 손짓을 무시한 채 15분 동안이나 무의미한 수다를 떨었다. 계속 아까운 시간이 흘렀다.

'황금 같은 시간을 허비하다니!'

그는 안타까운 듯 그녀의 몸에 손을 뻗었으나 그때마다 타박을 받았다.

그는 전화가 거의 끝나갈 무렵에는 너무나 지친 나머지 몸을 구부리고 앉아 자기도 모르게 뜻없는 말을 중얼거렸다. 그리고 화가 머리끝까지 올라 전화기 코드로 그녀를 목 졸라 죽이고 싶은 심정이었다.

그때 조용히 수화기를 놓는 소리가 들렸다.

"왜 빨리 끊지 않았소?"

템벌이 씩씩거리며 물었다.

"꼭 대답해야만 해요, 목사님?"

"조수라고 불러요."

"조수아, 마리오 벨러의 전화였어요."

"그 건달놈?"

"그래요. 저렇게 종종 전화를 해요. 까닭도 없이 만나서 얘기를 하고 싶다는 거예요. 만일 빨리 끊으면 그 사람이 무슨 일을 저지를지 몰라서……."

"그래도 브레이크 부인! 아니, 질리언. 남자와 여자가 침대에 있는 동안에는……."

"……인간은 멸망치 않는다는 말이겠지요."

템벌은 침대 반대쪽에 앉아 있는 질리언에게 다가가서 브래지어의 훅을 풀었다.

그녀는 저항하지 않았다. 눈부시게 뽀얀 앞가슴이 탐스럽게 솟아나 있었다. 그의 입이 그것을 지그시 물었다.

욕망이란 이름의 바람에 작은 깃발처럼 그녀의 젖가슴이 춤췄다. 그리고 갈색의 유두가 그의 혀끝을 자극했다.

템벌은 그녀의 검정 네트 팬티를 벗겼다. 그런데 팬티는 셀로

판지가 서로 스치는 듯한 소리를 내며 아래로 내려가다가 무릎에 걸쳤다. 이것은 제법 능숙한 솜씨로 다루려던 그의 가슴을 무척 답답하게 만들었다.

그러나 그는 당황하지 않고 부드럽게 그녀의 무릎을 매만지며 벗겼다. 이제 침대에서 일어선 템벌이 몸에 걸치고 있는 것은 그의 몸을 덮고 있는 털 뿐이었다.

그는 이런 상황에서도 성자의 인내를 발휘하여 질리언이 귀걸이와 팔찌를 풀어낼 때까지 끈질기게 기다렸다.

준비는 다 되었다.

그러나 그는 즉시 행동에 들어가지 않고, 그를 기다리고 있는 알몸의 그녀를 찬찬히 내려다보았다. 그리고는 큰절이라도 하는 듯 몸을 구부리고는 그녀를 덥석 껴안고 약간 벌려 있는 다리에 힘껏 몸을 비벼댔다. 그리고 이빨과 입술이 질리언의 몸 위에서 움직이기 시작했다.

그는 때로는 핥고, 때로는 지그시 물고, 때로는 힘껏 빨면서 그녀의 온몸을 마음껏 음미했다. 그리고 크게 곡선을 이루고 있는 그녀의 탄력 있는 히프에 이르러 이빨에 힘을 주었다. 순간 그녀의 순백 살갗 위에 꽃잎 모양의 자국이 생겼다.

그는 그녀를 바라보면서 서서히 몸을 일으켰다. 그의 하체에는 팽팽하게 우뚝 솟아난 그의 물건이 때를 기다리고 있었다. 그러나 질리언의 다리는 여전히 닫혀 있었다.

"아직 안돼요, 조수아. 우선 제 무릎에 키스를 해줘요."

"무릎에?"

"네, 그래요."

"그곳이 더 낫지 않을까?"

"그곳과 무릎 양쪽에 키스해도 좋아요."

'이 색광. 그러나 이만한 미인이라면……'

템벌은 한마디 불평도 하지 않고 몸을 구부리고는 그녀의 명령에 순종했다. 매끈하고 알맞게 살이 붙은 무릎에는 보조개가 있어서 묘한 자극을 유발했다. 그는 10분간이나 그녀의 무릎을 애무했다.

템벌은 별난 재주는 없었으나 이런 일에 관한 한 곧 요령을 터득하는 것이 그의 장점이기도 했다. 언제부터인지 질리언의 입에서 거친 숨결과 자극적인 신음소리가 계속 들려왔다. 그리고 그녀의 무릎 사이가 서서히 넓어지기 시작했다.

템벌은 새로운 공략을 위하여 몸을 일으키려 했다. 그러나 그녀의 두 팔이 그를 힘껏 끌어당겼다.

"좀더, 좀더 해줘요."

질리언의 열에 들뜬 소리가 들렸다.

'안돼, 기다려야 돼.'

템벌은 터질 것 같은 팽윤을 필사적으로 누르면서 또다시 무릎에 매달렸다.

그때 나지막한 신음소리가 들려왔다. 그것은 꼭 동물의 비명소리 같았다. 마치 그의 등뒤에서 들려오는 것처럼 섬뜩하기도 했다.

갑자기 공포가 그를 휩쌌다. 그것은 역시 그의 뒤에서 들려왔다. 롤프 같았다. 그 개임에 틀림없었다. 불운하게도 이 행복의 순간에 개가 차고에서 뛰쳐나와 침실 입구에서 이 묘한 광경을 향해 짖고 있었던 것이다.

템벌은 벌거벗은 채 차디찬 공포에 질려 동상처럼 굳어 있었다. 그러나 이것이 결국 문제를 일으켰다. 롤프가 몸을 날린 순간 템벌의 오른쪽 엉덩이에 심한 격동이 전류처럼 흘렀다. 바늘다발을 꽂아놓은 듯한 아픔이었다.

처음에 질리언은 템벌이 자기도 모르는 육체적 희열에 넋을 잃은 줄 알았으나, 그의 고통에 찬 울부짖음에 비로소 이 달갑지 않은 침입자를 깨달았다.

그녀는 벌떡 일어나 롤프의 귀를 붙잡고, 그에게서 떼내려고 안간힘을 썼다.

"이 미친놈의 개야!"

그녀는 마구 개를 때렸다.

그러나 롤프는 핏방울이 뚝뚝 떨어지는 그 살점을 뱉으려 하지 않았다.

질리언은 할 수 없이 롤프를 달래어 차고로 데리고 가서 단단히 가둔 다음 자물쇠를 잠그고 돌아왔다. 템벌은 초주검이 되어 있었다.

"광견병에 걸리는 거 아냐?"

그는 얼굴을 찡그리며 투덜댔다.

"롤프는 예방주사를 맞았으니 괜찮을 거예요. 그리고 상처는 그렇게 심한 편이 아니니 걱정 말아요. 시트는 엉망이 되었으나 이왕 바꾸려고 하던 참이었으므로 마침 잘 되었구요."

그녀는 욕실에서 약상자를 가지고 와서는 그의 상처를 대충 치료해 주었다.

"이제 롤프는 안심해도 돼요."

그녀가 다시 한번 다짐하듯 말을 이었다.

"그 개는 다소 유별나긴 하지만, 미친개는 아니예요. 자, 이제 어떻게 하겠어요?"

질리언은 템벌 앞에 책상다리를 하고 앉았다. 농익은 그녀의 육체에서 뿜어대는 요기가 서서히 그를 사로잡아 갔다.

어느새 그는 아픔도 잊었다. 그리고 새로운 욕망이 꿈틀거렸다. 그는 미친 듯이 그녀의 양다리를 벌리고 덮쳤다.

다시 두 사람은 한몸이 되어 침대 위로 쓰러졌고, 템벌의 양팔이 그녀를 으스러지도록 껴안았다. 전희와 같은 기교가 무슨 필요가 있겠는가. 이미 달아오른 그녀의 몸이 템벌 밑에서 꿈틀거리기 시작했다.

곧이어 그의 손이 요동하는 그녀의 허리를 쓰다듬으며 몸 위에서 춤을 추기 시작했다. 그녀의 커다랗게 벌린 입에서 가쁜 숨이 새어나오고, 눈은 지그시 감고 있었다.

땀이 흐르고 몸이 끈적거렸다. 때는 무르익었다. 그녀의 넓게 벌린 양다리 사이의 숲이 그의 진입을 기다리고 있었다.

템벌은 거친 숨을 몰아쉬며 모든 준비를 끝내고 있는 질리언을 온몸으로 덮쳤다. 그야말로 한몸이 되었다. 새로운 운동을 시작할 순간이 된 것이다.

그런데 바로 그때, 현관벨이 울렸다.

"저게 무슨 소리지? 이 중대한 시간에."

"큰일났군요. 브리지 동호회 사람들일 거예요. 9시 전에는 오지 않기로 되어 있었는데."

"브리지 동호회?"

"지난주에 가입했어요. 수요일 저녁에 정기적으로 모이게 되어 있어요."

"나가지 마. 집이 빈 것을 알면 돌아가겠지."

그는 애원하듯 말했다.

"불은 켜 있고 제 차도 있으니, 그것은 안돼요. 당신이 차를 바깥에 세워둔 것이 다행이긴 하지만."

또다시 현관벨이 울렸다. 템벌이 침대에서 굴러내렸다.

"브레이크 부인, 오늘밤 손님이 있을 것이라 알면서 왜 이런 짓을 벌렸지?"

"그때까지는 끝날 줄 알았어요. 당신이 너무 꾸물거렸어요."

벨이 다시 울렸다.

"조수아, 어서 나가요. 들키면 서로 망신이에요."

"어떻게 나가지?"

질리언은 재빨리 약도를 그렸다. 그리고 계단을 내려가서 방을 지나 창문을 열고 안마당을 거쳐 차도로 나가기까지의 경로를 가르쳐 주었다. 그녀가 주방에서 손님을 상대로 하여 잡담을 하고 있는 사이에 빠져나가면 되는 것이다.

그에게 약도를 설명하고 있는 동안에도 질리언은 빠른 손놀림으로 침대를 정돈하고 고급 원피스를 입었다. 그리고 아직도 흥분하고 있는 '목사 정부'는 거들떠보지도 않고 침실을 나갔다.

아직도 가슴을 두근거리며 침대에 앉아 있던 템벌은 문이 닫히는 소리를 듣자, 무거운 몸을 일으켜 옷을 입고는 핏자국이 묻어 있는 시트를 들고 침실을 나왔다. 그리고 어두운 밤길을 더듬으머 조심조심 고양이 걸음으로 그녀의 집을 빠져나와 자동차 앞에 섰다.

그는 자동차문을 열고 들어가 영광(?)의 상처가 있는 엉덩이의 아픔을 참고 앉았다. 그리고 오늘밤 일어난 일을 곰곰이 생각해 보았다.

'과연 이런 일이 있을 수 있을까? 여자 단독으로 이런 일을 꾸밀 수 있을까? 초대, 맹견, 브리지 동호회, 그리고 그녀의 선정적인 신음소리…… 나를 함정에 빠뜨리기 위해서 꾸민 일이 아닐까? 그렇다! 틀림없이 그럴 것이다.'

다음주 질리언은 템벌의 전화를 세 번이나 받았다. 그러나 적당한 구실을 내세워 거절했고, 다시 걸려온 네 번째 전화도 정중히 사과하고 끊었다.

그 다음주, 질리언 브레이크가 마리오 벨러와 드라이브 인의 햄버거 스탠드에 들어갔다는 소문을 듣고, 템벌은 더욱 초조해져서 선물 공세를 폈다. 그러나 그것도 전부 깨끗이 반송되었다.

질리언이 피하면 피할수록 템벌은 더욱 열을 올려 그녀를 찾았다. 그녀의 무릎에 키스를 하는 것만으로도 행복해질 것 같았다. 이제 롤프 따위가 무슨 상관이 있겠는가. 그녀를 만날 수만 있다면 그 무엇도 두렵지가 않았다.

그러나 그도 인간이었다. 사랑보다는 미움이 더 강하게 작용하는 것이 인간의 본능이다. 언제부터인지 그의 마음속에 질리언에 대한 증오심이 서서히 일고 있었다.

사랑과 증오가 그의 핏속에서 혼합되어 몸 밖으로 솟아나오더니 급기야 그의 관자놀이에 핏발이 서기 시작했다. 질리언이 그의 음성을 듣자마자 수화기를 놓자, 드디어 그는 악마로 변신하고 있었다.

어직원과 자주 말다툼을 했고, 교회 회합에서는 미친 듯이 떠들거나 갑자기 벙어리가 되기도 했고 소중한 기부자와 부질없는 말다툼을 벌이기도 했다.

금요 저녁 예배 때에는 술취한 채 나타났고, 토요일에는 값싼 뒷골목 아가씨들과 어울려서 호텔에 들어가기도 했다. 그의 친구들이 그를 설득했으나 허사였다.

하지만 이상하게도 템벌은 그 전보다 더욱 유명해졌다. 그에 대한 스캔들이 지역사회에 그림자처럼 붙어다녔다. 그러자 지역사회 주민들은 목사로서 결코 그래서는 안된다고 위로하며 동정했다.

그러나 템벌은 그들의 동정을 냉소하고 아내를 구타하며 자식들을 들볶았고, 이윽고는 조나와 웨일스 그룹의 공연을 3일 앞두고 어디론가 자취를 감추고 말았다.

교회의 장로들은 이것은 다시 없는 행운이라 생각하고 수색원도 내지 않았다. 템벌 대신에 아시트탄트의 라만 목사가 특별 훈련을 받고 예배를 주관하게 되었다.

당일의 금요 예배에는 예측한 대로 신문기자와 카메라맨이 모여들어 교회 안은 인산인해를 이루었고, 식의 전반은 순조롭게 진행되었다.

이윽고 조나와 웨일스 그룹이 정장을 하고 자못 정중하게 입장했다. 그들이 가발만 쓰지 않았더라면 전혀 록 그룹이라고는 보이지 않았다.

식의 후반 서두에 조나가 노래를 불렀다.

우-우-우-우-
그리고 보자
우리들은 두 손 모아 기도하리라.
야-야-야-
우리들은 머리 조아려 기도하리라.

이때 누구의 눈에도 이 파격적인 시도가 성공했다는 것이 역력히 보였다. 그러나 보다 고된 싸움에 승리하여 벅찬 승리감에 도취해야 할 템벌이 없다니 정말 얄궂은 운명의 장난이었다.

두 번째 노래가 시작되었다.

'무릎 꿇어 그 애의 옷자락에 입맞추며, 기도하며 노래 부르리.'

카메라의 플래시가 여기저기서 요란하게 터졌다. 놀랄만한 성과를 거둔 것이다. 그때 갑자기 요괴가 나타났다.

그 요괴는 누더기 같은 베옷을 걸친 템벌이었다. 그는 충혈된 눈에 맹수 같은 안광을 번득이며 조나와 웨일스 그룹 앞에 다가가서 연주를 중단시켰다. 음악이 멎었다.

템벌은 강단에 올라서자 야수의 포효 같은 울부짖음으로 유태의 예언자인 요나를 위선자로 매도하고는 떨고 있는 장로들을 향하여 하나님의 뜻을 무시한 자라고 그들을 고발했다.

"우리들은 이제 죽음의 위기에 처해 있다!"

그가 이렇게 외치면서 성서대에 힘껏 몸을 의지하고는 세 명의 장로를 밀쳐 떨어뜨리고, 네 사람째의 장로와 실랑이를 하고 있을 때에야 비로소 경찰이 달려왔다.

그는 계속 외쳤다.

"페리시테의 사람들이여! 그들의 뼈를 부러뜨려 낮은 자리에 앉게 하리라!"

그때 그룹의 리더인 조나가 들고 있던 지휘봉을 버리고 군중 속으로 사라졌다.

템벌은 그것이 고무제품이라는 것을 알고 도망치고 있던 그룹의 최후의 한 사람을 향해 던졌다. 그리고 드디어 경찰들에게 붙잡혀 끌려나갔다.

교회는 템벌을 고발하지 않았으나, 그는 이곳에서 영원히 자취를 감추었다.

후에 들리는 소문에 의하면 그는 브로드스키라고 개명하여 이스트 뉴욕의 어느 그리스 정교회에서 잡역부로 일하고 있다는 것이다. 참회하는 마음으로 자기를 책망하면서 하루하루를 보내고 있다고 하나, 이것은 단지 소문에 불과할 뿐이었다.

'빌리와 질리 쇼'에서(11월 28일 방송)

빌리 "감사절이 끝나면 곧 크리스마스가 오겠죠."

질리 "유태교의 캐누커도 잊지 마세요. 다음달 초이므로 얼마 안 남았어요."

빌리 "그렇군요. 그런데 조수아 템벌 목사는 정말 안되었소. 그가 이 쇼에 초대된 것이 엊그제 같은데 말이오. 청취자 여러분들도 그의 불행을 가슴 아파하실 거요."

질리 "그럴 거예요. 신문에서도 연일 다루고 있으니 말이에요."

빌리 "그 사람은 우리들이 감히 생각지도 못하고 있는 그런 정신적 압박 속에서 살아왔더군요."

질리 "정말 성자의 품격이 있는 훌륭한 사람이었는데, 애석한 일이에요. 오늘날 종교적 지도자가 얼마나 어려운 존재라는 것을 단적으로 보여주는 서글픈 사건이었어요."

빌리 "맞소. 템벌 목사는 특히 오늘의 젊은 층을 이해하려고 무척 노력했었고, 그런 일만 없었다면 그는 자기 목적을 달성할 수 있었을 텐데……."

질리 "당신의 말뜻을 모르겠어요."

빌리 "오늘날의 젊은이는 그 어떤 것에도 흥미를 보이지 않으며, 또 어떤 것에도 일체화되기를 거부하고 있다는 얘기요."

질리 "그럴 듯하군요. 하지만 젊은이들의 소외감은 인정할 수 있어도, 당신의 생각은 다소 극단적이군요. 젊다는 것은 그것만으로 중요한 가치를 지니고 있다고 생각해요."

빌리 "LSD와 마리화나 말이군요. 그렇다면 그리니치 빌리지를 어슬렁거리고 있는 젊은이들을 당신은 어떻게 생각하오?"

질리 "그들은 히피예요. 아마 적어도 그렇게 대우 받기를 바라고 있는 젊은이들일 거예요. 그러나 그들은 젊은 세대의 표본은 아니예요."

빌리 "물론 그럴 수도 있겠죠. 그러나 그들의 수를 우리는 무시할 수는 없어요. 특히 요사이는 어느 곳에서도 그들을 볼 수 있는 것도 사실이니 말이오."

질리 "하긴 그렇군요. 그러나 책을 표지만으로 판단할 수는 없지 않아요?"

빌리 "그렇더라도 장발에 샌들 차림은 좀 지나친 것 같이요."

질리 "하긴 제가 대학에 다니던 때에도 모든 학생이 천사처럼 순진하진 않았어요."

빌리 "당신은 그때나 지금이나 여전히 천사요."

질리 "고마운 칭찬이군요."

빌리 "아니, 나는 진정으로 말하고 있는 거요. 오늘날의 젊은 이들은 아무래도 마음이 놓이지 않아요. 한 예를 든다면 성적 자유에 대한 그들의 사고 같은 것 말이오."

질리 "물론 나도 당신의 말을 인정하지만, 그것은 지나친 편견이에요."

빌리 "그럴까요?"

질리 "나는 많은 젊은이들이 활기에 넘친 신선한 에너지의 소유자라고 생각해요."

●

샴페인 캔디

마리오 벨러는 본빌의 액셀러레이터를 힘껏 밟아 골목길에서 단숨에 롱 아일랜드 고속도로로 빠져나왔다. 발밑에서 폭발하는 파워가 마음에 들었다. 그는 아주 적은 압력으로도 자유자재로 조절되는 이 파워가 언제나 가슴을 후련하게 해준다고 생각했다.

이윽고 그는 압력을 늦추어 제한속도로 달렸다. 킹스 네크 분기점까지는 이 속도라면 충분할 것 같았다. 그 다음 25-A를 25분 가량 달리면 둔즈 모텔에 도착하게 될 것이고, 지금 그곳에는 질리언이 기다리고 있을 것이다.

'오늘은 시간에 맞추어 와 있었으면 좋겠는데…….'

그녀가 늦게 도착한 변명을 늘어놓은 것은 2주일 전에 처음 만났을 때부터 한결같았다. 그는 그녀가 이번에도 늦으면 한마디

해야겠다고 마음먹었다.

아직 3시 30분, 러시아워 전이라 도로는 한산한 편이었다. 그는 눈을 스피드 게이지에서 퀸스 불바드 출구의 제한속도 표지판으로 옮겼다.

벌써 2년 전부터 킹스 네크를 왕래하고 있는 그에게는 제한속도가 자기 아들의 이름만큼이나 훤했다.

그러나 그는 주의 깊은 사람이었다. 이것이 조직에 있어서의 그의 장점이기도 했다.

그는 마피아 내부를 속속들이 알고 있었으며, 마피아야말로 그의 생활이며 인생의 모든 것이었다.

'사소한 법률은 결코 범하지 말라!'

이것이 그들의 엄격한 규율이었다. 어쨌든 프로들은 피라미와는 다르게 마련이다.

마리오 벨러는 동료 유력 멤버가 실패한 지역사회에 동화하는데 훌륭하게 성공했다. 36세의 옹골찬 미남인 마리오는 인근에서 신장일로에 있는 벨러 미어 올리브 제유회사와 포토 제퍼슨에 인접한 포토 솔렌트 건설회사의 젊고 유능한 경영자로서 통하고 있었다.

연예계에까지 손을 뻗치고 있는 그는 최근 폭발적인 인기를 모으고 있는 록 가수 조니 알롱거의 뒤를 돌보아 주고 있다는 소문도 있었다.

이 신인 가수는 '죽도록 사랑하리' 한 곡으로 몇 개월째 톱 텐 차트에 오르고 있었다. 이 정도의 인기는 마리오가 그를 이용하는데는 충분했다.

마리오는 이 햇병아리 가수를 지역사회의 자선 파티나 정당 주최 만찬회 등에 출연시켰고, 또한 킹스 네크의 컨트리 클럽에도 두 번이나 출연시켰다. 이 공로로 여러 견실한 조직에서도 그를 임원으로 영입하려고 손을 쓰고 있었다.

이런 인기가 조니 알롱거 때문인지, 아니면 그가 내키는대로 수표를 발행하는 까닭인지는 몰라도 어쨌든 그에게는 흐뭇한 일이었다.

또한 마피아에서도 그를 음양으로 도와주었다. 그가 자금 모금에 나서면 마피아의 입김이 서려 있는 뉴욕의 굵직한 건설업자나 양장점에서 아낌없는 희사를 해주었다.

물론 갱과의 관련설도 심심찮게 나돌았다. 그러나 그것은 어디까지나 소문에 불과했다. 8년 전 이웃 마을에서 그를 '암흑가의 건달'이라고 발표한 신문이 그에 대한 인격 모독죄로 4만 5천 달러의 배상금을 지불한 일이 있었던 것이다.

또한 그는 내년 봄 아동 구루병 예방협회가 수여하는 금년도 최고 공로상 수상자 후보 명단에 올라 있었고, 1월에는 이탈리아계 미국인 인권연맹(LPIAD) 회장에 취임하기로 되어 있기도 했다.

이 연맹은 그가 조직의 협력을 얻어 창립한 것이다. 시중의 2개 신문사에서 조직을 조사하고 그것을 기사화하여 판매 부수를 확대하려고 꾀했으나, 인권연맹의 압력으로 신문사측은 그 조사를 포기했다. 게다가 어느 텔레비전 방송국에서도 예정된 다큐멘터리 방영을 중지했다.

이제 마리오 벨러는 기고만장해졌고, 그의 충고를 듣기 위해 정치가들이 그에게 줄이어 찾아왔다.

마리오는 매니큐어를 바른 손가락으로 버튼을 눌렀다. 그러자 옆의 삼각창이 열렸다. 11월치고는 제법 따뜻했다. 차 안에 담배 연기가 자욱하게 끼여 있었던 것이다. 카 라디오의 스위치를 누르니 달콤한 조니 알롱거의 '죽도록 사랑하리'가 흘러나왔다.

그러나 그는 곧 채널을 바꾸었다. 그의 노래를 듣고 있으면 창자가 뒤틀리는 것 같은 기분이 들었던 것이다. 순간 아내 돈나 마리가 떠올랐다. 그녀와 결혼한 지 10년이 되었으나 왠지 그 오랜 시간을 허송세월한 것 같았다.

'우리 부부는 전사와 건빵 같은 관계야.'

그날 아침 그는 6시에 눈을 떴으나 머릿속은 온통 질리언 생각으로 가득 차 있었다. 그는 나이트 테이블에 있던 담배에 불을 붙이고 다시 누웠다. 돈나 마리의 주문으로 만든 하늘색 커튼이 썰렁하게 느껴졌다.

그가 다시 질리언을 생각하고 있는데, 곁에서 자고 있던 돈나 마리가 몸을 뒤척였다. 그는 질리언이 향긋한 블론드 머리카락을 어깨까지 늘어뜨리고 자기 앞에서 무릎 꿇는 모습을 눈앞에 그리자, 마지막 단추까지 벗겨진 흰색 블라우스를 양어깨에 겨우 걸치고 미소짓는 그녀의 모습이 너무나 분명하게 뚜렷이 나타났다.

그래서 그가 볼록하게 솟아오른 탐스러운 젖가슴을 감싸고 둘째 손가락으로 연한 갈색의 유두를 부드럽게 애무하기 시작하자, 점점 흰빛으로 변해 가고 있는 여름의 피부 빛깔과 젖가슴의 크림색이 부드러운 대조를 이루고 있다.

그의 환상은 계속되었다. 연초록 빛깔의 미니 스커트를 치켜올리니 나이론 스타킹에 감싸인 그녀의 허벅나리가 두 눈 가득히 들어온다.

그 역시 선 채로 입고 있던 옷을 벗어 던진다. 발밑으로 다가선 질리언이 그의 살갗에 젖가슴을 갖다대고 위에서 아래로, 아래에서 위로 부드럽게 비벼댄다.

그러나 그의 물건이 있는 곳까지는 올라오지 않고 바로 아래에서 그녀의 젖가슴이 멎는다. 가벼운 경련이 온몸에 흐르며 마음은 초조해진다.

이런 그를 쳐다보고 질리언이 살짝 미소를 지으며 말한다.

"마리오, 당신은 아직도 내가 두려워요? 아직도 나를 나가라고 하겠어요?"

그는 서서히 질리언 위로 몸을 구부리며 손가락으로 그녀의 귓불을 살짝 친다. 그리고 자기 양손 안에 있는 질리언의 머리를 천천히 자신의 그곳으로 들어올린다. 위로, 위로…….

"마리오!"

순간 돈나 마리의 음성이 그의 꿈을 산산조각냈다. 힘껏 흔드는 바람에 눈을 뜬 그의 눈앞에 성난 아내의 얼굴이 나타났다.

"담뱃불이잖아요. 당신이 침대에 떨어뜨렸어요. 함께 불에 타죽을 작정이에요? 보세요, 이불에 구멍이 뚫렸어요. 아버지의 선물이란 말이에요. 150달러나 주고 이탈리아에서 사온 것인데, 아버지에게 무어라 하겠어요?"

그는 사과라도 하는 듯 어깨를 움츠려 보이고는 나이트 테이블에서 물이 들어 있는 컵을 들어올려 아직도 연기를 내고 있는 비단이불 위에 끼얹었다.

순간 그의 마음속에서는 웃음이 터져나왔다. 사실 나폴리 만의 저녁놀을 수놓은 이 비단이불이 그는 싫었다. 이것은 장인 셉티노의 존재, 위엄 바로 그것이었기 때문이다.

그는 손을 뻗어 돈나 마리를 끌어당겼다. 질리언에 대한 갈망이 아직도 그의 몸과 마음을 뜨겁게 달구고 있었던 것이다. 그리고 이번만은 아내도 지금까지와는 다른 자태를 보여주었으면 하는 실낱 같은 희망도 갖고 있기 때문이었다.

그러나 돈나 마리는 한결같이 유순한 여성에 불과했다. 그녀는 남편이 어떠한 남자이건 기분이 좋을 때나 나쁠 때나, 낮이나 밤이나 변함없이 남편인 이상 순종해야 한다는 가풍을 끊임없이 교육 받아 왔다.

따라서 침대에 들어가면 주는 일에만 전념하는 것이 그녀의 의무였다. 그러므로 희열이란 기대할 수 없었다.

태어난 이래 지금까지 매일밤 백 번씩 빗질을 받아온 윤택 있는 긴 흑발이 베개 위에 흐트러지듯 늘어져 있었다.

마리오는 아내의 짧은 프란넬 잠옷자락을 올리고 유백색의 허벅다리를 어루만졌다. 그러나 아무 반응이 없었다. 그의 손은 이번에는 탄력 없는 앞가슴으로 올라갔다. 이탈리아의 여성은 누구나 아기를 세 명만 낳으면 이렇게 두부살이 되는 것인가.

그가 손을 떼자, 그것이 신호인 듯 아내는 벌렁 반듯이 드러누웠다. 그리고 스스로 잠옷을 내리고 아무 표정도 없이 다리를 벌리고는 그를 기다렸고, 그는 아내와 자기 자신을 증오하면서 기계적으로 일을 끝냈다.

그가 아내의 몸에서 떨어지자, 그녀는 벌떡 일어나 앉더니 물었다.

"오늘 저녁은 집에서 식사를 하세요. 제가 마늘로 브로콜리를 만들어 드릴게요. 당신, 좋아하지 않아요?"

'이것이 마누라라는 것인가. 내가 그것을 하는 동안 겨우 브로콜리를 생각하고 있었다니······.'

"루이와 대니를 데리고 와요. 왜 요사이는 아무도 데려오지 않지요? 그 두 사람 모두 브로콜리를 좋아하고, 아이들도 그들을 퍽 따르던데요."

서둘러 일어나야겠다고 생각하면서 그는 시계를 보았다. 7시였다. 그렇다면 시카고는 6시일 것이다. 루이와 대니의 일이 원만히 진행되었다면, 지금쯤 두 사람은 시카고에 있을 것이다. 계획대로라면 앞으로 30분만 있으면, 경찰 끄나풀의 목을 루이가 피아노 코드로 조이고 있을 것이다. 대니는 흥에 겨워 나이프로 그 녀석을 콕콕 찌르고 있을 것이고.

"루이와 대니는 아직도 장의사를 하고 있나요?"

"응. 그러나 오늘 저녁은 오지 못할 거야. 시카고에 사는 대부호가 죽었어. 그들은 장례식 준비로 그곳에 가야 하거든. 나도 늦게 돌아올 것 같아. 조니의 취임이 있거든."

돈나 마리는 서운하다는 듯 어깨를 홈칠하더니 어수선하게 화장품이 널려 있는 화장대로 돌아서서 머리를 매만지기 시작했다. 그녀의 표정은 거의 무표정이었다.

"질리언 브레이크가 엊저녁에 전화를 했어요. 대단치 않은 일이라면서 개인적인 문제로 당신을 만나고 싶다는 거예요."

마리오는 이것이 싫었다.

'우리집에 전화를 걸다니, 질리언도 형편없는 돌대가리같군. 지금까지 그런 일이 없었는데, 새삼 이게 무슨 짓이람.'

그는 이런 생각을 하며 물었다.

"조니를 그녀의 쇼에 초대하고 싶다고 하지 않던가? 대충 얘기는 있었는데."

"다른 일은 없겠지요? 그리고 아버지께서 어제 저녁 두 번씩이나 전화를 하셨어요. 꽤 화가 나신 것 같았어요. 당신, 무슨 실수라도 한 것 없어요?"

"별로……."

대답하면서 그는 생각해 보았다.

"석유 수송이 늦어져서 장인 영감이 화를 내신 것 같군. 시간 나는 대로 오늘 전화하지."

마리오는 고속도로를 통해 동쪽으로 달리면서 장인인 셉티노를 생각하고 있었다. 그날 아침 전화를 했으나, 헛일이었다.

그러나 염려가 되는 것은 그것이 아니었다. 낌새가 이상했다. 다른 녀석들의 전화 받는 음성이 아무래도 수상했다.

연락할 수 있는 곳은 전부 전화를 했으나, 상대는 대답도 제대로 하지 않고 전화를 끊었다. 뉴욕 내의 조직에 전화를 한 것이다. 갤럭시 양조장, 도스 제재소, 트네드 의류 판매회사, 화이트스톤의 셉티노 건설, 그리고 레스토랑에까지 전화를 했다.

그러나 대답은 모두 한결같았고, 장인의 소재는 불명이었다. 장모인 세라피너조차도 알지 못한다는 것이었다. 더욱이 전화 받는 음성이 모두 당황스럽고 예스와 노만을 되풀이했다.

마리오 벨러의 인생에 있어서 장인 셉티노 카자노는 대단히 중요한 인물이었다. 물론 마리오의 아버지가 살아 있다면 사정은 달라졌으리라.

그의 아버지인 오노플리오 벨러는 나폴리에서 발생한 살인사건 용의자로 지명수배되어 있었으나, 호보켄에서 배를 타고 미국으로 밀입국하여 정착했다.

조직은 오랫동안 행방불명으로 되어 있었던 동생이 돌아온 것처럼 그를 환영했다. 그리고 20년간 뉴욕 지역에서 최대의 조직 지부를 통괄하면서 파리세이드 강에 면한 곳에 성곽 같은 저택을 짓고 그곳 일대를 지배했다. 조선소, 공장, 운수, 터미널, 마약, 도박장, 노동조합, 그리고 거물 정치가들까지도 그의 지배하에 있을 정도였다.

한편 브루클린을 지배하고 있던 시실리아 태생의 셉티노 카자노는 오노플리오의 세력 확장에 겁을 먹고 그와 손을 잡았다. 그리고 그들의 공존을 위해 돈나 마리와 마리오를 결혼시켰다.

마피아 패밀리 지도자의 아들인 마리오는 자기에게 부과된 임무를 잘 알고 있었다. 2대 조직을 결합시켜야 할 책임이 있었다. 애수어린 눈과 칠흑 같은 머리카락을 가지고 태어난 돈나 마리는 오동통한 몸매로, 화려하고 사치스러운 의상과 장식물로 치장하길 좋아했다.

하지만 요리, 육아, 가사 전반에 재능을 발휘하였고, 일가의 비밀도 굳게 지켰다.

그러나 마리오는 결혼 후에도 여자 관계가 복잡했다. 그에게는 한눈에 여자에 빠져드는 묘한 성질이 있었던 것이다. 그는 단순한 사업상의, 또는 일시적인 바람이라면 결코 가문을 더럽히는 일은 아니라고 생각했다.

그의 아버지는 곧잘 이렇게 말했다. '시실리아 인은 명예를 죽음보다 더 중히 여긴다는 것을 잊어서는 안된다'고.

돈나 마리와 마리오는 겨우 세 번의 데이트 끝에 브루클린의 살브 레디나 교회에서 결혼식을 올렸다. 호텔 코모들레 홀에서 열린 피로연에는 거물 정치가, 종교가, 갱들이 참석했다.

그러나 신혼 첫날밤, 침대에서 마리오는 자기가 불감증과 결혼했다는 것을 깨닫고 실색했다.

그로부터 일주간 우울한 기분으로 몬트리올 북부의 로렌 산 산장에서 신혼여행을 하고 있는 그에게 아버지의 급서를 전해 주는 전화가 왔다. 사인은 졸음 운전으로 인한 사고라고 했다.

그날 그의 아버지는 웬일인지 운전수 겸 보디가드였던 루이에게 휴가를 주었다. 차는 조지 시티의 파크 스트리트 육교 남쪽에서 가드레일을 들이받고 절벽에서 추락하여 일순에 화염에 싸였다는 것이다.

곧 간부회의가 소집되었다. 그리고 셉티노가 2대 조직을 장악하고, 마리오 아버지의 오랜 친구였던 디노 피칼디가 부두목으로 선출되었다. 아울러 마리오는 말단에서부터 새로 출발해야 된다는 결정도 내려졌다. 우선 피맛을 알아야 한다는 것이다.

그가 실패 없이 일을 잘 처리만 하면 8년 후에는 디노가 은퇴하고 그 대신 마리오가 부두목이 되는 것이다. 그리고 언젠가 셉티노가 은퇴하면 당연히 마리오가 그의 뒤를 잇도록 되었다. 그는 명령을 충실히 이행했다.

처음으로 피맛을 본 일리노이 주의 시세로 암살은 지금도 잊혀

지지 않는 사건이었다. 급진적인 노동운동가를 45구경 권총 두 발로 저승으로 보낸 것이다.

살인에는 언제나 권총을 사용했으나 그는 그것이 싫었다. 의무이기 때문에 그에 따를 뿐이었다. 그리고 빠르고 간단하기도 했기 때문에 그 방법을 썼다.

그러나 루이나 대니는 상대의 죽음을 즐기기 위해 피아노 코드나 나이프를 사용했다. 루이는 상대의 숨이 끊어지기 직전에 피아노 코드를 늦추고는 다시 조였다. 그런데 그 기술이 신기에 가까웠다.

또한 대니는 급소에 나이프를 꽂고 빼는 기술이 뛰어났다. 이 두 사람은 살인의 명수이며 살인을 즐겼다. 그러므로 지금도 현장에서 발을 빼지 못하고 있는 것이다.

그러나 마리오는 10년 후인 현재는 그런 피비린내 나는 놀이에서 손을 떼고 있었다. 경찰에 체포될 염려도 없고 또한 부두목으로서 행세하고 있는 것이다.

'질리언 브레이크.'

그는 그녀의 이름을 입 속에서 불러보았다. 상류란 그런 여자를 두고 하는 말이리라.

그는 질리언을 말에 비유하면 살라브렛 정도는 될 것이라고 생각했다. 걸음거리, 옷매무새, 점잖은 화술, 세련된 식사 태도, 무엇 하나 흠잡을 데 없는 여자였기 때문이다.

'처음으로 식사에 초대되었을 때 왜 나는 그녀를 덮치지 못했을까? 마음만 먹었으면 얼마든지 할 수 있었을텐데.'

마리오는 문득 이런 생각이 들었다.

이제 그의 검은 머리는 흰 머리털이 나타나기 시작했다. 그러나 복장에 대한 센스는 상당히 세련되었다. 살카의 셔츠, 브룩스 브러더스의 양복, 넥타이는 언제나 유행되는 것을 택했다.

마리오가 질리언을 처음 만난 것은 조니 알롱거를 쇼에 출연시키기 위한 교섭을 위해 스튜디오로 그녀를 찾아갔을 때였다. 그녀의 남편 윌리엄은 테니스 경기가 있다면서 먼저 돌아갔다. 이때만 해도 그는 질리언을 건들어 보겠다는 마음은 없었다.

"벨러 씨, 점심이라도 함께 하실까요?"

질리언이 그에게 먼저 제안을 했다.

이날의 질리언은 색 드레스 차림이었으므로 가슴과 허리의 윤곽만을 겨우 짐작할 수 있을 정도였다.

"영광스럽습니다."

그녀는 앞서서 마이켈 퍼브로 들어갔다.

"마티니를 줘요. 진이에요. 벨오토는 조금만 넣어줘요."

'역시 우리들과는 다르군.'

마리오는 이런 생각을 하면서 스카치에 얼음을 띄워 더블로 한 잔을 마셨으나, 질리언은 마티니를 석 잔이나 비웠다. 자기 마음에 드는 남자가 선택되면 무슨 일이 있어도 손에 넣는 것이 질리언이다. 먼저 그녀가 운을 띄웠다.

"집에까지 데려다 주시지 않겠어요? 롱 아일랜드 철도로 돌아가는 것보다 그쪽이 훨씬 좋을 것 같아요."

그리고 도중에 관광도 즐기자고 했다.

"해변의 저녁놀이 보고 싶어요. 북쪽의 올드필드까지 드라이브해요. 절벽 위에서 저녁놀을 바라보는 우리들을 다른 사람들이

본다면, 꼭 애인 사이라고 생각할 기예요.”

두 사람은 길 한쪽에 차를 세웠다. 앉아서 수면을 바라보고 있는 질리언의 모습에 마리오의 마음이 일렁거렸다.

‘드레스를 벗기고, 그녀를 껴안고, 손과 입술로 그녀의 부드러운 피부를 애무하고……’

그러나 실제로 행동을 개시한 것은 질리언이었다. 양팔로 그의 목을 감싸면서 얼굴을 가까이 가져왔다.

“귀여운 마리오, 나를 바라고 있지요?”

입술이 서로 맞닿고 따뜻한 그녀의 혀가 그의 입 속에서 움직였다.

깜짝 놀란 마리오가 필사적으로 저항을 했다.

“너무 늦었어요. 빨리 돌아가야 하오.”

질리언은 그의 허둥대는 말에 소리를 내며 웃었다.

“마리오, 당신이 좋아요. 여자의 호기심을 자극하는 매력이 당신에게 있는 것 같아요. 나를 두려워하는 것 같은데, 그 점이 나는 더 좋아요. 쓸데없는 걱정일랑 버리고 힘을 내요. 이 기회를 놓치면 영원히 나와는 이별일 거예요.”

‘그때 왜 나는 그녀의 유혹을 뿌리쳤을까? 틀림없이 그녀는 멋진 여자야.’

하지만 공포심이 있는 것도 사실이었다.

그러나 그녀가 두려운 것이 아니라, 장인 셉티노와 시실리아인의 명예가 두려웠던 것이다.

‘조직이 50만 달러를 투자하여 나의 안전을 지키고 있다는 사실을 질리언에게 말할 수 있으면 얼마나 속이 편할까?’

지난주에 그는 두 번이나 질리언에게 전화를 걸어 만났는데, 그때마다 그는 그녀의 매력에 끌리어 마음이 산란했다.

그러나 질리언을 집까지 바래다 주었을 뿐 그녀의 몸에는 조금도 손을 대지 않았다. 무수한 동료가 죽어갔으나 그만이 살아남을 수 있었던 것도 그의 이런 인내심 때문이었다.

그리고 세 번째, 그녀는 처음의 그 색 드레스를 입고 피콕 알레에 나타났다. 커피를 마시다 말고 그녀는 갑자기 긴장한 얼굴을 하고는 양손으로 턱을 괴고 이렇게 말했다.

"이제부터는 당신을 만나지 않겠어요, 마리오. 정말 지루한 분이군요."

그 순간 마리오의 가슴속에서 불꽃 같은 울화가 치밀었다. 그는 커피값을 테이블 위에 내던지고 한마디 말도 없이 그곳을 나왔다. 그리고 마음을 진정시키려고 미친개처럼 쏘다녔으나, 질리언의 얼굴에 조용히 물결치던 그 미소를 그의 마음에서 지울 수 없었다.

이제 겨우 마리오는 모나리자가 미소짓고 있는 이유를 어렴풋이나마 알게 되었다. 모나리자는 남자가 손을 뻗쳐도 결코 잡을 수 없는 높고 깊은 산에 피는 선화였던 것이다. 뭇 사나이들이 미친 듯이 그 가슴을 부여잡고 그 입술에서 달콤한 사랑을 만끽하려 하면, 모나리자는 틀림없이 애매한 미소를 띄우고 저 멀리 사라질 것이다.

'과연 질리언은 고령의 선화일까?'

마리오는 그날 오후 질리언이 있는 스튜디오에 전화를 걸었다. 그리고 다음날도 오전중에 네 번이나 전화를 걸었다. 그러나 그때마다 이런 답변을 들어야만 했다.

"브레이크 부인은 지금 방송중이라 전화를 받으실 수 없습니다."

그래서 그는 방법을 바꾸어 이번에는 스튜디오 앞에서 기다렸으나, 운수 사납게 그녀는 윌리엄과 함께였다. 그때 마리오는 허겁지겁 몸을 숨겨야만 했다.

그날 오후, 그가 확실한 정보를 무시한 까닭에 조직 최대의 마약 제조소가 급습당해 동료 세 명과 히로인 3킬로를 압수당하고, 급기야는 다음날 셉티노와의 약속을 두 번이나 펑크 냈다.

이런 사업상의 비운을 겪은 그는 드디어 질리언을 단념하기로 마음먹고 전화를 걸었다. 그런데 행인지, 불행인지 그녀가 전화를 받았다.

"마리오, 여러 번 전화를 걸었다구요?"

"둔즈에서 화요일 저녁 한잔 할까 하는데……."

"그것 뿐이에요?"

"물론이오."

"그렇다면 좋아요."

마리오의 차는 급한 언덕길을 넘어 둔즈를 향해 달렸다. 셉티노에게도 이 둔즈의 일은 비밀로 했다.

스미스 타운에 찰리 브라이어라는 정치가가 있는데, 그는 자기가 운영하고 있는 보험 대리점에 가입하고 있는 건축업자에게 적당히 구획 정리의 변경을 해주고는 뇌물을 받았다. 이 정치가가 최신 설비의 모텔 겸 칵테일 라운지인 둔즈를 건립하기 위해 자금 원조를 마리오에게 애원한 일이 있었다. 마리오는 그의 미불금을 청산해 준 대신에 50퍼센트의 소유권을 손에 넣은 것이다.

이곳이라면 셉티노의 존재를 따돌릴 수 있을 것이다. 조직의 사람들이 이런 속에서 특별 대우를 받을리 만무할 것이며, 또한 그들은 좀더 작고 지저분한 곳이 제격일 것이다.

이윽고 질리언의 모습이 그의 눈에 띄었다. 마리오는 문 앞에 서서 심호흡을 하고 그녀의 온몸을 차근차근 훑어보았다.

웨이터와 얘기를 나누고 있는 그녀는 날씬한 다리를 꼬고 앉아 있었고, 섬세한 손가락 사이에 끼여 있는 담배에서는 연한 보랏빛 연기가 피어오르고 있었다. 시켜놓은 마티니에는 아직 손을 대고 있지 않았다.

글라스 바깥에 물방울이 아직 맺혀 있는 것을 보니 도착한 지 얼마 안되는 것 같았다. 그는 밖에 그녀의 차가 없어 잠시 이상한 생각이 들었다. 그러나 비록 자기 집을 들어갈 때에도 들어가기 전에 일단은 주위를 점검하는 것이 거의 습관화되어 있는 그였지만, 그날은 웬일인지 그것을 잊었다.

"오래 기다리셨습니까?"

"네, 영원히 기다리는 것이나 아닌가 생각했어요."

그가 투박한 손을 그녀의 손 위에 겹쳐놓자, 질리언이 힘껏 그의 손을 잡았다.

곧이어 두 사람은 촛불이 한 자루 놓여 있는 작은 테이블에 마주 앉았다. 그러나 아무 말없이 서로 마주보기만 했다.

이런 경우에 무슨 말이 필요하랴. 테이블 위의 음식이 썰렁하게 식어갔다. 이윽고 두 사람의 손가락이 맞닿았다. 순간 마리오의 몸은 전류에 감전된 것처럼 짜릿함을 느꼈다.

"마리오, 나를 이렇게 앉혀놓기만 할 거예요?"

그 말에 퍼뜩 정신을 차린 마리오는 질리언의 손을 잡고 문을 나와 카펫이 깔려 있는 복도를 지났다. 그리고 방문을 열었다. 커피 테이블 위의 꽃병에는 커다란 오렌지색 국화가 소담하게 꽂혀 있어 막 서산을 넘어가는 태양을 생각하게 했다.

또 침대 옆에는 61년제 피네가 얼음을 채운 와인쿨러의 눈부신 반사를 받아 차갑게 빛나고 있었다. 아마 찰리 브라이어가 준비해 놓은 것이리라.

마리오가 뒤돌아보니 질리언의 얼굴이 코앞에 있었다. 그녀가 다리를 흔들며 구두를 벗고 두 팔을 한껏 벌리고는 그의 앞에서 자세를 취하자, 마리오는 팔을 뻗어 힘껏 그녀를 껴안았다.

그들은 미친 듯이 서로의 입술을 더듬었다. 뜨거운 신음소리를 내며 질리언의 발이 중심을 잃고 방바닥으로 쓰러질 듯 휘청거렸다. 순간 마리오의 손이 그녀의 가는 허리를 감싸며 팔에 힘을 주었다. 그들은 밀착한 채 잠시 그대로 서 있었다.

이윽고 마리오는 양팔로 날쌔게 질리언의 몸을 가볍게 들어 침대에 뉘이고는 자기도 그 옆에 누웠다. 그리고 손으로 재빨리 질리언의 가슴을 드레스 위에서 애무하기 시작했다. 기다렸다는 듯 그녀의 몸이 경련을 일으키면서 무릎으로 마리오의 양다리 사이를 비집고 들어왔다.

마리오는 온몸이 마비된 듯한 착각에 빠졌다. 그녀의 손이 그의 목덜미를 껴안았다. 그는 뜨거운 입김을 내뿜고 있는 입으로 그녀의 귀를 지그시 물고 빨았다.

순간 그녀의 팔에 힘이 가해지고 무릎이 그의 그것에 압력을 더해 왔다. 이제 질리언의 온몸은 자연스럽게 파도치고 있었다.

"잠깐……."

마리오의 입이 그녀의 입술을 더듬으며 속삭였다.

침대에서 일어선 마리오는 방 한구석에서 재빠르게 옷을 벗고 질리언 앞에 다가서며 손을 뻗었다. 그녀는 발끝으로 가볍게 몸을 반회전하며 그대로 그의 팔 안으로 몸을 내맡겼다. 뒤에서 그의 손이 몽실몽실한 그녀의 젖가슴을 덥석 잡았다. 열기를 뿜으며 그녀가 속삭였다.

"이제 파스너를 풀어 줘요."

그의 손이 천천히 파스너를 내리자마자 드레스가 스르르 벗겨졌다. 질리언이 몸을 구부려 드레스를 의자 위로 던지고는 뒷짐을 지고 그와 마주 보며 섰다.

마리오는 그녀의 브래지어를 벗겼다. 그러자 뽀얀 가슴 위에 젖무덤이 탐스러운 복숭아처럼 그의 입에 침을 돌게 했다. 그리고 그 끝에 앵두처럼 달려 있는 진한 유두가 이미 욕망에 참을 수 없다는 듯 팽팽이 긴장되어 있었다. 그것은 마치 연한 갈색의 막을 터뜨리고 솟아나온 두 개의 작은 핑크색 둔덕같았다.

"마리오, 어서요."

그녀는 그의 손을 잡고 천천히 침대로 그를 끌어올렸다. 이윽고 그의 입술이 질리언의 어깨와 목에서 움직이자, 그녀의 뜨거운 몸이 그를 점점 더 압박해 왔다. 그의 혀와 입술이 그녀의 유두 주변에서 몇 번인가 맴돌았다.

그녀는 몸을 꼬며 자기의 유두를 그의 입 속으로 힘있게 집어

넣었나. 그리고 팬티를 벗어 던졌다. 곧 두 몸은 드디어 한 배에 몸을 맡기며 물결치기 시작했다.

"지금이에요, 지금이에요."

질리언의 들뜬 신음소리가 이어졌다.

그 애원하는 듯한 명령에 마리오는 자신을 몰입시켰다. 그 찰나 그는 폭발하고 말았다. 믿어지지 않은 질리언의 욕망 앞에 맥없이 굴복한 것이다.

그러나 그는 필사적으로 팔에 힘을 주며 회복을 꾀했다. 다시 허리를 격렬하게 움직이자 지그시 그를 올려다보고 있는 질리언의 눈이 흐려 보였다.

'실망의 빛인가?'

그러나 곧 그는 자기 자신으로 돌아왔다. 그는 씽긋 웃으며 다시 움직임을 계속했다.

이윽고 절정의 물결이 그녀를 덮쳤고, 마리오는 그녀의 온몸을 애무하는데 여념이 없었다. 질리언은 손, 가슴, 목, 귀, 입에 키스를 하면서 애무에 열을 올리고 있는 그를 아랑곳하지 않고 나른한 잠 속으로 빠져들고 있었다.

"이제 내가 두렵지 않지요, 마리오?"

마리오는 잠결에 섬뜩함을 느끼고 잠에서 깼다. 질리언이 헝크러진 머리를 날리며, 그의 발에 샴페인을 뿌리고 있었다. 그녀가 몸을 굽힐 때마다 그녀의 뽀얀 앞가슴이 다시 그를 유혹했다.

"그것은 고급 샴페인이야. 발에 뿌리라는 것이 아냐."

"그래요?"

그녀는 핑크색으로 빛나는 입술로 그의 발을 더듬었다. 그리고 발가락 하나하나를 입 속에 넣고 오물거렸다.

"샴페인 캔디예요."

그녀는 입을 이번에는 서서히 그의 다리 위로 움직여 왔다. 그에 따라 그녀의 앞가슴이 그의 발목, 무릎, 허벅지를 스쳤다. 그는 다시 가슴이 뜨거워지며 새로운 힘이 솟구치는 것을 느꼈다. 그리고 낮은 신음소리를 내며 또다시 그녀를 덮쳤다.

그는 이제는 실패하지 말아야겠다는 듯 천천히 호흡을 조절해 가며 몸을 움직였다. 그녀도 그의 율동에 맞추어 부드럽게 물결 쳤다. 이윽고 두 사람은 서서히 숨이 가빠지며 절정감에 몸을 떨면서 서로의 입술을 더듬었다.

얼마 후, 마리오는 곧 잠에 떨어졌다. 15분쯤 지났을까. 그가 눈을 뜨니 질리언은 벌써 옷을 단정히 입고 침대 곁에 서 있었다.

"안녕, 마리오!"

"무슨 말을 하는 거요."

"안녕이라 했어요. 당신 부인과 잘 때에는 언제나 오늘을 생각해요, 알았죠?"

그가 일어서기도 전에 그녀는 사라졌다.

'저 여자, 여전히 웃고 있었군!'

감기는 눈을 비비면서 옷을 입으며 그는 다시 질리언을 욕했다.

'그 미소는 도대체 무슨 웃음인가? 저 화냥년이 전에 유혹한 세 남자보다 내가 더 멋지다는 뜻일까?'

이윽고 방을 나온 그는 차 앞으로 걸어가면서 내일 다시 한번 더 만나야겠다고 생각했다. 내일이면 기필코 그녀가 전화를 걸어

또 한번 샴페인 캔디를 맛보게 해달라고 애원할 것이다. 여자란 모두 똑같은 암컷이니까.

그는 시동을 걸면서 백미러를 보았다. 그런데 그의 눈에 루이의 모습이 들어왔다. 재빨리 뒷좌석을 보니 그곳에 루이와 대니가 있지 않은가. 두 사람 모두 외투의 깃을 올리고 있었다.

대니의 손에는 그의 베렛터 총이 들려 있었고, 소음장치가 음울하게 빛나고 있었다.

"자네들, 여기서 무엇을 하고 있나? 시카고에 가지 않았나?"

"셉티노 영감이 취소하였소. 영감이 저 절벽에서 기다리고 있어요."

루이가 대답했다.

마리오는 어리둥절했다. 셉티노가 그를 단순히 꾸짖기 위해서 일부러 이곳까지 올리 만무했다. 영감의 직접 명령이 없다면 마리오의 이 유능한 살인마가 두 사람이나 와서 권총을 들이대지는 않을 것이다. 이런 일을 제멋대로 하여 마리오가 죽는다면 이들 역시 안전할 리 없는 것이다.

마리오로서는 결코 믿을 수 없는 일이겠지만, 역시 셉티노는 자기의 사위를 죽이려고 한 것이다. 마리오는 급 브레이크에 손을 뻗었을 때 패널 장치가 생각났다. 이 브레이크를 위로 세 번 누르면 패널이 옆으로 이동하면서 장전된 38구경 권총이 그의 손에 떨어지도록 되어 있었다.

"이미 때는 늦었습니다. 그 권총은 제 손에 있습니다."

무뚝뚝한 목소리로 루이가 말했다.

길은 절벽으로 올라가면서 넓어져 정상에는 두서너 대의 자동

차는 여유있게 정차할 수 있는 공터가 있었다. 당장이라도 쓰러질 듯한 울타리 너머에는 2백 피트나 되는 절벽이 있다.

이곳은 절망에 빠진 아베크 족들이 잘 찾아오는 곳이라고 찰리가 일러준 적이 있었다. 마리오는 울타리 앞에 차를 세웠다. 셉티노가 차 옆에 서 있는 것이 보였다.

"기다리고 있었네, 마리오. 자네는 아버지와 똑같은 앙금이었네. 그리고 내 딸 얼굴에 먹칠을 하다니! 결국 자네는 카자노 가문의 명예를 더럽혔어."

셉티노는 손을 자기 입술에 갖다대고 다시 그 손을 마리오의 이마에 갖다댔다. 그리고 '죽음의 키스'라고 한마디 하고는 얼굴을 돌렸다. 루이는 차 옆에 서서 마리오에게 권총을 들이대고 있었다. 차 안을 들여다보고 있던 대니는 라디오를 크게 틀어놓고 갔다가 다시 돌아와서는 플라스틱 주머니를 조수석에 던져 넣었다. 가솔린 냄새가 코를 찔렀다.

이윽고 두 명의 암살자에 밀리며 천천히 절벽 앞으로 다가서는 차 안에서 마리오의 얼굴은 공포로 굳어 있었다. 셉티노는 들고 있던 라이터로 신문지에 불을 붙여 사위의 차가 자기 앞을 지나가는 순간에 훨훨 타오르는 신문지를 차창 안으로 던졌다.

순간 절벽가에서 폭음을 내며 불꽃에 휩싸인 자동차가 2회전하면서 절벽 아래로 굴러 떨어져 갔다.

'빌리와 질리 쇼'에서(12월 16일 방송)
질리 "이제 서서히 현관도 장식하고, 크리스마스 쇼핑도 해야겠군요."

빌리 "커다란 크리스마스 트리로 현관을 장식합시다. 라라라라라······."

질리 "참, 고운 음성이군요. 그러나 지금은 음악 방송 시간이 아니예요."

빌리 "오 케이, 하기야 나는 조니 알롱거가 아니지. 그렇더라도 음정은 정확할 거요."

질리 "조니 알롱거의 얘기가 나왔으니 말인데요. 그의 매니저였던 마리오 벨러는 처참하게 최후를 맞았다면서요?"

빌리 "경찰에서는 자살로도, 사고사로도 단정하지 못하고 있다는데, 그렇다면······."

질리 "그런 끔찍한 얘기는 그만두도록 해요. 청취자를 위해서라도 즐거운 크리스마스 쇼핑 얘기나 해요."

빌리 "글쎄, 어쩐지 그 얘기에도 마음이 썩 내키지 않는군요."

질리 "그것도 그럴 거예요. 우리들이야 기껏 크리스마스 대목으로 돈을 버는 사람들의 시중꾼밖에 되지 못하니 말이에요."

빌리 "옳은 말이오. 메리 크리스마스도 돈이 가져다 주는 세상이 되었으니······."

질리 "요컨대 돈이란 가장 필요한 때에 있어야 하는데, 그렇지 못하니 문제가 있는 것 아니겠어요?"

빌리 "그야 당신은 언제나 돈을 필요로 하기 때문이 아니오? 크리스마스 선물만이 아니라 전화료, 주택 할부금, 연료비, 의상비, 돈, 돈, 돈······ 항상 돈, 돈 하니······."

질리 "가정 살림을 하려면 필요 경비는 부득이한 지출이에요. 문제는 불시의 지출이죠."

빌리 "질리, 정말 그런 지출이 있는 것 같다는 말투군요. 말하자면 놀음빚이라든가, 술값 따위 말이오."

질리 "쓸데없는 말은 그만두세요. 제가 말하려는 것은 돈 때문에 곤란한 문제가 일어난다는 거예요."

빌리 "그야 물론이죠. 그러나 행복이란 돈만으로는 결코 얻을 수 없다는 것도 잊어서는 안될 거요."

질리 "그야 틀림없는 말이겠지요. 그러나 돈으로 한때의 고통을 잊을 수 있는 경우도 있다는 사실을 명심해 두세요."

여섯 번째 이야기

●

인디언 놀이

레이너 프랜호프는 안페타민을 곱게 빻아 고양이 밥그릇에 털어넣으면서 이 실험이 남편의 형편없이 쇠약해진 섹스 구실을 완전하게 해주기를 간절히 기도했다.

안페타민은 곧 효능을 나타냈으나 불행하게도 그 약효가 지나쳤다. 고양이는 온 집안을 미친 듯이 돌아다니며 날뛰었다. 머리를 벽에 부딪치기도 하고, 묘한 소리로 요란스럽게 울어댔다. 아마도 고양이는 흥분이 극에 이른 것 같았다.

"야만인이로군!"

남편인 아더가 얼굴을 찌푸리며 뱉듯 말했다.

"위선자인 주제에 말이 많군요!"

아내인 레이너도 지지 않고 쏘아붙였다.

아더가 염려하고 있는 것은 안페타민을 마구 사용함으로써 귀여운 고양이의 목숨을 위협하는 것이 아니라는 것쯤은 레이너도 잘 알고 있었다.

점점 더 사업이 어려워져 본전조차 건지기 어려운 현재이지만, 그들은 묘한 물감을 들인 크리스마스 볼에 마리화나 20파운드를 넣어 멕시코로부터 밀수입하고 있었다. 그러므로 사실 안페타민 한 알 정도로 아더가 자기 냉정을 잃지는 않았을 것이다.

레이너는 남편으로부터 야만인이란 욕설을 듣는 것이 몹시 불쾌했다. 그녀는 최근 때때로 자기가 인간성의 한계를 벗어나 폭력이 난무하는 세계에 뛰어든 것이 아닌가 하고 의심까지 했다.

그녀는 어느 LSD 모임에서는 만세를 외치며 미친 듯이 날뛴 적이 있었다. 또 지난날의 여행에서는 어떻게 안전하게 귀가했는지조차 몰랐다.

따라서 그녀는 새삼 이제 와서 그런 일을 생각한다는 것이 결코 기분 좋은 일은 아니며, 또한 생각할 필요조차 없는 일이라고 자신을 자위했다.

결국 고양이는 무서운 난동 끝에 서서히 죽어갔다. 이런 상황 속에서도 두 사람은 어느 틈엔가 알몸의 이브와 아담이 되어 멕시코제 카펫 위에서 시시덕거리며 이스트 빌리지와 앙골라의 신문을 뒤적이고 있었다.

"여기에 제법 흥미 끄는 광고가 있군. '42세의 주부임. 체인에 흥미 있으며, 주사에도 지식이 있는 정신병원 간호사. 특히 여성에게 만족을 줄 수 있음' 아주 재미있는 광고 아냐?"

"그러나 그녀는 위스콘 시에 있어요."

레이너가 그의 어깨 너머로 신문을 보면서 말을 이었다.

"이곳까지 데리고 올 재력이 당신에게는 없지 않아요?"

레이너는 지금껏 남편의 약점을 들추어 낼 기회를 놓친 적이 한번도 없었다. 그녀의 아버지가 2만 8천 달러라는 거금을 들여 그의 딸을 위하여 이곳 킹스 네크 한쪽에 2층 집을 사준 것이었다. 값비싼 호화 주택을 사주면 두 사람은 다소의 책임감을 느낄 것이므로 생활에 변화를 가져올 것이라고 기대했던 것이다.

게다가 그렇게 되면 두 사람을 정식으로 결혼시키는 것도 결코 불가능하지는 않을 것이라는 생각이었다.

레이너는 지금 아더의 성을 따르고 있으나, 그들은 법률상의 정식 부부는 아직 아니었다. 다만 섹스 자유동맹 로스앤젤레스 지부의 정기 집회 때 선(禪)운동의 지도자로 있는 19세의 애송이의 축복을 받은 것이 고작이었다.

아더의 입장에서 볼 때, 결코 그녀가 절대불가결의 존재는 아니었다. 그러나 그녀의 아버지로부터의 송금이 끊기면 그들의 생활은 파탄에 빠진다는 것을 때때로 그를 절망케 하는 것이 레이너에게는 재미있는 일이었다.

그렇더라도 아더는 레이너의 그 말을 무시했다. 그는 자기가 듣고 싶어하는 말 외에는 결코 듣지 않은 위대한 재능을 가지고 있었다.

"이것 봐, 여기에도 묘한 광고가 있군. '양친 모두 32세. 아들 12세, 딸 8세' 마치 사향쥐를 키우고 있는 것 같군. 가죽 중에서도 부츠 애호가 같은데."

"가죽이라구요? 좀 시대에 뒤떨어진 사람들이라고 생각되지 않아요? 그보다는 주소를 봐요. 뉴 멕시코예요. 그런 곳에 어떻게 가요?"

"그렇다면 그들이 인디언들이라고 말하고 싶은 거야?"

이렇게 말하는 순간, 아더의 얼굴에 생기가 돌고 그의 눈이 빛났다. 그의 섹스 경험은 흑인과 백인뿐이었다. 이에 동양인을 상대만 할 수 있다면 자기의 섹스 경험은 가히 완벽하리라 생각하고 있던 중이었다. 인디언까지는 생각조차 못한 일이었다.

그는 아내 레이너를 쳐다보았다. 그녀의 길고 뻣뻣한 머리카락은 약간 흐트러져 있었다. 아마 인디언 여자라면 저 머리카락은 예쁜 리본으로 곱게 매어져 있을 것이다.

그러나 레이너 정도라면 인디언으로 통용될 수 있을 것 같았다. 아니, 충분했다.

더욱이 귀에 매달려 있는 은빛 귀걸이가 귀를 인디언 살갗처럼 윤택 있는 불그스름한 색으로 빛나게 보이게 했고, 인디언의 싱싱한 체취를 물씬 풍기고 있는 듯한 착각까지 일으켰다.

'인디언 부락은 목욕 시설이 없으므로 저 귓불도 그 때문이라 생각하면 상관없지 않을까?'

꿩 대신 닭이라는데, 현재로선 제법 도움이 될 것 같았다.

"퀄리더!"

그는 그녀의 왼발을 난폭하게 잡아끌며 말을 이었다.

"인디언 말로 음담패설 좀 해봐."

"또 공상의 시간인가요?"

그녀는 심술궂은 미소를 띠우고 그를 바라보았다. 이 질문이 아더의 뜨겁게 달아오른 열정에 찬물을 끼얹었다. 그는 가식 없는 자연스러움이 좋았다.

1년 전, 그가 처음 그녀를 만났을 때 레이너는 피어나는 꽃봉오리처럼 귀여웠고 아름다웠다. 그녀의 성격도 탄력적인 육체만큼이나 여유있고 명랑했다.

그가 외뿔소 놀이를 하자고 하면 그녀는 쾌히 승낙하고 희희낙락하게 웃으며 몸을 구부리고 뿔이 되어주었다. 교회에서 그녀의 몸을 요구하자 조금도 주저하지 않고 반드시 누워 십자가가 되어주기도 했다.

그리고 아무 말도 하지 않고 '버디, 비시, 베니'(보았다, 이겼다, 왔다)라는 라틴어를 흥얼거리는 그의 사랑을 행복하게 받아들였다.

그런데 근래에 와서 사정이 달라졌다. 레이너는 그에게서 떨어져 무릎을 벌리고 앉았다. 그녀의 마음은 치욕에 차 있었고, 깊은 상처를 마음속 깊이 간직하고 있었다.

따라서 요가는 이런 그녀의 마음에 한 가닥 위안을 주었고, 적어도 마리화나나 LSD보다 효과가 있었다. 게다가 팀 리어리의 'LSD 없는 LSD 트립'의 강매보다는 마음에 안정을 가져다 주었다.

'팀 리어리, 그 녀석은 정말 사기꾼이야.'

그녀는 물론 그가 준 그것으로 환각을 얻을 수 있었지만, 그녀가 지금 바라는 것은 환각이 아니고 정적과 보다 고차원의 지성이었다.

아더의 요구를 거부한 것을 레이너는 조금도 괘념치 않았다. 다만 염려가 되는 것은 전에 한두 번 둘이서 함께 한 적이 있는 인디언 놀이였다. 현재의 상황이 그들에게 지루함을 강요하고 있다면, 이 상황이 바로 권태 그것이 아닌가.

레이너의 생활에 있어서 권태만큼 두려운 것은 없으며, 어떤 희생을 치르고서라도 피해야만 하는 시간이었다.

레이너는 요가의 자세로 앉은 채 영감에 싸이기를 기다렸다. 그때 아더가 숄을 그녀에게서 낚아채 자기 몸에 두르고는 레이너의 흉내를 내며 장난을 쳤다.

"어서 오십시오, 하와이에……."

레이너는 묵묵히 일어나서 위엄 있는 걸음거리로 천천히 방을 나갔다.

그러나 아더는 더 이상 레이너에 대해 신경을 쓰지 않았다. 그는 원래 남에게는 거의 관심을 갖지 않은 사람이었다. 오히려 자기 자신의 마음의 동정에 더 매력을 느끼고 있었다.

또다시 그는 앙골라 신문을 뒤적이다가 흥미를 끄는 3단짜리 광고에서 눈을 멈추었다.

'남편과 아내, 21세와 19세. 털이 무척 많은 남성을 구함. 여성은 사절.'

그때 현관벨이 울렸다. 아더는 알몸으로 현관으로 나갔다.

군대 친구였던 거구의 흑인인 텍스터가 찾아온 것이다. 아더는 블랜디스 대학에서 퇴학당한 지 1년 후에 징집되었다.

그의 친구들 가운데 어떤 자는 징집 영장을 불태우고, 어떤 자는 영장에 오줌을 깔기기도 하고, 심한 자는 온몸에 발진을 돋아나게 하거나 말을 더듬거리는 등의 온갖 작태를 부리며 징병을 기피했다.

따라서 이런 경우 오직 혼자 냉정하게 행동하려면, 군대에 들어갈 수밖에 없었으므로 그는 깨끗이 징집에 응했다. 그의 친구들도 그의 이런 훌륭한 행동을 축복해 주었고, 그 자신도 만족해했다.

실제로 군대생활은 즐거웠다. 메릴랜드의 나이키 기지에서 교통 정리를 하는 MP(헌병)를 도와 생전 처음으로 사회인으로서의 의무를 해보았다.

그러나 근무중에 해바라기씨를 먹다가 들켜 헌병 중대에서 인사과 타이피스트로 자리를 옮긴 후에도 여전히 생활은 즐거웠다. 자기 앞에 앉아 있는 여군을 모델로 하여 외설적인 그림을 끼적거리거나 너절한 잡담을 늘어놓거나 하면서 시간을 보냈다.

어쨌든 키가 크고 과묵한 이 흑인은 오직 두 낱말로 성립되는 문장으로 밖에 자기 의사를 전하려 하지 않았다.

'쉬 플라이'라고 자주 말하지만, 실은 그 말뜻은 '그녀는 내 마음에 드는데……'라고 표현하려는 것이었다. 그리고 '쉬 베드'라고 말해도 역시 '그녀는 마음에 들어'의 뜻이었다. 이밖에 그의 판단 기준을 말한다면 '우핑'(수다떨다), '제임드 업'(미친 지랄), '라핑'(아픔) 정도였다.

그러나 그날의 덱스터는 그지없이 흥분하고 있었다. 아더는 덱스터의 이런 태도를 처음 보았다. 아더는 그런 친구를 보며 창백하고 야윈 얼굴 가득히 부드러운 미소를 띠웠다.

그는 덱스터를 더없이 좋아했다. 그는 결코 화내는 일이 없고 질문도 하지 않으며 아무것도 생각하지 않았다. 그는 하루하루를 그럭저럭 구름처럼, 흐르는 물처럼 보냈으나 시체와 같이 냉정했다. 만일 아더에게 동성애적인 기질이 있었다면 서슴없이 덱스터를 택했을 것이다.

덱스터는 생기 없는 눈으로 그를 쳐다보며 말했다.

"나는 방금 진짜를 보았어."

"뭘 말이지?"

"뜻밖에 난생 처음 보는 듯한 굉장한 여자를 만나게 됐어. 자네도 보면 아마 눈이 휘둥그레질 거야. 그런데 그녀가 소리를 내고 울고 있는 거야. 그래서 점잖게 다가가 왜 울고 있느냐고 물었지. 그랬더니 자기 친구가 죽어서 너무너무 슬퍼 울고 있다는 거야. 내가 스낵(SNAC)에서 왔다고 말하자, 그녀는 아주 냉정하게 '아침 식사용 오트밀 회사?' 하고 묻더군. 그래서 내가 말하는 스낵이란 시민운동가라든가, 차별 철폐 따위를 펴는 운동가 모임이라고 가르쳐 주었더니, 이번에는 갑자기 소리를 높여 웃더군. 어쨌든 굉장한 여자야. 보통 여자와는 다른 것 같아."

아더는 덱스터를 사귄 지 3년이 되었으나 그가 이렇듯 길게, 열심히, 그리고 정연하게 자기의 생각을 표현하는 것을 보기는 처음이었다. 물론 그는 덱스터에 대한 친밀감이 이 사건으로 사그러지지는 않았다.

"피우겠나?"

덱스터가 눈에 띌듯 말듯이 아주 희미하게 고개를 끄덕였다.

아더는 벽난로 위에 있던 크리스마스 볼을 들어 반으로 가르고는 그 속에서 마리화나를 꺼냈다. 두 사람은 서로 바라보면서 행복한 웃음을 교환했다.

이윽고 아더가 침묵을 깼다.

"여자의 이름을 물어보았나, 덱스터?"

아더의 이 물음에 덱스터는 두서없이 생각나는 대로 지껄여댔다. 그의 말에는 물론 아무 맥락이 없었다. 키가 날씬하고 블론드 머리에 약간 마른 편이며 가슴은 터질 듯 팽팽했으나, 그것은 결코 어린애를 낳지 않았기 때문이 아니라는 것이다.

물론 덱스터가 그 여자에게 다가가서 무엇이라 말했으나, 그녀는 크게 당혹해 하고 그의 말뜻을 알아듣지 못하는 것 같다는 것이었다.

결국 그는 퇴박맞았으나 그렇게 나쁜 기분이 들지 않았더라는 것이다. 덱스터는 할 수 없이 그녀 곁을 떠났다는 것이다.

그의 뉴욕에서의 체험은 오직 한 타입의 여성에 한정되어 있었다. 즉 통통하게 살찐 유태계 여성만을 상대했는데, 그녀들은 한결같이 지독한 자유주의자로, 욕구불만으로 가득 찬 여성들이었다.

가장 최근에 상대한 여자는 생각만 해도 마음이 아팠다. 탄력성이란 전혀 없는 메마른 허벅지를 내놓고 다니는 뻐드렁니를 가진 미나라는 젊은 여자였다.

그가 혼신의 힘을 다해 그녀를 공격한 후 녹초가 되어 있었는데, 갑자기 그녀가 힘없이 축 늘어진 자기의 그 볼품없는 앞가슴에 그의 머리를 힘껏 끌어안고 비벼대며 요동하는 바람에 그는 찝찔한 그녀의 비프 샌드를 먹을 수밖에 없었다.

아마도 그녀는 그를 먹여주고 그의 어머니가 되어 서로의 몸을 불태우며 인생의 즐거움을 만끽하는 데서 삶의 보람을 찾은 듯했다. 그런 일에 인생을 건 인간이 아니였기 때문에 덱스터는 그녀에게서 도망쳤다. 그러나 오늘의 질리언은 그의 구미를 당기고도 남았다.

어쨌든 아더는 덱스터의 이 두서없는 이야기를 간추려 보니 제법 뚜렷한 영상이 떠올랐다. 그는 이 문제의 여인을 파티에서 한 번, 거리에서 두 번, 즉 세 번이나 말을 나눈 적이 있었다.

그러나 한 번도 그녀와 잠자리를 함께 한 적이 없어 아쉽게 생각하고 있는 터였다. 만약 그녀의 몸을 한 번이라도 더듬은 적이 있었다면 사태는 바뀌었을 것이다.

그때 덱스터가 다시 입을 열었다.

"내가 자네 이야기를 했더니, 그 여자는 서슴없이 '아더는 내가 좋아하는 타입이에요' 라고 하지 않겠나!"

"내가 그 여자가 좋아하는 타입이라구?"

"자네가 욕심난다고까지 말하더군."

이것은 틀림없는 이야기일 것이다. 아더는 덱스터의 대화를 기억하는 능력은 신뢰하지 않았으나, 그의 동물적 후각만은 전적으로 믿고 있었다.

아더는 질리언이 자기를 욕심내고 있다는 덱스터의 말은 믿을 만한 정보라고 생각했다. 덱스터가 그녀를 그렇게까지 높이 평가하고 있다면, 틀림없이 그때의 그녀는 암코뿔소 이상으로 맹위를 발휘했을 것이다.

'암코뿔소!'

아더는 구미가 당겼다.

"모터바이크를 타고 바람이나 쏘일까?"

그가 말하자, 넥스터는 힐끔 곁눈질을 하더니 고개를 끄덕이며 동의했다.

아더는 바짓가랑이가 좁은 흰 바지를 입고, 흰 헬멧, 재킷, 부츠 등을 챙기며 외출 준비를 했다. 두 사람이 차고에 들어가니 그곳에는 할레이 데이비드손 1200 빅 맘머가 번쩍거리며 기다리고 있었다.

이윽고 그들은 모터바이크의 요란한 엔진 소리에 얼굴을 찡그릴 이웃 사람들을 뒤로 하고 질리언의 집으로 향했다.

일은 간단히 진행되었다. 넥스터가 현관문을 힘껏 몇 번 두드리자, 질리언이 미소를 얼굴 가득히 띄우고 나타났다.

그 순간 넥스터는 그녀를 가볍게 들쳐업고 대기하고 있던 모터바이크로 왔고, 5분도 채 안되어 아더의 집으로 되돌아왔다. 그 사이 질리언은 모터바이크 중앙에 누워 있었다.

불평도, 애원도, 외침소리도 빅 맘머의 요란한 엔진 소리가 삼켜버렸다. 질리언은 이렇게 된 이상 부질없이 허둥댈 필요가 없으리라 생각하고, 억지로나마 근엄한 표정을 짓는데 전력을 다했다.

그러나 그녀는 한편으로는 로맨틱한 해프닝 같게도 생각되었다. 은은한 촛불과 샴페인이 연출해 내는 낭만이 아니라, 크레이지 로맨틱이라고나 할까.

대학시절, 아직도 한기가 감도는 4월의 달이 학교 내에 있는 연못을 비추고 있던 어느날 밤, 당시 중세철학 교수에게 그것도 물 속에서 처녀를 빼앗긴 이래 이런 경험은 처음이었다.

목적지인 아더의 집에 당도하니 레이너가 문을 열고 세 사람을 맞이했다.

그녀는 질리언을 힐끗 보자, 곧 2층 침실로 구름 위를 걷는 듯 들어가 LSD가 들어 있는 각 설탕을 갉아먹으면서 인생의 부조리에 대해서 새삼 심각하게 생각하기 시작했다.

아더가 자기에게 전혀 무관심해진 것을 깨닫고 레이너의 마음은 폭발 직전에 있었다. 그를 위해 몇 번이라도 인디언 놀이를 해주지 못한 것을 후회하고 있었다.

세 사람은 묵묵히 서서 어색한 웃음을 멋쩍게 짓고 있었다. 질리언은 용기를 내어 거실로 걸어갔으나, 방금 2층으로 사라진 젊은 여성의 얼굴에 감돌고 있던 공포어린 표정에 마음이 쓰였다. 그녀는 걸어가다 말고 뒤를 돌아보았다.

그런데 아더는 서슴없이 바지를 벗고 있었고, 덱스터는 주방으로 들어가서 조용히 자기가 만든 살라미 샌드를 먹고 있었다.

"내게 할말이라도 있나요?"

질리언이 물었다.

"별로."

아더가 대답했다.

"그러면 왜 나를 유괴했지요?"

"글쎄…… 그러나 나가고 싶으면 나가도 좋아. 누구도 붙잡지는 않을테니."

질리언은 두렵지가 않았다. 그리고 아더가 옷을 벗는 것은 그녀를 보다 마음 편하게 해주고 싶은 것이라고 생각되기도 했다. 그녀는 그를 보지 않으려고 노력했으나, 섬약한 젊은 육체는 그녀의 굳은 마음에 잔잔한 파도를 일으켰다.

"두 사람은 결혼했나요?"

질리언이 물었다.

"아니, 덱스터는 군대시절의 친구였어."

"덱스터가 아니라, 저 2층으로 사라진 젊은 여자 말이에요."

"결혼은 해석하기 나름이지. 같은 집에 살고, 같은 침대를 쓰고, 그녀가 내 성을 쓰고 있으면 그것이 곧 결혼인가?"

"물론이지요. 이른바 내연관계가 아니겠어요?"

"마음대로 상상하지. 한 대 피우겠소?"

"나는 내 것을 피우겠어요."

그녀는 럭키 스트라이크가 들어 있는 핸드백을 두들겨 보였다.

"이것, 놀랐는데. 그렇다면 서로 얘기가 통하겠군. ……그럼 실례하겠소."

하늘하늘 피어오르는 묘한 색깔의 연기를 들이마시는 방법, 눈을 지그시 감고 힘껏 들이마시는 방법, 그리고 입에서 토해 내는 그 연기의 야릇한 냄새로 질리언은 그가 마리화나를 즐기고 있다는 것을 깨달았으나, 별로 놀라지도 않았고 마음의 동요도 일으키지 않았다.

대학시절에 동거하고 있던 찰리도 마리화나를 피우고 있었으므로 아난텔의 작은 아파트 방에는 이것과 비슷한 냄새가 항상 풍기고 있었다.

그러나 그때에는 아주 멋진 시절이었다. 그녀는 지금도 가끔 그때를 회상하곤 했다.

찰리는 장님이었으며 다른 학생들과 마찬가지로 무엇을 위해 돌진하는 점에서도 역시 맹목적이라 하겠으나, 그래도 광명을 찾아 열심히 젊음을 불태웠다.

"당신을 보고 있으니, 학창시절의 친구가 생각나는군요."

질리언이 말했다.

"나는 당신과는 다른 것을 생각하고 있지."

아더가 비아냥거리는 투로 말했다.

"무엇을?"

질리언이 물었다.

"나는 당신을 보고 학창시절의 친구 따위는 생각하지도 않지. 아니, 생각나지도 않아. 다만 당신은 보통 여자와는 다른 특별한 여자라고 생각했지. 그러므로 나는 오히려 당신의 유혹에 놀아난 거야."

"그는 장님이었어요."

질리언은 말을 계속했다.

"장님 피아니스트였는데, 지금의 당신처럼 알몸으로 앉아서 지껄여댔어요. 우리들의 장래, 우리들의 문제, 그리고 해결을 기다리고 있는 세계의 여러 문제 등등을……."

"그건 너무 무미건조한 일이었군."

아더는 여전히 비아냥거렸다.

그때 덱스터가 거실로 들어왔다. 그의 입에는 살라미 샌드가 물려 있었다.

그는 아더가 모터바이크용 헬멧만 덜렁 쓰고 알몸으로 있는 것을 보고도 별반 놀라지 않았다. 그리고 레이너가 어디 있느냐고 묻고는 그대로 2층으로 올라갔다.

"부인은……?"

질리언은 말을 맺지 못했다.

"그녀에게는 그녀의 인생이 있으며, 내게는 내 나름대로의 인생이 있기 마련이지. 그건 그렇고, 어디로 갈까?"

"어디라니요?"

이 어디라는 장소는 이미 5분 전부터 아더의 마음속에 결정되어 있었다.

그는 레이너와는 집안 어디에서도 섹스를 즐겼다. 청소도구용 헛간에서부터 심지어 대형 냉장고에 이르기까지 이용할 수 있는 장소는 모두 이용했다.

질리언은 한마디로 거절했다. 그리고 지금이 바로 이 미치광이 놀음에서 탈출할 수 있는 기회라고 생각했다.

그러나 그의 젊음 그 자체가 질리언의 마음을 어수선하게 했다. 겨우 가슴털이 나오기 시작한 창백하고 가냘픈 소년과 같은 사나이가 티없는 얼굴로 열을 올리고, 이 연인을 어디로 데려갈까 하고 고민하고 있는 것이다.

정말 어색한 순간이었다.

질리언은 아더의 가식 없는 태도와 템벌 목사의 근엄한 얼굴을 대조해 보았다. 목사가 그 정도의 바보라고 그 어느 누가 예상할 수 있었을 것인가.

질리언은 그 사건이 지금도 뒷맛이 씁쓸한 기억을 남기고 있지만, 이 귀염둥이가 그것을 말끔히 씻어줄지도 모른다는 생각이 일순간 들었다.

"어디라도 좋아요."

"글쎄…… 어디가 좋을까?"

아더는 곰곰이 생각하는 눈치였다.

"아무래도 이곳은 안되겠어요. 비록 당신 부인이 아무리 이해심이 깊더라도 말이에요. 침실은 어때요?"

'침실!'

아더는 어처구니 없었다. 침실이라는 구원의 손길이 있었던 것이다.

그는 마룻바닥, 들판, 해변가, 심지어는 하수관에서도 그 짓을 한 적이 있었다.

'그런데 침실에서는?'

그곳은 그가 생각지도 못한 곳이었다. 싸늘하고 폭신한 설원보다도 멋진 장소였다. 역시 이 질리언 브레이크는 믿을 수 없을 만큼 멋진 여자였다.

질리언과 함께 침실로 걸어가면서 아더는 바람 빠진 풍선이 된 듯한 기묘한 느낌을 받았다. 그것은 이웃에 살고 있는 여성이 그 누구보다도 훌륭한 상상력을 가지고 있다는 것을 인정했기 때문이었다.

이윽고 레이너의 명상실을 지나치다보니 기묘한 한 폭의 그림 같은 광경이 전개되고 있었다. 알몸의 덱스터가 기도단 위에 큰 대자로 벌렁 누워 그의 가장 남성적인 부분을 천장을 향해 힘있게 뻗치고 있었다.

레이너는 그의 온몸에 파우더를 바르고, 로션으로 덱스터의 남성다운 빳빳한 부분을 마사지하고 있었다. 질리언은 아마도 카마스트라의 종교 의식일 거라고 생각했으나, 그저 묵묵히 바라보기만 했다.

아더는 두 사람이 베이비 게임을 하고 있다고 알아차렸으나, 레이너가 전혀 진전된 태도를 보이지 않고 있다는 것을 보고 다소 실망했다.

아더와 질리언은 서로 손을 맞잡고 침실로 들어갔다. 그러나 아더는 자기 마음대로 그녀를 공략할 용기가 선뜻 생겨나지 않았다.

그런데 질리언이 곧바로 침대로 가서는 입고 있던 옷을 벗기 시작했다. 그리고는 사지를 힘껏 뻗고 침대에 누웠다. 아더는 눈부신 그녀의 몸을 보고 황홀감에 사로잡혔다.

질리언의 곡선으로만 빚어낸 듯한 팽팽하고 부드러운 몸매는 블론드 머리로 인해 더욱 자극적이었다.

아더는 자기도 모르게 마른침을 삼켰다. 격렬한 떨림을 전하는 그의 뜨거운 입김을 기다리며 선정적으로 벌려 있는 자극적인 입술, 가슴을 설레게 하는 율동감. 그녀의 이런 모습을 보고 아더는 갑자기 깨달았다.

샹들리에를 붙잡고 있는 자기 발을 재미있게 잡고 흔드는 그녀, 침대에 앉아 메카를 향해 발가락을 운동시키는 즐거움, 텀블링 따위로 질리언을 만족시키지는 못할 것이다.

'그렇다면 남아 있는 방법은 오직 한 가지!'

그는 이런 생각을 하면서 침대로 뛰어올랐다. 그리고 질리언을 향해 자세를 가다듬고는 인류 최초로부터 대대손손 전해 온 전통적 체위를 취했다.

'이것이 가장 동물적인 방법이야. 처음으로 동물적인 자세를 취해 보는 거야.'

그때 아더에게 불현듯 어느 환영이 떠올랐다.

그것은 절도 있는 성생활과 안락한 가정에서 태어난 어린 자식들에게 섹스와 마약에 대해 알고 있는 모든 것을 가르쳐 주어 인류의 존속에 공헌하고 있는, 자연스럽고도 고귀한 아더 프랜호프 자신의 모습이었다.

그런데 온몸의 뼈마디가 녹아나는 듯한 짜릿하고 황홀한 절정 속에서 한몸이 되어 상하좌우로 격렬하게 움직이며 훨훨 힘차게 타오르는 환희의 극점으로 날아오르고 있는 질리언과 아더에게 레이너가 방에 들어오는 것이 보일리 만무했다.

그녀는 플라스크를 들고 침대 곁에 서 있었다.

그런 동안에도 아더와 질리언은 신음소리를 내지르며 상하좌우의 힘찬 운동을 숨가쁘게 계속했다. 그리고 이윽고 마지막 폭발이 그들을 현재로 끌어내렸다.

그 순간 정신을 차린 질리언은 비로소 관찰자의 존재를 깨닫고는 흠칫 놀랬다.

레이너의 얼굴은 노여움과 굴욕으로 무섭게 일그러졌다. 그리고 그녀의 말이 증오로 파르르 떨렸다.

"아더! 구제 받지 못할 이 속물아!"

'빌리와 질리 쇼'에서(12월 27일 방송)
빌리 "진주만도 먼 옛날 얘기로 되었소, 질리."
질리 "나도 아직도 어린 그 시절을 잊을 수 없어요."
빌리 "나도 마찬가지요."
질리 "우리들 인류는 결국 그 일로부터 무엇을 배웠는지 모르겠어요."

빌리 "물론 의심스러운 일이오. 세계는 지금도 같은 불행을 되풀이하고 있으니 말이오."

질리 "그것은 국가 아닌 개인의 차원에서도 마찬가지예요. 서로 자애롭게 살지를 못하니 큰일이에요."

빌리 "그렇소. 전쟁, 살육, 폭력 등 인간답지 못한 행동이 공공연히 자행되고 있으니 큰일이오."

질리 "정말이에요."

빌리 "조직 폭력을 예로 들어도 알 수 있듯이 일상 다반사니 큰일이 아니겠소?"

질리 "악한 일을 해도 체포가 되지 않으면, 범죄가 성립되지 않으니……."

빌리 "마피아가 어디에서나 날뛰고 있으니, 정말 한심한 일이오."

질리 "그런데 마피아라는 것이 정말 존재하나요?"

빌리 "틀림없이 존재하고 있소. 오늘날의 갱들은 기업이란 옷자락에 숨어 있는 조직 집단이므로 분간하기 어려울 뿐이오."

질리 "한마디로 팀이군요."

빌리 "그렇구 말구요."

질리 "그래서 이 쇼에 나오지 못하는 것이 아쉬워요. 아마 이 쇼에 출연한다면 재미있을 거예요."

빌리 "그렇게만 된다면 대 히트할 거요."

질리 "빌리, 또 농담을 하는군요."

빌리 "그냥 해본 소리요."

질리 "빌리, 오늘 너무 흥분하는 것 같군요. 그렇더라도 진짜 악인이라면 틀림없이 우리들을 섬뜩하게 하는 남성이겠지요?"
빌리 "그렇겠죠. 갱 문제라면 범죄위원회에 맡기는 것이 좋을 거요. 이 쇼에서 다루지 않더라도 정부에서 다루겠죠."
질리 "그렇겠군요. 갱에 대해서 알고 있어요?"
빌리 "모든 시민이 평범한 생업에 종사하고 있지만, 우리 주변에도 한 사람 정도는 있을지 모를 일이죠."
질리 "그렇다면 아주 멋진 일이군요."
빌리 "그렇게 말하리라 짐작했소."
질리 "한 대 맞았군요."

일곱 번째 이야기

●

차 안에서

크리스마스를 1주일 앞둔 사람들은 즐거움과 희망으로 들뜨기 마련이다. 더군다나 크리스마스 캐럴은 들뜬 사람들의 마음을 더욱 흥겹게 한다.

그러나 이런 분위기 속에서 절망의 한숨을 짓는 사람이 두 명이나 있었다.

한 사람은 마빈 굿맨으로 그는 지금 파산 직전에 몰려 있고, 또 한 사람은 질리언 브레이크로 그녀는 뜻밖에 원하지 않은 임신을 한 것이다. 결국 모두 비참한 종말을 맞이할 운명에 놓여 있는 셈이다.

특별 주문해서 정문에 매어 달은 덴마크식 멋진 우편함에 마빈 굿맨은 손을 넣었다. 그의 얼굴이 긴장된 것을 보면 대단한 걱정이 있는 듯 싶었다.

그는 크기, 형태, 색깔 등이 다른 봉투를 한 움큼 꺼냈으나 모두 똑같이 셀로판 부분으로 되어 있는 것을 보고 공포에 몸을 떨며 언제나처럼 몽유병자와 같이 발길을 옮겼다.

현관에서 거실까지 소리도 없이 걷는 그에게는 발밑에 깔려 있는 두꺼운 벨벳 융단의 폭신한 감촉 같은 것은 느껴지지 않은 듯했다.

그에게 행복감을 안겨주던 공기 조절장치, 예술적 욕망을 충족시키고 자극을 주는 탕가니카의 조각품, 콜럼버스 시대 이전의 조각상, 표현파의 강렬한 그림, 한정판의 미술 서적, 이 모든 것이 아차 하면 남의 손에 들어갈 위기에 처해 있는 것이다.

그는 우선 커다란 봉투를 뜯었다. 그가 젊은 시절에 즐겨 읽던 만화 주인공의 야한 일러스트가 쏟아져 나왔다. 그는 바닥에 떨어진 나체 그림의 허벅다리를 뒤꿈치로 짓밟고 싶은 충동을 참으면서 중얼거렸다.

"젠장! 재수없게."

그가 천천히 한 움큼의 봉투를 하나하나 뒤적이는 동안 '삭스'라고 고급스럽게 인쇄된 사각 봉투에서 등나무꽃 향기가 풍기는 보랏빛 카탈로그와 청구서가 몇 장 발밑에 떨어졌다.

그는 청구서를 집어들었다. 그 청구서에는 요즘 1개월 사이에 249달러 89센트의 미불 상품이 삭스 상점에서 굿맨 집에 배달되었다는 청구 금액이 명기되어 있었다. 전달의 미불금을 합쳐 청구 금액은 그의 은행 잔고를 벌써 1백 달러나 초과되었다는 사실도 이것으로 알 수 있었다. 그는 이제 센트의 단위까지 계산할 기력마저 잃고 있있다.

X선과 컴퓨터를 병용할 정도의 빠른 속도로 마빈의 고민스런 마음의 화면에 다른 봉투의 금액이 비추었다. 이제는 상대방의 주소만 보아도 그의 두뇌는 명확한 해답을 찾아 낼 수 있을 정도로 되어 있었다.

롱 아일랜드 전기회사(44달러), 교외 외식비(52달러), 그린 파스퇴르 농장(35달러), 뉴욕 전화회사(32달러), 하터튼 병원(14달러)…… 미불 금액은 계속 이어졌다.

"헬렌!"

마빈이 외쳤다.

"무슨 일이에요, 마빈?"

"여기 앉아요."

마빈과 결혼하여 10년 이상 사는 동안에 헬렌은 남편의 감정의 기복을 금방 눈치채고 독특한 반응을 보일 수 있게 되었다. 극히 드문 일이지만 남편이 극도의 증오심을 그녀에 대해 품고 있다고 느끼면 결코 남편 앞에 모습을 나타내지 않았다. 가장 좋은 방법은 마빈이 노했을 때 부드럽게 응수함으로써 그를 굴복시키는 일이었다.

헬렌은 유순하게 나오면 반드시 자신에게 유리하게 사태가 진전되어 간다는 것을 고등학교 시절부터 익히 알고 있었다. 그 무렵부터 이미 이 유순함을 그녀는 자유자재로 활용하여 왔다.

가령 여학생 사이에 인기가 좋은 남학생의 손이 그녀의 순진한 가슴을 범했다고 할 때, 이런 일이 교내 댄스 파티 무렵이라면 그녀는 순순히 남학생의 음흉한 그 짓을 모른 체한다. 그러나 댄스 파티가 끝나고 귀가길에 이런 짓을 하면 그녀는 남학생의 손을 멍들도록 후려치곤 했다.

그와 같은 여고시절도 어느덧 지나가고 지금은 30세가 넘은 가정주부였지만, 그래도 헬렌에게는 이렇다 할 변화가 없었다. 가슴은 더욱 풍만해졌고 그 이용법은 세련되어 여전히 자기 의사를 관철하기 위한 도구로 사용하곤 했다.

그날도 헬렌은 의도적으로 블라우스 단추를 세 번째까지 끌러 가슴의 그 선정적인 풍만함을 보다 확연히 드러나보이도록 하고, 장난기어린 얼굴로 계단을 내려와 그의 눈앞에서 요염하리만치 굴곡이 큰 허리를 살짝 흔들었다.

"무슨 일이에요, 여보?"

그녀는 두꺼운 융단 위에 널려 있는 삭스 상점의 청구서를 힐끗 내려다보았다.

"또 삭스 상점에서 청구서를 잘못 보냈나요?"

마빈은 권투 선수가 레프트 잽을 피할 때처럼 머리를 약간 옆으로 숙였다. 회계사인 그의 머리에는 이미 물샐틈 없는 정확한 계획이 꾸며져 있었다. 낭비벽이 심한 아내가 고의로 예금을 개인적인 사치에 낭비하고 있는 것만은 확실했기 때문이다.

지난 11월에 두번 다시 낭비하지 않겠다고 굳게 약속했음에도 불구하고 이런 막다른 사태를 초래하였으므로 당연히 그녀가 금전적으로 벌을 받아야 했다. 더욱이 그는 피해자이므로 그 벌을 결정할 권리가 있었다.

그러나 그 계획에는 중대한 실수가 한 가지 포함되어 있다는 것을 그는 지금에서야 깨달았다. 큰 백화점에서는 결코 실수하지 않으리라고 쉽게 생각하고 있으나, 마빈이 회계사로서의 경험을 토대로 하여 살펴보면 사실은 그 반대라는 것을 그만 깜박 잊고 있었던 것이다.

아무리 희박한 가능성이라고는 하나 헬렌의 한마디로 마빈의 완벽한 공격 계획은 수포로 돌아갔다. 그의 피해자로서의 입장을 확립하고 다시 정당하게 권리를 주장하기 위해서는 우선 삭스 상점이 과실을 범했는지의 여부를 확인해야 했다.

"또 잘못 보냈다니, 무슨 뜻이오?"

마빈이 물었다.

"참, 당신도……."

이번에는 비웃는 듯 헬렌이 말을 이었다.

"당신이 화를 내며 내게 '금이라도 캐낸 줄 알아?' 하며 윽박질렀을 때의 일을 기억하세요? 당신이 얼마 후에 사과했을 때에는 정말 귀여웠어요. 당신 어머니의 청구서가 우리에게 잘못 오지 않았어요? 지금도 나는 그 일을 잊을 수가 없어요."

결코 잊을리 없다. 그것은 6년 전의 일이었다. 헬렌이 말하고 있는 것이 너무나 어처구니없어 자칫 한 대 쥐어 박으려던 사건이었다.

그때는 삭스 상점도 자신들의 과실을 인정했지만, 덕분에 그가 언제나 검약가 자린고비의 표본으로서 칭찬하던 홀로 살고 있던 어머니의 외상값의 실제는 그 청구서보다 많다는 것까지 알게 되었다. 이중의 불상사였다.

더욱이 그는 이에 대한 속죄로서 아내가 생애 최대의 쇼핑을 즐기는 동안 줄곧 그녀 옆에서 시중을 들어야 했다.

이 6년 전의 쓰라린 기억을 회상하면서 그는 전략을 바꾸기로 결심했다. 결국 분별 있는 인내가 이 위기를 극복할 수 있는 최상의 무기라고 생각했다.

"또 똑같은 실수라도 있다고 당신은 생각하는 거요?"

헬렌은 아무렇지도 않은 듯 태연스럽게 갓 염색한 머리를 쓸어올리며 마빈 앞에 무릎을 꿇고 앉아 삭스 상점의 청구서를 들추면서 숨을 크게 들이마셨다. 유난히도 풍만한 그녀의 앞가슴이 그의 눈앞에 드러났다.

그녀는 재빨리 한 장씩 전표를 조사하다가 다섯 번째 전표를 손에 들고 입을 열었다.

"역시 내 육감이 맞는 것 같군요. 이것보세요."

마빈은 그녀가 내민 전표를 보았으나 이상한 점은 없어 보였다. 그것은 전화로 주문한 드레스로 날짜는 11월 27일, 값은 125달러로 되어 있었다.

"어디가 틀렸다는 거요?"

"여보, 드레스는 없는데 어떻게 전표만 있어요? 이런 드레스는 주문한 일도 없으려니와 받은 일도 없어요."

"정말이오?"

마빈은 믿지 못하겠다는 듯 아내를 쳐다보았다. 그리고 말을 이었다.

"이런 실수가 있을 수 있다고 생각하오? 주소도, 이름도 틀림없지 않소?"

"그것이 어떻다는 거예요?"

헬렌은 마빈 앞으로 더욱 다가섰다. 순간 그의 왼손이 그녀의 오른쪽 젖가슴에 닿았다.

"틀림없이 형편없는 점원이 주소를 잘못 기입하고 청구서를 보냈을 거예요. 삭스 상점의 주인이 일일이 그런 것까지 체크한다고 생각해요?"

"그렇게야 하지 않겠지만, 만일 이것이 사실이라면 '미안합니다'란 사과만으로는 지나칠 수 없는 일인데. 특히 1백 달러가 넘는 거금이니 말이오. 그렇더라도 삭스 상점 주인이 우리의 말을 믿을 것 같소?"

"안 믿으면 어떻게 하겠어요. 사지도 않은 드레스를 돌려 달라고는 하지 못할 것 아니예요. 여보, 당신은 지금 나를 꾸짖으시려고 했지요. 그 분노를 삭스 상점의 주인을 향해 마음껏 풀어보세요. 그래야만 당신의 체면이 설게 아니예요."

이윽고 마빈이 흰색 캐딜락을 삭스 상점을 향해 몰고 있는 동안, 헬렌은 2층에서 삭스 상점의 라벨이 붙은 125달러짜리 드레스를 바라보고 있었다.

그녀는 언젠가 이런 얘기를 들은 적이 있었다. 의뢰인의 혐의 사실이 거의 확실한 경우, 재판을 가능한 연기하는 것이 변호사의 수완이라는 것이다. 증인이 죽을 수도 있고, 피해자가 마음을 바꿀지도 모르기 때문이라는 것이다. 더욱이 의뢰인이 갑자기 병에 안 걸린다는 보장도 없다는 것이다.

'시간이 모든 것을 해결해 주겠지.'

헬렌은 어깨를 한번 으쓱해 보이며 옷장문을 닫고는 읽고 있던 보그지를 다시 손에 들었다.

한편 삭스 상점에서는 발송 주임이 헬렌의 사인이 틀림없는 영

수증을 찾아내는데 불과 30초도 걸리지 않았다. 마빈은 아내의 거짓말에 가슴이 부르르 떨렸으나 그보다는 굴욕감이 그를 더욱 괴롭게 했다.

그러나 다행히 사람이 없는 주임실이었다는 것이 다소나마 위안이 되었다. 적어도 사회적으로는 아직 그의 이름이 손상되지는 않았다.

그러나 그는 아내의 낭비벽으로 인해 가정과 신용까지 잃어버릴 그날이 언젠가는 온다는 생각에 머리가 지끈거렸다.

발송 주임실에서 나온 마빈은 지난해 마리오 벨러로부터 장부를 적당히 처리해 달라고 부탁 받은 일을 생각했다. 퍽 수입이 좋은 일이라 하룻밤 동안 마리오의 장부를 검토해 주리라고 생각도 했으나, 그가 죽고 보니 역시 말려들지 않은 것이 잘한 일인지도 모를 일이었다. 국세청의 간부나 불순한 기업가로부터도 이와 비슷한 청탁을 받는 적이 가끔 있었기 때문이다.

하지만 마빈이 그런 일에 손을 대지 않은 것은 그가 성실해서가 아니라, 너무나 두려운 일이기 때문이었다.

그러나 이밖에 또 한 가지 이유가 있었다. 그의 수입 증가로 덕을 보는 것은 아직 어린 자식들인 베리나 잭키가 아니라, 아내 헬렌이기 때문이었다.

헬렌이 덕을 보는 대신 마빈의 손에 수갑이라도 채워진다면 문제는 더욱 달라진다.

"마빈 씨!"

그때 어디선가 소리가 들렸다.

"마빈 굿맨 씨!"

그가 뒤돌아보니 특징 있는 그린빛의 눈이 미소짓고 있었다. 어디서인가 본 기억이 있는 눈과 미소였다.

"마빈 굿맨 씨 맞지요?"

그는 고개를 끄덕이고는 여자의 얼굴을 찬찬히 훑어보았다. 얄팍한 입술, 그리고 작고 흰 이빨 사이로 잽싸게 움직이는 혀가 살짝 보였다.

"질리언이에요. 질리언 브레이크예요."

마빈은 그녀의 입이 움직일 때마다 윤기 있는 혀가 경쾌하게 출입하는 모습에 완전히 넋을 잃었다.

"그렇게 저를 몰라보시니 섭섭하군요. 지난주 킹스 네크의 컨트리 클럽에서 만났잖아요. 바로 제 옆자리에 앉아서 열심히 제게 설명해 주신 일을 벌써 잊으셨군요."

"아, 이제야 생각이 나는군요, 브레이크 부인. 바깥주인 성함이 ……."

"윌리엄이에요. 그런데 몹시 심각한 표정이시군요. 저쪽 사무실에서 얘기를 나누는 것을 살짝 봤는데, 퍽 인상적이었어요. 당신이 그렇게 남성적인 분인지는 미처 몰랐어요. 모두가 쩔쩔매고 있었으니."

"별 말씀을……."

그가 마지못해 웃으며 말을 이었다.

"회계사라는 직업이 숫자에 까다롭고 외골수로 흐르다 보니, 성격도 자연 그리 되나 봅니다."

그러나 뭇 여성이 자기를 남성적인 분위기가 물씬 풍긴다고 느낀다니 마음이 기뻤다.

그는 아직 36세라는 젊은 나이로, 테니스와 스키 덕분에 그런 대로 듬직한 체격의 소유자였다. 테니스와 스키가 때로는 섹스를 대신해 주고 있지 않느냐고 자문했다.

15년 전, 코넬 대학의 클럽 대항 테니스 선수권 전에서 우승한 이래 그의 체중은 겨우 5파운드밖에 증가하지 않았다. 게다가 야무지고 단정한 얼굴이 그를 나이보다 젊게 보이게 했다.

순간 질리언을 바라보는 그의 몸 속에서 힘과 젊음이 끓어올랐다. 더욱이 이 여자는 자기에게 특별한 관심을 보이고 있는 것이 역력하지 않은가.

그러나 질리언의 관심을 끈 것은 그의 생각과는 생판 다른 것이었다. 그가 자랑하는 그의 우람한 체격에서는 저질의 사디즘이 풍길 뿐이었다.

질리언이 처음 마빈을 본 것은 킹스 네크로 이사온 날 세뮤어리티 내셔널 은행에서였다. 남편과 함께 계좌를 개설코자 온 그녀는 계장과 심한 말다툼을 하고 있던 그를 보았다. 그것은 아마 초과 대출 문제 때문이었던 것 같았다.

두 번째 만난 것은 파티가 있던 날 밤이었는데, 그날 일도 잊을 수 없었다. 이때의 일은 여론 조사에 의하면 식료품 구입에 주 평균 75달러나 지출하는 주부는 없다는 사실을 예로 들면서 아내와 티격태격하고 있었다.

그때 그의 아내는 섹스를 비장의 무기로 사용하는 법을 아주 잘 터득하고 있는 그런 여자들이 갖는 침착성을 가지고 남편의 공격을 방어하고 있었다.

세 번째 만남은 며칠 전에 있었던 컨트리 클럽에서였다. 그리고 신의 섭리인 듯 이렇게 네 번째 만남이 이루어졌는데, 만날 때마다 마빈은 질리언의 마음속에 영역을 넓혀가고 있었다.

돈이다. 그녀는 1천 5백 달러가 필요했다. 거금이라는 것은 알고 있지만, 빠른 시일 안에 그만한 돈을 모아야만 했다. 직업의 성질상 일본이나 푸에르토리코까지 가서 낙태수술을 받을 수는 없었다. 더욱이 자신의 지명도로 보아 섣불리 돌팔이 의사에게 보일 수는 없었다.

그리하여 생각 끝에 찾아 낸 사람이 레싱턴 거리에 있는 신경외과 의사였다. 이 사람이라면 충분히 신뢰할 수 있었다. 그는 유명인사나 부호들의 임신중절을 부업으로 하고 있는데, 비용이 1천 5백 달러가 든다는 것이었다.

그때 마빈의 등쪽에 있는 두꺼운 유리창에 빗방울이 한 방울 두 방울 떨어지기 시작했다.

"저런, 어쩌지요?"

질리언이 말했다.

"왜요?"

"비가 오네요. 당신과 산책이나 하면서 술 한잔 얻어 마실까 했는데, 섭섭하게 되었어요."

"너무 상심 마십시오."

이때 그의 잔잔한 호수 같은 마음에 야릇한 생각이 돌을 던졌다. 그것은 먼 과거, 젊은 시절부터 결혼한 오늘날까지도 마음 한 구석에 도사리고 있던 의식이었다. 이 여인이 자기가 좋아하는 타입이라는 이유만은 절대로 아니었다.

또한 이 여자라면 말을 들어주겠지 하는 기대감 때문만도 아니었다. 그의 결정에 불을 붙이고 자기를 탐내고 있는 여인이 바로 눈앞에 있다는 사실에 마음이 흔들린 것이다.

'죄? 서로 좋아하는 죄? 아내의 그 치사한 거짓말에 비할 때 과연 이것도 죄가 될 수 있을까? 그렇다! 헬렌은 벌을 받아야 해. 그 벌을 결정하는 것은 바로 나 자신이야.'

마빈은 이런 생각을 하면서 말했다.

"12시 45분이군요. 아래층 주차장에 제 차가 있으니, 그것을 타고 드라이브나 하면서 점심식사라도 할 좋은 식당을 찾아볼까요? 저도 오늘 오후는 한가하여 기분전환이라도 하려던 참이었습니다."

"당신의 기분, 알 수 있을 것 같아요."

그녀는 그의 팔을 잡고 힘을 주었다. 마빈은 깜짝 놀라며 상점 안을 둘러보았다.

삭스 상점은 가든 시티에 자리잡고 있다. 이곳은 중산계급 이상의 상류 사람들이 사는 주택지역으로, 킹스 네크로부터는 자동차로 45분이나 걸리는 곳에 있는 쇼핑 지역이다.

따라서 이곳에서 킹스 네크 사람들을 만날 수 있는 확률은 거의 없는 셈이다. 그러나 사람의 일이란 모르지 않은가.

그는 질리언과 함께 천천히 주차장으로 갔다. 그리고 너무나도 유명하여 사람 눈에 잘 띄는 MG1의 라이센스 플레이트가 붙은 흰색 캐딜락에 올라탔다.

이윽고 메드블룩 거리를 달리는 그에게 질리언의 몸이 다가왔다. 순간 마빈은 이제야 운이 트이는구나 하고 생각했다.

그런데 노던 스테이크 거리를 돌아설 무렵 연료계를 보니 바늘은 E에서 흔들리고 있었다. 마빈은 입을 지그시 다물고 액셀러레이터를 늦추어 스피드 게이지의 바늘을 55까지 낮추었으나, 주유소를 찾았을 때에는 연료계에는 이미 제로를 밑돌고 있어 20갤런이나 급유하지 않으면 안되었다.

"큰일날 뻔했습니다, 선생님."

주유소 직원이 말했다.

"그렇소."

마빈이 대답하고는 혼잣말로 중얼거렸다.

"역시 오늘은 운이 좋은 날인 것 같군."

그러나 이곳은 미국의 북동부로, 마빈의 크레디트 카드가 통용되지 않은 몇 안되는 주요소 중의 하나였다. 그래도 지갑에는 아직 50달러는 있었다.

이윽고 그들은 흰 돛대 하나 보이지 않는 한산한 요트 기지를 지나 슬로그스 네크 다리에 이르렀다. 그러나 질리언은 마빈 옆에서 침묵만 지키고 있었다.

"브레이크 부인, 기분은 어떻습니까?"

마빈이 먼저 입을 열었다.

"다시 가슴이 설레이는군요."

질리언은 자기의 기분을 솔직히 털어놓았다. 그리고는 말을 이었다.

"내가 아무 남자와 이런 시간을 즐기는 여자라고는 생각지 않으시겠지요?"

"물론이구 말구요."

마빈에게는 이 노골적인 솔직함을 재음미할 마음의 여유가 없었다. 그가 말을 이었다.

"기분이 후련하시지 않습니까? 현재의 사생활에 불만이라도 있으신가요?"

"목이 마르고, 배가 고프고, 마지막으로 섹스…… 물론 기갈이 가장 선결할 문제는 아니지만 말이에요."

"하나하나 해결해 가십시다. 물론 섹스가 마지막 문제는 아닐 수도 있지 않습니까?"

마빈이 낮은 목소리로 말했다.

슬로그스 네크 다리에서 그는 주머니를 뒤졌으나, 25센트짜리 은화가 없었다.

"미안하군요. 지금 제가 가지고 있는 것이란 삭스 상점의 청구서에 질리언 브레이크라는 유명한 이름뿐이에요. 이 청구서라도 드릴까요?"

질리언이 말했다.

그는 할 수 없이 10달러짜리 지폐로 고속도로 요금을 지불하고 북으로 달렸다. 웨스트 제스터의 허친슨 리버에서 다시 한 번 톨게이트를 거치면 컨트리 인이었다. 회사의 교제 관계로 자주 드나드는 단골손님에게는 별 관심거리가 되지 않겠지만, 이 레스토랑은 프랑스의 시골식 실내장식이 소박하고 아늑했다.

마빈은 질리언의 손을 잡고 커다란 참나무로 만든 카운터 앞에 앉았다.

"우선 간단히 목을 축일까요?"

"전 마티니를 마시겠어요."

"그렇다면 나도 그것으로 할까."

마빈은 이렇고 말하고 바텐더에게 지시했다.

"진하게 해주게."

"록으로 할까요? 아니면……."

바텐더가 물었다.

마빈은 질리언을 바라보았다. 그러자 그녀가 엄지손가락을 세워 신호를 하였으므로 그도 그녀를 따라 엄지손가락을 세웠다.

그때 질리언이 슬며시 손을 뻗어 그의 세운 엄지손가락을 감싸 쥐었다.

"제것이에요."

질리언이 낮은 음성으로 속삭였다. 마빈은 이에는 대답하지 않고 그녀가 감싸쥔 엄지손가락을 위아래로 천천히 움직이기 시작했다.

"아주 멋져요. 굉장한……."

질리언이 살짝 미소를 지으며 말했다.

"그런 칭찬을 받아본 적이 없었소."

마빈은 흡족한 미소를 띠우며 말했다.

"모두 눈이 멀어서 그래요."

"어쨌든 이런 기분은 처음입니다. 나도 왜 그런지 모르겠습니다."

"어서 마셔요, 훌륭한 마빈 씨. 당신에게는 묘한 매력이 있어요. 이런 감정, 저도 처음이에요."

두 사람은 각기 두 번째의 잔을 비웠다. 알코올과 기대감이 그들을 행복감에 젖게 하였고, 마빈은 용기를 내어 바텐더에게 1달러나 되는 팁을 주었다.

이윽고 자동차로 되돌아온 그들은 허친슨 리버 거리를 다시 북쪽으로 달렸다. 시계를 보니 벌써 오후 3시를 가리키고 있었다.

마빈은 아직 점심을 먹지 못했다는 것을 깨달았다. 그는 차를 꺾어 베트포드 마을에 이르렀다. 레스토랑 '라크레마이엘'이란 간판이 눈에 들어왔다. 이곳은 홀리데이지가 제1급이라고 극찬한 곳으로, 아내인 헬렌이 꼭 오고 싶어하던 곳이었다.

다소 비싼 듯했으나 마빈은 후회하지 않았다. 포도주를 반 병 정도 마시고 긴장감이 풀린 그는 계산서의 계산을 깜빡 잊었으나, 몽롱한 머리로 아마 25달러는 될 것이라 생각했다.

마빈은 요리의 완벽함에 탄성을 올리고 기분이 좋아 젊은 웨이트리스에게 5달러, 다시 자동차를 차고에서 꺼내준 수위에게도 지폐를 쥐어주었다.

"기분 어때요?"

질리언이 물었다.

"목도 축였고 배도 불렀으니, 남은 것은 이제 한 가지밖에 없는 것 같군요."

마빈은 오른손을 질리언의 허리 뒤로 돌리면서 말을 이었다.

"이 뜨거운 열기를 서로 내뿜을 적당한 장소가 필요하겠지요? 2,3마일만 더 가면 좋은 곳이 있었던 것 같은데……."

믿을 수 없을 정도로 일은 운 좋게 진행되어 가는데, 왠지 마빈은 마음이 불안했다. 완벽하게 성공하리라고 확신하는 반면, 그는 공포에 사로잡혔다.

'어딘가에 결함이 있어 실패로 끝나는 것은 아닐까? 아냐! 결코 그럴 수는 없을 거야. 이런 때에 방정맞은 생각을 하다니!'

그러나 마음의 갈등은 오래 가지 않았다. 질리언이 머리를 그의 어깨에 기대고 손으로 그의 바지주름을 만지작거리자 마음의 모든 불안이 씻은 듯 녹아버렸다.

게다가 질리언의 손이 서서히 무릎에서 다리 위로 올라갈수록 그의 숨결은 가빠지고 바지의 일부가 솟아올랐다. 질리언이 그 솟아오른 부분을 부드럽게 애무하기 시작했다.

"마빈, 정말 훌륭해요."

이윽고 그들은 모텔에 도착했다.

마빈은 운전석에서 얼굴만을 내밀고 절차를 밟을 수 있어서 무엇보다 기쁘고 다행스러웠다. 지금 그는 차에서 나올 '육체 상황'이 못되었던 것이다.

질리언의 손이 천천히 부드럽게 집요하게 움직였고, 그녀의 교묘한 솜씨로 그의 바지는 점점 더 위로 솟아올랐다.

모텔의 주인은 조용한 말씨의 농부같이 보였는데, 밀턴 실버라는 가명의 서명에도 아무 말하지 않았고, MG1의 라이센스 플레이트가 붙어 있는 등록카드를 묵묵히 받았다.

"두 분이면 20달러입니다."

마빈은 지갑을 꺼내어 한 장 남은 지폐를 주인에게 주었다.

"젊은 양반, 10달러를 더 내야지요."

주인의 말에 그 지폐를 다시 한번 본 마빈의 얼굴은 순간 창백해졌다. 틀림없이 10달러짜리 지폐였다. 그 레스토랑 주차장에 있던 수위에게 1달러로 알고 준 것이 10달러를 준 것이었다.

'젠장, 막판에 꼬이다니!'

마빈은 주인에게 물었다.

"지금은 이것밖에 없소. 10달러짜리 방은 없소?"

"혼자라면 모르되, 두 사람이면 16달러짜리 방이 제일 싼 겁니다."

주인의 말을 들은 마빈은 묵묵히 그 10달러를 주인의 손에서 빼앗은 다음 그곳을 떠났다.

"젠장, 예감이 이상하더니!"

마빈이 투덜거렸다.

"괜찮아요, 마빈."

그렇게 말하면서 질리언은 계속 손을 움직였다. 그러나 솟아올라 있던 부분은 이 난리통에 놀랐는지 사라지고 없었다.

"다른 곳으로 가면 되잖아요. 돈은 없어도 당신의 이름이 있으니, 수표를 끊으세요."

"그것도 헛일이오. 부도가 날텐데."

"그래도 현금을 후에 입금시키면 되잖아요."

"질리언, 당신은 아무것도 몰라요. 내가 지불할 수 있는 것은 미불 청구액이 고작이오. 나는 파산했어, 파산!"

마빈은 안타까웠다. 이런 행운을 놓칠 수는 없다고 생각했다. 우연한 기회에 시작하여 이렇게 치밀하게 세워진 정복 계획이 바람 빠진 풍선처럼 무산될 위기에 처한 것이다. 게다가 마빈의 굴욕감을 더욱 부채질한 것은 질리언의 웃음이었다.

"파산?"

그녀가 한마디했다.

"지금 나는 이대로 근처의 구빈원에라도 가고 싶은 심정이오."

마빈은 한숨 섞인 목소리로 말했다.

"그럼 이 차는 당신거예요?"

"1,350달러밖에 불입하지 못했소. 즉 타이어, 리어윈도만이 겨우 내 것이오."

"집은요?"

"매달 325달러씩 꼬박꼬박 불입하면 28개월 후가 되어야 내 것이 되오."

"불쌍한 마빈!"

조용히 굴러가는 차 안에서 두 사람은 서로 자신들의 불행을 한탄하고 있었다. 어쨌든 어색한 이 분위기를 떨치려고 질리언은 사실대로 마빈에게 돈을 빌려 달라고 말하려던 참이었다는 것을 고백했다.

1천 5백 달러의 차용금. 자궁 깊숙이 저 주책맞은 히피가 그녀에게 뿌린 씨, 그 비트 녀석의 쌌을 중절시키기 위한 비용을 마련하려 했다는 것까지 솔직히 고백했다.

"돈이라구?"

"그렇다고 저를 흔한 그런 여자로는 생각지 마세요. 어쨌든 당신을 만나고 싶었어요. 그리고 당신에게 돈 얘기도 하고 싶었구요. 물론 빌리는 거예요. 이런 다급한 상황에 놓이고 보니, 할 수 없는 일이 아니겠어요? 이런 제 마음만큼은 이해해 주세요."

"결국 우리 두 사람은 같은 신세로군요."

마빈이 힘없이 말했다.

"마빈, 정말 안됐군요."

이윽고 마빈은 펠헴의 톨게이트에 이르러 주머니를 뒤졌다. 25

센트밖에 없었다.

그는 기적을 바라며 또 한번 주머니를 샅샅이 뒤졌다. 25센트가 더 나왔다.

"불쌍한 신세로군요."

질리언의 손이 그의 옷 속으로 들어가 늑골을 하나하나 쓰다듬어 내려가자, 마빈의 온몸은 자신의 의사와는 달리 짜릿한 경련을 일으켰다.

그 다음은 질리언의 손이 그의 벨트를 풀고 바지의 지퍼를 내렸다. 그녀의 나긋한 손가락에 그의 물건은 다시 반응을 보이기 시작했다. 질리언이 몸을 굽혀 그의 물건을 자신의 입 속으로 넣었다.

"질리언, 그만둬. 다른 사람들이 보고 있어."

"무슨 상관이에요. 결코 부끄러워할 필요는 없어요. 보고 싶은 사람은 보라고 해요. 아니, 온 세계에 보이고 싶어요."

"오, 오……."

마빈이 신음소리를 토했다.

이윽고 앞에 슬로그스 네크 다리가 어둠의 장막 속에서 어렴풋하게 나타났다. 러시아워로 차의 행렬이 꼬리를 물고 이어져 있었다. 그가 마지막 남은 25센트를 손에 넣었을 때에는 질리언의 얼굴은 그의 양다리 사이에 깊이 파묻혀 있었다.

"아아! 아아!"

마빈은 몸을 비비꼬면서 신음소리를 계속 토해 냈다. 이런 경험은 난생 처음이었다.

그때 질리언이 갑자기 머리를 들었다. 그는 들뜬 신음소리를 내면서 그녀의 머리를 눌렀다.

"부탁이야. 계속해 줘, 어서."

"마빈, 돈을 빌려주시겠지요?"

"무슨 수로?"

"당신은 돈을 구할 수 있을 거예요."

"질리언, 제발 그 일이나 계속해."

질리언이 다시 머리를 숙이는 것을 옆에서 달리고 있던 트럭 운전수가 흥분한 얼굴로 묵묵히 내려다보고 있었다. 또 반대쪽 옆차에서는 3세 정도의 어린이가 몸을 곧추세우고 마빈의 차 속을 손가락질하고 있었으나, 부모들은 망칙하다는 듯 옆으로 고개를 돌렸다.

그때 질리언이 얼굴을 들고 마빈에게서 떨어졌다.

"제발 부탁이야, 계속해 줘."

"1천 달러, 어때요. 그 정도는 마련할 수 있겠지요?"

"5백 달러."

그때 마빈의 차를 뒤따르던 차가 요란하게 경적을 울렸다. 깜짝 놀란 마빈은 앞을 바라보았다. 앞차가 저만치 달려가고 있었다.

그는 허겁지겁 액셀러레이터를 밟았다. 옆에 있던 트럭도 따라서 전진했다. 순간 그 차는 앞의 캡 스카우트를 태우고 있는 시볼레차와 추돌했다.

"1천 달러예요."

이번에는 얼굴을 그곳에 파묻은 채 질리언이 말했다.

"750달러."

마빈은 온몸이 마비되고 근육이란 근육은 모두 **빳빳**이 땅기는 것 같아서 좌석 등받이에 상체를 기대고 힘껏 몸을 뻗었다. 분기점에 요금 징수원이 보이지 않는다고 생각한 것을 끝으로 그는 순간적으로 몽롱한 상태에 **빠졌다**. 온몸에서 힘이 **빠지고** 간신히 양손으로 핸들을 잡았다.

바로 옆에서 귀청을 째는 듯한 소리가 났으나, 그는 깨닫지 못했다. 추돌당한 시볼레차의 캡 스카우트를 인솔하고 있던 여성이 지르는 소리였다. 그리고 절정에 달한 마빈의 황홀한 표정을 보고는 한심스러운 듯 재빨리 고개를 돌렸다.

천천히 요금함으로 다가서는 마빈의 차에 신경질을 부리는 듯 뒤차에서 경적소리를 요란하게 울리며 욕지거리를 퍼부었다. 마빈은 삼각창을 여는 버튼을 눌렀다.

"오오, 질리언! 질리언! 질리언⋯⋯."

마빈은 흥분의 도가니에 **빠져** 힘겹게 찾은 25센트를 무의식적으로 요금함에 던졌다. 25센트짜리 동전은 요금함 가장자리를 맞고 아스팔트 위에 떨어지면서 댕그르르 구르더니 정지하고 있던 마빈 차의 앞바퀴에서 멎었다.

언제 나타났는지 요금 징수원이 꼬리를 이어 늘어선 차를 보고 진행 신호를 하자, 곧이어 엔진 소리를 요란하게 내며 흰색 모터바이크가 마빈의 차 옆으로 바싹 다가왔다.

그러나 이미 조수석에는 아무도 없었다. 오직 남자 한 명이 운전석에서 멍청하게 눈을 뜨고는 엷은 미소를 띠우고 있었다.

어쨌든 마빈의 표정은 무엇에 비길데 없는 희열에 빛나고 있었다. 질리언의 몸에서 발산한 향기가 아직 차 안에 은은히 감돌고 있었다. 적어도 그 순간만큼은 마빈 굿맨은 승리자였다.

'빌리와 질리 쇼'에서(1월 3일 방송)
빌리 "질리, 반대와 찬성이 백중지세이므로 낙태 문제는 취급하기가 곤란할 거요."
질리 "맞아요. 도덕상의 문제뿐 아니라, 인도적인 문제도 고려해야 하겠죠."
빌리 "사회적으로는 어떻든 하여간 하나의 생명을 죽이는 일이 되거든요."
질리 "그건 옳아요. 그러나 모체가 위험에 처하게 된다든가, 10대의 여성이 강간당했을 경우라면 보다 더 적극적으로 고려할 필요가 있을 거예요. 이밖에도 말 못할 처지에 있는 사람도 있겠지요."
빌리 "간단히 결정할 문제는 아니로군요."
질리 "결국 낙태를 아르바이트로 삼고 있는 아마추어 의사에게 달려가야만 하는 난처한 여성이 저는 안쓰럽다는 거예요. 또 이런 곳일수록 설비도 비위생적이거든요."
빌리 "낙태를 인정하도록 법률을 개정해야 한다는 점에서는 이론이 없지만, 어느 정도까지 자유화해야 하는 것이 문제가 될 거요."
질리 "빌리, 역시 당신은 마무리를 잘 하는군요."
빌리 "고맙소. 당신의 장점은 남자에게 자신감을 갖도록 하는 것이오."
질리 "진심이에요. 당신은 정말 훌륭한 분이에요. 당신 같은 남자라면 누구든 존경할 거예요."
빌리 "남성들을 대표하여 감사드리겠소."
질리 "본론으로 돌아가서 낙태에 관한 토론회를 개최하면, 틀림없이 화제를 불러일으킬 거예요."
빌리 "그 아이디어, 정말 훌륭해요. 교회와 의학계의 대표를 초청하도록 합시다."
질리 "그런데 곤란한 일이 있어요."
빌리 "무엇이오?"
질리 "낙태 시술을 해주고 있는 의사를 어떻게 발견하는가 하는 거죠."

여덟 번째 이야기

●

임신중절

'알랜 헤타이튼! 정말 멋진 이름이야.'

이 이름은 욕실을 나오는 질리언의 마음을 들뜨게 했다.

'오오! 정말 멋진 이름의 헤타이튼!'

그녀는 침실로 가면서 타월로 몸을 닦으며 노래부르듯 흥얼거렸다. 그리고 침실 창문 앞에서 타월을 어깨에 걸치고는 다시 한번 그 이름을 되뇌어 보았다. 때마침 라 가디아 공항을 향해 여객기 한 대가 밤하늘의 별 사이를 뚫고 느린 유성처럼 지나갔다.

알랜 헤타이튼은 맥심 미용실에서 여주인인 맥심과 낙태 의사에 관한 얘기를 하는 중에 튀어나온 이름이었다. 질리언은 연신 흥얼거렸다.

그때 침실의 전화벨이 요란스럽게 울렸다. 질리언은 수화기를 들었다.

"여보세요."

"당신의 젖가슴은 굉장하군."

수화기를 통해 들려오는 상대의 첫마디였다.

"누구세요?"

"당신의 젖가슴이 크다고 했소."

질리언은 누구인지 전혀 알 수 없었다.

"크고 둥글다며? ……내가 누군들 그 젖가슴과 무슨 상관이 있어, 이 매춘부야."

얼마 전에도 이와 같은 외설적인 전화가 걸려왔으나, 그때에는 수화기를 몰래 놓고 곧 경찰을 불렀다. 그러나 경찰에서도 별 뾰족한 수가 없다면서 새로 개발된 자동 추적장치를 사용하는 것이 좋을 거라고 알려줄 뿐이었다.

"말하고 싶은 요점만 간단히 말하도록 해요. 장난 말고……."

"요점이 아니라, 급소야. 하지만 걱정할 것 없어. 누구나 급소를 찌르거든."

질리언은 노골적이며 쇼킹한 한 페이지의 광고를 생각해 냈다. 그 광고에는 여자들이 난처한 전화를 받았을 때, 어떻게 대처해야 하는가에 대해 설명해 주는 내용도 실려 있었다.

질리언은 자기 뱃속에 있는 비트 녀석의 씨에 대한 근심을 처음으로 잊었다.

'이번에는 전화를 끊지 말아야지.'

질리언은 담배에 불을 붙이고 분노를 느끼며 얘기를 계속했다.

"당신은 누구지요?"

"한번 나와 함께 침대에서 뒹굴어 봅시다. 그 아름다운 하의를 홀랑 벗고 따뜻한 침대에서 말이야."

상대는 음흉스럽게 웃었다.

"당신의 이름을 알아야 무슨 일이든 도울 수 있지 않겠어요?"

"칼잡이 잭이라고 알고 있지? 나는 그 사람의 조카 오친 잭이라고 하지."

"아주 재미있는 이름이군요. 모든 것을 얘기하면 당신의 말대로 하겠어요."

"제법 말솜씨가 좋은데? 그러나 나를 바보인 줄 알고 있군. 그 함정에 속진 않아."

"다만 당신과 얘기하고 싶을 따름이에요."

찰칵! 전화가 끊어졌다. 그쪽에서 먼저 끊었다고 깨달았을 때에는 이미 늦었다. 실은 자기가 먼저 끊는 것이 당연한 일이라고 생각하고 있었던 것이다.

그러나 한 가지만은 중대한 교훈을 배운 듯한 기분이 들었다. 그것은 괴상한 사나이로부터 피하려면 그를 이해하려는 태도를 보여야 한다는 것이었다.

그러나 그녀는 침대에 눕자 놀랍게도 그 전화가 기묘한 여운을 남겼다는 것을 알았다. 흥분하고 있었기 때문이었다. 묘하게 화끈하도록 관능이 자극되고 있는 것이었다. 이것도 역시 교훈이리라. 그러나 지금 이런 데 신경쓸 여유가 없었다.

그녀는 시외전화 번호부를 가지고 와서 들추기 시작했다. 헤틀러, 헤탈리치……

'여기 있구나! 의학박사 알랜 헤타이튼. 병원 사무실 톰프슨

가 131번지. 전화 KIS1377.'

"……수술입니까? 어떤 수술입니까? ……뭐라구요? 누구에게서 들으셨습니까? 맥심 슈발츠? ……그렇다면 금요일 오후로 할까요?"

알랜 헤타이튼이 이렇게 되기까지에는 우여곡절이 많았다. 언덕을 오르고, 덜컹거리는 길을 달려 킹스의 시골뜨기가 가까스로 고급 주택지 킹스 네크에 이르렀지만, 대학 의학부에 있었을 때부터 의사가 될 자격이 없다는 것을 자신도 잘 알고 있었다.

피를 보면 갑자기 마음이 슬퍼지고 눈물조차 찔끔거렸고, 지금도 아직 경골과 비골의 구분을 제대로 하지 못하고 있는 형편이다. 그런데도 그나마 학교만은 졸업하여 드디어 의학박사까지 되기에 이르렀다.

그리고 박사 학위를 취득했을 때, 부친이 자기에게 보낸 존경의 그 시선은 지금도 잊지 못하고 있다. 동기생들은 모두 대학원으로 진학했으나 그는 그런 행운을 가지고 태어나지 못함을 알고 개업의가 되었다.

그는 경제상의 필요에서 왕진을 해야 하는, 롱 아일랜드에서 몇 안되는 의사의 한 사람이었다. 낙태수술을 하게 된 것도 돈이 필요했기 때문이었다.

알랜의 아내 거드는 그가 인턴 시절에 그를 보살펴 준 간호사의 동생이었다. 살결이 무척 희고 몸이 여윈 여자였으나 입만은 유난히 컸다. 성격은 알랜과는 전혀 반대로 외향적이며 대담하고 또한 정력적인 수다쟁이였다. 그에 대해서는 그녀가 보다 적극적으로 나왔다.

6월의 어느날 밤, 플랜덤 컨트리 클럽에서 처음으로 서로의 몸을 합쳤는데, 그로부터 4주 후 거드가 '큰일났어요' 라고 당황했을 때의 일은 지금도 눈에 선했다.

그들은 6주 후에 결혼식을 올렸다. 그런데 이상하게도 18년 동안 가난을 벗지 못하고 살고 있다. 그래서 알랜은 미국 의사의 평균 수입 통계를 볼 때마다 슬픈 빛을 띨 수밖에 없었다.

아내와의 사랑의 결합으로 태어난 아들 램블러는 이제 18세 청년으로 성장하고 있으나, 컨트리 웨스턴 가수가 되는 것이 꿈이라며 그 공부에만 열을 올리고 있었다. 겨우 마련한 집은 해변에서 1마일이 떨어진, 킹스 네크에서는 2등지에 속하는 지역에 있었다.

알랜은 거드와 결혼한 것을 이제껏 한번도 후회한 적은 없었다. 그러나 구역질나는 수술을 할 때에 생각나는 것은 결혼생활에 관한 것뿐이었다.

우선 두 사람은 공통의 요소를 하나도 가지고 있지 않았다. 은제 박차를 장식한 카우보이 부츠가 꿈인 다소 머리가 둔한 아들만이 두 사람 사이를 이어주는 유일한 사슬이었다.

낙태수술을 시작한 것도 이 못난 아들을 위해서였고, 루이 15세 시대의 거울을 고집스럽게 수집하는 거드의 취미는 알랜의 속을 뒤틀리게 하고 또한 가난의 원인이 되기도 했다.

더욱이 그녀가 포크와 나이프로 덴마크 자두를 먹는 거드름은 꼴불견이었다. 연애시절에는 그런대로 매력있게 보였으나 지금은 보기조차 역겨웠다.

거드도 나름대로 구실이 없는 것은 아니었다. 램블러의 스테이션 왜건을 쟈가 XKE로 바꾸자고 할 때에도, 방해가 되지 않을 정도로 반다이크 수염을 기르겠다는 것도 알랜은 매정하게 거절했으나 그래도 거드는 참았었다. 거드가 자기 몸 이상으로 사랑하는 아들의 아버지이기 때문에 아무 불평도 하지 않고 참고 살고 있는 것이다.

금요일, 다행히 윌리엄은 스폰서가 되어주겠다는 사람이 있어서 상담차 시카고로 떠났다. 질리언은 자기가 운전하는 위험을 피하여 스테이션 택시를 이용했다.

이윽고 그녀는 마을 입구에서 내려 톰프슨 거리로 갔다. 전신주 옆으로 병원 간판이 붙어 있었다. 낮은 벽돌 건물은 도로변에서 약간 들어가 있었는데 무척 아담한 집이었다. 마치 남쪽으로 이어지는 상가와 북쪽의 주택가를 연결하는 완충 장치처럼 보였다. 그리고 건물 모퉁이에는 칠이 여기저기 벗겨진 램블러의 스테이션 왜건이 주차해 있었다.

희미한 전등이 있는 현관을 들어서니 오른쪽은 환자들이 대기하는 대합실이었다. 진찰실로 통하는 문 맞은편에 있는 진한 녹색의 긴 의자에 앉으며 질리언은 주위를 둘러보았다. 몇 폭의 그림이 걸려 있었다.

그러나 스타일도 색채도 분위기도 서로 어울리지 않는 그림이었다. 하지만 그림 옆에 걸려 있는 루이 15세풍의 거울은 진품인 것 같았다.

또한 제2차 세계대전 때 미군과 독일군의 전투기 편대가 공중전을 전개하고 있는 G.H 데이비스의 그림 한 폭이 다른 그림과는 동떨어진 인상을 풍기며 걸려 있었다.

게다가 실내 장식은 킹스 네크에 있는 진찰실로서는 좀 빈약한 편이었고, 컬러와 스타일의 언밸런스가 눈에 거슬렸다.

이윽고 흰 가운을 입은 의사가 나타났다.

"안녕하십니까? 제가 알랜 헤타이튼입니다. 브라운 부인이시지요?"

"네."

5피트 10인치 정도 될 것 같은 중키에 다부진 체격의 남자 얼굴을 질리언은 물끄러미 쳐다보았다. 짧게 깎은 머리에 흰머리가 희끗희끗 보이는 것을 보면 50세는 된 것 같았다. 그러나 질리언을 바라보는 그의 시선은 평범했다.

"브라운 부인."

"네, 선생님."

"제 환자들 중에는 브라운이라는 이름이 아주 많습니다."

"그래요? 그러나 근처에는 친척이 없어요."

"그러시군요. 들어가실까요?"

알랜은 헛기침을 하고 작은 사무실로 들어가더니 다시 왼쪽의 진찰실로 질리언을 안내했다. 그리고 그녀에게도 흰 가운을 주고는 방 한쪽 구석의 커튼 친 곳을 가리켰다. 간호사가 없는 것이 천만다행이었다. 질리언은 급히 가운으로 갈아입고, 커튼 사이로 얼굴을 내밀었다.

"나오십시오, 잡아먹지 않을 테니까요."

알랜이 말했다.

이윽고 질리언은 그의 지시대로 진찰용 침대에 누웠다. 알랜은 커다란 기계를 침대 앞으로 끌고 오더니 질리언의 하반신 부분에 시트를 덮어주고 침대 발판에 그녀의 양발을 조용히 올려놓았다.

그리고 난폭하게 자궁 검시경을 그녀의 몸 안에 집어넣었다. 묵묵히 진찰을 끝내자 그는 벽에 기댄 채 담배에 불을 붙였다.

"2개월 되었습니다. 첫임신이시군요."

"전화로 말씀드린 그대로예요."

"알고 계시겠지만……."

그는 질리언의 말을 듣지 못한 것 같았다.

"프랑스 여성은 들판에서 어린애를 낳고 곧 일을 다시 한다고 합니다."

"아주 본받을 만한 훌륭한 여성들이군요."

질리언은 몸 속에서 스멀거리고 있는 기계만 없었다면 그 방에서 뛰쳐나가고 싶었다.

"부인, 정말 괜찮으시겠습니까? 후회하실 일은 해드리고 싶지 않기 때문입니다."

"시간은 얼마나 걸릴까요? 빨리 끝내고 싶어요."

알랜이 후트 페달을 밟아 살균기를 열자 증기가 올랐다. 다음에 알코올이 들어 있는 플라스틱 용기에 담가 두었던 겸자를 들어올렸다. 아마 결심이 선 모양이었다.

"양팔을 아래로 하여 침대끝을 힘껏 잡으십시오. 2,3초면 끝날 것입니다."

그는 이어 투열기의 스위치를 넣고 소각총을 들었다. 순간 질리언의 체내에 격렬한 열이 퍼졌다.

그녀는 이를 악물고 나오려는 비명을 참았다. 그와 동시에 심한 구토증을 느꼈다.

"마음을 편히 가지세요. 이제 되었습니다."

"끝났나요?"

"네, 끝났습니다."

알랜은 처방전과 연필을 주면서 말했다.

"이름과 주소, 전화번호를 적어주십시오. 본명을 쓰셔야 합니다. 만일의 경우를 위해 정확한 사실이 필요합니다. 그리고 심한 복통이 24시간 이내에 시작되는데, 무슨 일이 있으면 곧바로 전화를 주십시오."

질리언은 알랜의 말대로 기입했다. 그러나 그는 확인도 하지 않고 주머니에 접어넣고는 택시를 불러주었다. 차가 올 때까지 두 사람은 사무실 안에서 어색한 분위기에 싸인 채 기다렸다. 질리언은 적당한 화젯거리를 찾으려고 머리를 굴렸다.

질리언은 자신의 말문이 막히다니 기막힌 노릇이었다. 파티에서도 실존주의나 좌선 등을 화젯거리로 끄집어 내어 침묵을 깨뜨리는 쇄빙기처럼 분위기를 부드럽게 하곤 했는데 말이다.

'사르트르야말로 참된 20세기적 인간이에요. 키에르케고르 주위에는 이상한 마력이 감돌고 있다고 생각지 않으세요? 서로 의기상투하지 못한 인간이 마지막 의지할 수 있는 구원이 있다면, 그건 아마도 섹스일 거예요…….'

그러나 그 어느 것도 이 장소에는 어울리지 않는 화제같았다.

'이 의사는 바지의 지퍼를 채우지도 않고 씨를 뿌리러 나가기 직전의 촌뜨기같군.'

질리언은 이런 생각을 하며 겨우 말문을 열었다.

"어떻게 하여 이런 일을 하게 되셨나요?"

"의사로서 사람을 돕기 위해서지요."

"그러나 정말은……."

"본심을 말하자면 돈 때문이지요. 그런데 당신은?"

"저도 본심을 말하면 이 아기는 탐탁지 않은 선물이거든요."

"생활 때문은 아니신 것 같은데…… 결혼하셨지요? 그 아기는 바깥주인의?"

"확실히 말씀드리면 저도 누구의 씨인지 모르겠어요."

"모르신다구요?"

"짐작은 가지만, 자신할 수가 없어요."

"이제 새삼 그런 것이 무슨 상관이 있겠습니까?"

그때 차의 엔진 소리가 들렸다. 질리언은 가볍게 인사를 하고 문을 열었다.

"실례의 말씀같지만, 부인은 정말 아름다우십니다."

별난 인사를 한다고 생각하면서 질리언은 문을 닫았다. 양손을 똑바로 내민 알랜의 모습을 문이 가로막았다.

그러나 그의 몸이 가볍게 떨고 있는 것을 질리언이 알리 없었다. 그는 선 채 그때 울리기 시작한 전화에 답했다.

"……알았어, 알았어. 지금 몇 시인지도 알고 있어. ……거드, 그 정도는 스스로 판단해서 처리해도 되잖아."

알랜은 수화기를 놓자, 10분 이상 전화기를 노려보았다. 그는 더 참을 수 없어 캐비닛을 열고 모르핀 병을 꺼냈다. 그리고 반 그램 정도의 작은 정제를 스푼에 놓고는 증류수 1cc를 스포이트에 흡수하여 스푼 위에 떨어뜨렸다. 정제가 거품을 내면서 녹았다. 그는 그 용액을 주사기로 빨아들였다.

알랜은 이어 왼쪽 소매를 걷어올리고 혈관을 찾아 알코올로 닦았다. 마음은 조급했으나 그래도 조심스럽게 주사기 용액 한 방울을 공중으로 뿜어버리고 나서 주사바늘을 혈관 안으로 꽂았다. 한 시간 후 집으로 돌아가 샤워를 할 무렵이면 행복감에 젖어들 것을 기대하며.

질리언이 심한 복통을 시작한 것은 다음날 아침이었다. 그러나 낮에는 모든 것이 끝나고 아직 형체를 이루지 못한 핏덩어리를 깨끗이 흘려보냈다.

그녀는 몸을 끌고 침대로 들어갔으나 출혈은 멎지 않았다. 깜박 졸다 깨어보니 다리 밑이 피로 낭자해 있었다. 그녀는 전화로 알랜 헤타이튼을 찾고는 그대로 쓰러졌다.

한 시간도 채 안되어 알랜이 와서는 출혈을 멈추게 하는 자궁 수축제를 주사하고 다음에 복용할 정제를 주었다.

"질리언 브레이크 여사였군요. 그 처방전을 확인할 때까지는 어떤 분인지 전혀 몰랐습니다. 당신의 프로는 자주 듣고 있습니다."

알랜이 말했다.

"그러세요, 선생님."

"지난번의 '신은 죽었는가'라는 토론은 정말 흥미진진했습니다. 근 10년 이래 최고의 퍼블리시티였습니다. 생각해 보세요. '신은 죽었다'라고 주장하는 학자들을 모아 토론시켜 역으로 신의 존재를 부각시켰다는 것은 정말 멋진 아이디어 였습니다.”

“선생님, 저 지금 피곤해요.”

질리언이 힘없는 목소리로 말했다.

“솔직히 말해서 그 프로를 듣고 진지하게 자신의 삶을 반성한 사람도 있었습니다.”

“당신도?”

“아니, 그런 사람도 있었다는 말입니다.”

“마지막으로 한 가지 묻고 싶은데요. 남편이 이 일을 눈치챌 수 있을까요?”

“남편과 떨어져만 있으면 안전합니다. 부인, 제 말뜻을 아시겠지요?”

“네, 알겠어요. 그 점은 문제없어요.”

“그 말씀을 들으니 제 가슴이 아파집니다. 당신 내외분을 최고의 부부로 생각하고 있는 사람이 상당히 많습니다. 게다가 당신이 말하는 얘기라면 누구나 귀를 기울일 것입니다. 당신이라면 어느 문제라도 해답을 줄 거라고 믿고 있는 거죠.”

“이제 졸리는군요.”

“알겠습니다. 쾌유하시면 다시 만나뵙고 싶습니다.”

“안녕히 가세요, 선생님. 감사합니다.”

“당신은 정말 아름답군요, 브레이크 부인.”

2,3일이 지나자, 질리언은 이전의 그녀로 돌아갔다. 그러나 2주일이 지나고 한 달이 지나도 재검진을 받으러 가지는 않았다.

2월의 어느 목요일, 그녀는 거울에 온몸을 비추어 보았다. 한 점 흠잡을 데 없는 자신을 보고 ‘환자는 죽어도 수술은 성공이다’

라는 옛속담을 생각해 보았다. '때는 왔다'라고 질리언은 판단했다.

그날 오후, 그녀는 알랜을 찾아갔다. 창문으로부터 엷은 잿빛처럼 활기 없는 빛이 새어나오고 있었다.

그런데 간호사가 있었다. 작은 참새 같은 여자였다. 앞가슴이 작고 입만 큰 참새였다.

"박사님과 선약이 있으셨나요?"

간호사가 물었다.

"아뇨, 그러나 검진을 받으러 오라고 하셨어요."

"박사님께 알아보겠습니다."

간호사가 일어서며 말했다.

"브라운 부인이라고 전해 주세요."

대합실이 묘하게 썰렁했다. 잡지꽂이에는 먼지가 뽀얗게 쌓여 있었다. 이 병원의 다른 물건처럼 간호사도 쌀쌀해 보였다.

"브라운 부인."

이윽고 알랜의 음성이 들렸다. 그가 말을 이었다.

"어서 들어오십시오. 어디 편찮으신 곳이라도……."

"네, 몸이 아파서."

그가 문을 닫고 귀찮은 존재인 간호사를 제 방으로 내쫓는 것을 곁눈으로 보면서 질리언이 말했다.

"어디지요?"

"사실은 거짓말이에요. 완전히 회복되었어요. 그러나 검진 받으라고 하셨기에……."

"참, 그랬었군요. 찾아주셔서 기쁩니다. 혹시 바깥주인과 별다른 일은 없으셨나요?”

“물론, 전혀 없었어요. 저는 위험한 짓은 결코 하지 않아요. 그
런 용기 또한 없구요.”

“영양제 처방을 해드리지요. 몸에 아주 좋을 겁니다. 제가 할
수 있는 일이란 이제 그것뿐입니다.”

“검진하시지 않겠어요? 의사로서.”

“그렇게 할까요. 다만 확인할 뿐입니다. 진찰실에 들어가 계십
시오. 간호사를 데리고…….”

“그럴 필요없어요. 선생님을 믿으니까요.”

이윽고 알랜은 진찰실로 들어갔다. 그런데 이미 그녀가 진찰실
커튼 앞에 서 있었다. 작은 의자에 입고 있던 옷은 물론 흰 가운
도 함께 걸려 있었다.

또한 그녀의 긴 머리카락이 부드러운 곡선을 이룬 어깨 위에
드리워져 있었고, 브래지어를 벗은 가슴은 중력의 법칙에 저항이
라도 하는 듯 팽팽하게 긴장되어 있었다.

그녀는 천천히 알랜 쪽으로 고개를 돌려 그를 바라보았다. 그
의 손이 가볍게 떨고 있는 것이 보였다.

“좋아요?”

질리언이 물었다.

“아아, 곧…….”

“가지 마세요. 예술가는 자기의 능력에 자신을 가져야 해요.
저는 아직 선생님께 제대로 인사도 하지 못했어요. 하긴 인사
드릴 수 없는 상태였으니 할 수 없었어요. 그러나 지금이면 될
것 같아요.”

"브레이크 부인, 이제는 무엇이나 하실 수 있습니다. 그러므로 이제는 의사의 도움 같은 것은……."

알랜이 약간 떨리는 음성으로 말했다.

"그것이 잘못된 생각이에요. 당신을 알랜이라 불러도 되겠죠? 알랜, 그 점이 틀렸어요. 무엇이나 할 수 있기 때문에 당신이 필요한 거예요."

"그래도 간호사가?"

알랜의 목소리는 몹시 긴장되어 있었다.

"저 방에 있지 않아요? 그리고 이곳에 오려면 문을 두 개나 거쳐야 하지 않아요?"

"실은 간호사는 제 아내입니다. 거드라고 하죠."

"자, 오세요, 알랜."

질리언은 그의 말은 아랑곳하지 않았다.

곧이어 그녀는 그가 못박힌 듯 꼼짝도 않고 서 있자, 그에게로 몇 발자국 다가섰다. 그리고는 그를 와락 껴안았다.

그녀는 그의 머리를 부드럽게 쓰다듬으면서 뒤의 진찰용 침대로 끌고 갔다. 그런 다음 슬그머니 침대 위로 쓰러졌고, 그도 그녀 위로 몸을 구부렸으나 발은 그대로 서 있었다.

이윽고 그의 귀를 자근거리던 그녀의 입술이 목덜미를 격렬하게 핥기 시작했다. 그도 끝내는 그녀의 입술을 찾았고, 다시 그녀의 앞가슴에 뜨거운 입을 묻었다.

질리언은 격렬한 키스를 가슴과 배에 느끼면서도 이상하게 가슴이 뜨거워지지 않았다. 숨가쁘게 그녀에게 달려드는 이 둥근 얼굴의 사나이에게는 특이한 매력이 없었던 것이다. 용모도 마음에 들지 않았고, 마구 더듬는 손길에도 마력이 없었다.

그러나 차츰 그녀의 육체는 이 불완전한 결함 인간의 표본에도 자신의 마음을 무시하고 반응하기 시작했다. 뜨거운 중심점에 점화되면서 생각지도 않은 신음소리가 흘러나왔다.

질리언은 알랜을 밀면서 그의 벨트를 풀고 지퍼를 열었다. 그러자 바지는 단숨에 흘러내렸다. 순간 그녀의 입술에 엷은 웃음이 물결쳤다.

이윽고 그는 미친 듯이 그녀를 위에서 짓누르며 그녀의 깊은 곳에 자신의 남성을 넣었다. 자궁검경으로 속을 헤집은 그곳에 자신의 팽팽하게 일어선 연골체를 넣은 것이다.

이런 식으로 한 적은 없는데 하면서 질리언은 서서히 그의 열기 속으로 빠져 들어갔다. 그는 광란으로 그녀의 절정감에 불을 질렀다.

그녀는 그의 폭발에 인도되어 경련과 수축이 성난 파도처럼 세차게 물결쳤다.

"알랜!"

절규하는 질리언.

그때 그들의 뒤쪽에서 무슨 소리가 들렸다. 그들은 몽롱한 눈으로 뒤를 돌아보았다.

그런데 그 작은 여자가 풀발이 빳빳한 흰 가운을 입고 씩씩거리며 문 앞에 서 있지 않은가. 그 커다란 입이 돌연 수축하면서 눈처럼 오므라들었다.

거드는 가장 불행한 때에 들어온 것이다. 그녀의 남편 알랜은 이런 상황에서 일을 끝내고 변명하기에는 너무 흥분의 절정에 빠져 있었다.

알랜은 분노의 불길이 이글거리는 거드의 매서운 시선을 느끼면서도 흥분의 도가니에 빠져 아랑곳하지 않고 상하운동을 숨가쁘게 계속했다. 그리고 최후의 신음소리를 내지르고는 그제서야 동작을 멈추었다.

알랜은 질리언의 다리에 휘감긴 몸을 꿈틀거리며 절망과 공포가 뒤섞인 눈으로 아내를 쳐다보았다. 잠시 세 사람은 정신나간 사람처럼 멍청하게 꼼짝도 않고 서 있었다.

그러나 다시 그 부분에 정기가 되살아난 알랜은 질리언의 리드미컬한 율동에 맞추어 천천히 반응하기 시작했다.

"알랜! 그 여자를 내보내세요."

거드가 소리쳤다.

"어서 나가요, 참새 씨. 당신이 모르는 남편의 모습을 보고 싶지 않으면 나가는 것이 좋을 거예요."

질리언 말했다.

"어서 나가! 당신과는 관계없는 일이야, 거드."

알랜이 맞장구를 쳤다.

"두 번째가 더욱 흥분되는군요."

질리언이 거드에게 들어보라는 듯 또박또박 큰소리로 말을 이었다.

"언제나 두 번째가 진짜 섹스의 맛을 느끼게 하죠, 알랜. 자, 어서……."

"알랜, 마음대로 해요!"

거드가 앙칼진 목소리로 말했다.

알랜은 거드를 곁눈으로 힐끗 쳐다보고는 입을 질리언의 목에 파묻었다.

그때 거드가 쾅 소리를 내고 문을 닫고 나갔으나, 알랜은 그것도 깨닫지 못했다.

그러나 질리언은 자신도 놀랄 정도로 깊은 실망감을 느꼈다. 관객, 그것도 말썽을 일으킬 관객의 퇴장이 기분을 잡쳤기 때문이다. 인생은 묘한 운명의 유희에 놀아나는 존재이리라.

그녀는 이 양순한 의사에게 자기의 실망감을 보여주고 싶지 않았다. 그래서 마음을 편하게 하고 그의 격렬한 물결에 따라 함께 물결쳤다.

얼마 후, 그들은 서로 마주 앉았다.

"부인이 불쌍하게 되었군요."

질리언이 먼저 입을 열었다. 그리고 말을 이었다.

"당신들의 결혼생활을 파국으로 몰려고 찾아온 것은 아니었어요."

"아니, 우리들은 이미 오래전부터 금이 가 있었으니까 별 문제 없습니다. 그건 그렇고, 약간 걱정이 되는데, 오늘 피임은 미리 ……."

"그런 것까지 염려해 주니 정말 고맙군요."

"아니, 단순한 호기심입니다."

그날도 집으로 돌아가기 전에 알랜은 캐비닛 문을 열고 모르핀 병을 꺼냈다. 이번에는 정제를 4개나 용액으로 만들어 주사바늘을 혈관 안으로 꽂았다. 그리고 아무도 없는 사무실에 앉아서 조용히 약효가 오르기를 기다렸다.

이윽고 그는 어느 정도 몸과 마음이 안정되자 집으로 돌아왔다. 그런데 집안은 이상하리만큼 조용했다. 더욱 놀란 것은 거드가 지금도 여전히 그를 사랑하고 있으므로 두 가지 조건만 들어준다면 이혼은 하지 않겠다는 것이었다.

알랜은 그 자리에서 동의했다.

두 가지 조건이란 하나는 브라운 부인과는 다시 만나지 말 것, 다른 하나는 아들 램블러에게 545달러나 되는 전기 기타를 사줄 것 등이었다.

질리언도 그 후 알랜 헤타이튼을 만나지 않았으나, 별로 놀라지도 실망도 하지 않았다.

그러나 종종 그의 소문이 들려왔다. 그리고 6월에 들어와 어느 신문의 가십란에 이런 기사가 실렸다.

'노드 쇼어의 사람들의 입에 오르내리고 있는 화제는 낙태수술을 아르바이트로 하고 있는 마을 의사에 얽힌 흉칙한 사건이다. 그와 어느 여자 환자와의 정사 장면을 그의 아내가 현장을 목격하고 양날 도끼로 두 사람의 두개골을 깨부수려 했는데, 그 전에 경찰관이 들이닥쳐 수습되었다. 그러나 의사와 그의 아내는 이혼소송을 밟기 위해 가정법원으로 직행했다 한다.'

'빌리와 질리 쇼'에서(2월 7일 방송)
빌리 "오늘은 퍽 활기가 있는 것 같소, 질리."
질리 "그래요. 날씨가 좋잖아요. 2월 치고는 드물게 좋은 날씨예요. 더욱이 어제 병원에서 즐거운 시간을 보냈거든요."
빌리 "무엇이라구? 내게 아무 말도 없었지 않았소?"

질리 "별다른 일이 아니예요. 1년에 한 번씩 받는 정기 검진이었어요."

빌리 "그런데 무엇이 그렇게……."

질리 "의사의 말이 걸작이었어요. 몸도 젊고 흠잡을 데 없는 완전한 건강상태라나요."

빌리 "의사가 어떠한 마법을 썼는지는 몰라도 그의 말대로 정말 젊고 아름답소."

질리 "심리적인 문제같아요. 어쨌든 최고의 컨디션이라 기분이 좋아요."

빌리 "하기야 당신은 언제나 최고죠."

질리 "고마워요. 오늘은 당신도 제게 부드럽고 친절하군요."

빌리 "그것이 내 장점 아니겠소. 솔직한 말이지만, 당신의 그 젊음을 간직할 수 있는 능력에는 언제나 감탄할 뿐이오."

질리 "항상 컨디션을 조절하는 것이 중요해요. 신체만이 아니예요. 마음도 신체의 일부라는 것을 잊지 않으면 틀림없이 건강해질 거예요."

빌리 "물론, 선천적으로 건강한 사람도 있긴 하지만."

질리 "그래요. 운동 선수를 보세요."

빌리 "그러나 트레이닝을 중단한 순간부터 허덕거리는 사람도 있잖소. 예를 들면 권투 선수가 비만증에 걸린 것을 보면 정말 안타까운 일이오. 풍선처럼 되는 사람도 그렇고."

질리 "그건 애석한 일이군요. 그렇더라도 권투 선수들 중에는 이상적인 체격을 가진 사람이 많아요. 딱 벌어진 넓은 어깨와 우람하게 근육이 솟아오른 팔과 잘룩한 허리에 이르는 선은 멋지지 않아요?"

빌리 "나도 옛날에는 멋진 체격을 가졌었는데……."

질리 "테니스 덕분에 그런지는 몰라도, 지금도 보기 좋아요."

빌리 "정말 고마운 말이오, 질리."

질리 "늠름한 체격의 남성이란 보기만 해도 믿음직스럽지 않아
요?"

빌리 "글쎄, 그럴까?"

질리 "그래요. 억센 근육에는 훌륭한 물건이 숨겨져 있어요."

빌리 "그러나 솔직히 말해서 여성은 남성의 근육보다 마음에
끌린다고 생각지 않소? 즉 인격이라든가 지성 따위에."

질리 "결국은 그렇지요. 그렇다고 하여 외모가 나빠도 좋다는
것은 아닐테지요. 어깨는 좁고 배가 불룩 튀어나온 난쟁이를
상상해 보세요. 근육이 우람한 남성은 어떻든 자극적이에요.
물론 이 말은 농담이지만 말이에요. 반대로 남성의 입장을 생
각해 보세요. 소피아 로렌 같은 몸매를 가진 여성을 앞에 두고
설마 처음부터 그녀의 지성에 대해서 생각하는 남성이 있을 것
같아요?"

빌리 "그럴 듯한 말이군요."

질리 "여성의 경우도 마찬가지예요. 헤라클라스와 한평생 살고
싶다고는 생각지 않지만, 그 우람한 체격으로 커다란 바위를
들어올리는 것을 상상하면 싫지는 않아요. 더욱이 그가……."

빌리 "계속하세요."

질리 "오늘 따라 무척 심술궂군요."

빌리 "알았소. 그렇다면 나는 소피아 로렌과 같은 여성의 비키

니나 그려볼까."

질리 "그래요. 신체의 아름다움은 그 싱싱한 약동감에 있어요. 판초 곤잘레스의 테니스나 캐시어스 클레이의 권투를 싫어하는 여성은 드물 거예요. 특히 권투 선수에게는 가슴이 설레이게 돼요. 에너지를 응축하는 것 같은 그들은 잔혹하고 거칠지만, 아름다워요."

빌리 "당신이 말하려는 속셈을 잘 알 것 같소. 즉 빌리 브레이크가 테니스를 하는 것을 보고 싶다는 거겠죠."

질리 "거기에는 정말 아름다운 시가 있을 거예요."

빌리 "남자의 자존심을 마구 뒤흔드는 당신의 말솜씨는 가히 일품이오."

질리 "자존심 뿐만 아니라, 근육도 마찬가지예요."

아홉 번째 이야기

●

이것은 신의 실수일 거예요

살을 에이는 듯한 카나다의 설한풍이 뒷마당에 있는 두 그루의 떡갈나무 가지에 끝까지 매달려 안간힘을 쓰던 몇 안되는 나뭇잎마저 날려보낸 것도 오래 전의 일이었다.

떨어진 낙엽이 바람에 날려 아그네스 마디건이 '우리들의 땅'이라고 부르고 있는, 반 에이커의 남서 부분을 구획하는 쥐똥나무 울타리 밑에 아주 작은 갈색의 무덤을 만들어 놓았다.

아그네스는 이웃 사람이나 생면부지의 사람들에게도 '우리들의 땅'이라고 하지만, 남편인 퍼디와 얘기할 때에는 '내 땅'이라고 권리를 주장했다. 그러나 그녀는 사실을 솔직하게 표현하고 있는 데 불과했을 뿐이다.

확실히 건물 주인이 아그네스로 되어 있으므로 퍼디 자신도 그녀의 것이 된 셈이었다. 모든 자금의 출처는 아그네스에 있었으므로 그녀가 없으면 당장에 그 자금은 끊어질 것이라고 당사자인 퍼디도 익히 알고 있는 사실이었다. 그러므로 퍼디가 지금 소유하고 있는 것은 모두 아그네스의 것이 되는 셈이다. 그녀는 남편에게 자주 이 사실을 확인하듯 들려주었고, 퍼디도 이에는 한마디 반대도 하지 않았다.

다소 추위가 누그러진 어느 목요일, 퍼디는 갈퀴로 울타리 밑에 수북히 쌓여 있는 낙엽을 긁어 모으고 있었다. 특별히 볼썽사납지는 않으나 깨끗이 손질하는 것도 나쁘지는 않을 것 같았기 때문이었다.

그는 갈퀴끝이 나무 뿌리에 걸릴 때마다 깊은 숨을 몰아쉬면서 투덜거렸다. 그리고 지금 아그네스는 미용실에 가고 없는데도 습관적으로 그녀가 있을 집 쪽을 돌아보곤 했다.

아그네스는 그의 불평이나 욕설을 싫어했다. 투덜대거나, 교회에서 졸거나, 거실에서 맥주를 마시는 것조차도 싫어했다. 그러므로 이런 일을 범했을 때 퍼디는 언제나 아그네스를 뒤돌아보고 그녀의 눈치를 살폈다.

퍼디는 철제 갈퀴가 울타리에 걸려서 움직이지 않자 푸념하듯 내뱉았다.

"젠장, 에잇! 더러워서."

그리고는 다시 집 쪽을 바라보면서 어깨를 으쓱했다.

그때 통나무를 가로지른 담장 너머의 뒷마당 쪽에서 터질 듯한 웃음소리가 들려왔다. 브레이크의 집이 아니면, 전에 이어블러가 살던 집이리라.

"이봐요, 그런 낙엽 따위로 애먹고 있다니 당신답지 않아요."

퍼디는 그 목소리가 어느쪽에서 들려오는지 방향을 가늠할 수 없었다.

'여자라면 질색이야. 특히 버튼처럼 버릇없는 여자라면 더욱 두렵거든. 이 말은 언제나 아그네스가 하는 말이지만, 나에 대한 틀림없는 평가야. 역시 아그네스는 옳아.'

그는 겨우 말소리의 주인공을 찾았다. 그 여자는 벚나무에 기대어 서 있었다. 털로 만든 케이프를 두르고 있었으나 앞의 단추는 채우지 않은 채였다.

퍼디는 그녀를 보면서 어떻게 저렇듯 앞가슴이 클까 하고 이상하게 생각했다. 그것은 케이프 안에 받쳐 입은 풍성한 져지 셔츠 안에서 그녀의 몸과 함께 전후좌우로 흔들리고 있었다.

퍼디는 꿀꺽 마른침을 삼키며 다시 한번 집 쪽으로 고개를 돌렸다. 이런 짓을 하고 있으면 아그네스에게 호되게 당할 것인데 안되겠다, 어서 일을 해야지 하면서도 그의 눈앞에는 자기를 바라보고 있는 여인의 풍만한 가슴이 어른거렸다. 그는 블루진에 즈크화를 신고 있었는데, 그의 우람한 근육이 얄팍한 언더셔츠 속에서 멋대로 튀어나와 있었다.

언더셔츠 만으로는 썰렁하다고 아그네스는 말하지만 시원하여 기분은 좋았다. 부드러운 미풍이 팔, 가슴, 어깨를 덮고 있는 적회색의 털을 스치고 지나갔으나, 그의 몸 속은 태풍의 눈이라도 만난 듯 크게 파도치고 있었다.

"당신이 브레이크 부인이시군요."

퍼디가 말했다.

"그냥 질리언이라고 불러줘요."

질리언이 소리내어 웃었다. 그의 말솜씨가 우스웠기 때문이다. 마치 전날 쇼에 출연했던 레드 스켈턴같았다.

그러나 다른 점이 있다면 스켈턴은 농담조로 말을 걸어왔으나, 퍼디 마디건은 진지하게 보였다.

질리언은 웃음을 멈추었다. 퍼디에게는 거칠고 적극적인 접근법이 유효하리라 생각했는데, 막상 이 소심한 남자를 대하고 보니 작전에 허점이 생긴 것 같았다. 마음속으로는 퍼디 마디건을 죽은 아니 미코노스와 똑같은 근육질 남성의 부류에 넣고 있었는데 그와는 다소 다른 것 같았다.

퍼디의 눈은 질리언의 가슴에서 떨어질 줄 몰랐다. 그녀가 웃으면 그 앞가슴도 흔들거렸고, 웃음을 멈추면 그것도 앞을 향해 팽팽히 정지했다. 플레이 보이지에서 본 여자와 똑같았다. 그 잡지 속의 여자 가슴도 저렇게 탐스럽고 풍만했었다. 그런데 아그네스가 그 잡지를 태워버렸던 것이다.

퍼디의 눈에는 케이프 속에 조각품처럼 솟아오른 핑크색 가슴과 터질 것 같은 그녀의 몸매가 자꾸 어른거렸다. 그는 무의식중에 갈퀴를 떨어뜨렸다. 그리고 제발 자기의 물건이 발기하지 말기를 속으로 간절히 기도했다.

"당신을 만나고 싶었어요."

질리언의 눈은 가랑이 사이를 핥은 후의 암고양이 눈처럼 빛나고 있었다. 어리광스러운 거짓말이 계속 흘러나왔다.

"정말 만나고 싶었어요. 오래 전부터 당신은 나의 히어로였어요."

퍼디가 긴장을 푼 것은 그도 히어로란 말의 중요성을 알고 있었기 때문이다. 그 옛날—미네오라의 뒷골목 술집을 어슬렁거리던 소년들은 기억하고 있을 것이지만—그는 소년들의 히어로였으며, 선술집에 빌붙어 사는 건달들의 자랑이기도 했다.

또 그것은 '메인 이벤트의 10회전'이라고 아나운서인 조니 애디가 매직워드를 외친 후에 언제나 한 말이기도 했다.

퍼디 마디건은 목요일 밤, 세인트 알로이사스 아리나에서 텔레비전 중계까지 한 권투 시합에서 백인들의 기대를 한몸에 받던 사나이였고, 각고 끝에 라이트 헤비급 세계 타이틀전에 도전한 영웅이기도 했다. 이 곱슬머리의 왼손잡이 복서는 무적의 행진을 계속했으나 결국 기진맥진하여 시들어버렸다.

퍼디는 무의식중에 공격 태세를 갖추었다. 어깨의 근육이 주먹처럼 불끈 솟아오르고 두 주먹에 힘이 솟았다. 레프트 혹을 상대의 보디 중앙에 명중시키는 기분이었다.

"서두르지 말아요. 제가 그곳에 갈 때까지 헛된 힘은 낭비하지 말아요."

질리언이 말했다.

드디어 그녀는 적극적인 공격법을 택했다. 치밀한 계획은 쓸데없음을 깨달았던 것이다.

그녀는 담장을 훌쩍 뛰어넘는 순간 발이 걸려 넘어지면서 퍼디의 발 밑까지 굴러갔다. 그런데도 그는 마비된 것처럼 꼼짝도 하지 않았다.

"무정하군요!"

질리언이 외쳤다. 그러나 곧 표정을 누그러뜨리며 부드럽게 말했다.

"어서 손을 잡고 일으켜 줘요."

퍼디는 벽난로 위에 장식해 놓은 멋진 트로피를 그녀에게 주어도 아깝지 않다고 생각했다. 그 트로피는 범미국 선수권 시합에서 우승했을 때 아르헨티나 대통령이 그에게 준 우승 트로피였다. 그가 아직 20세도 안된 햇병아리 때의 일이었다.

그때 질리언의 다른 한쪽 손이 그의 팔에 부딪쳤다. 순간 그의 팔에 경련이 일어났다.

"어디 다치지 않으셨습니까, 부인?"

동정어린 퍼디의 물음에는 아랑곳하지 않고 질리언은 그의 팔을 쓰다듬으면서 웃을 뿐이었다. 또 한번 그는 보다 강한 전율을 몸에 느꼈다.

"당신은 퍽 강한 사람같군요. 스쳤을 뿐인데도 마비된 것을 보니."

질리언의 손바닥이 그의 팔에서 어깨를 거쳐 가슴으로 서서히 내려왔다.

퍼디는 또 한번 자기 집 쪽을 바라보고는 아그네스가 아직도 미용실에서 돌아오지 않음을 확인했다. 질리언이 다시 그의 우람한 체격에 대해 얘기하고 있는 듯했으나, 그의 귀에는 한마디도 들리지 않았다.

마른침이 꿀꺽 하는 소리가 유난히 크게 들리고, 그 거친 소리는 반사적으로 그를 자극했다. 그는 양손으로 질리언의 가는 허리를 감싸안고 가볍게 들어올리며 성급하게 키스했다. 그러나 고작 그녀의 입술 언저리를 더듬었을 뿐이었다.

이에 질리언은 깜짝 놀라며 입을 다물고, 눈을 크게 뜨고 환하게 웃어보였다.

"갑자기 공중으로 뜨는 것 같아 놀랐어요."

"부인⋯⋯."

퍼디는 또 꿀꺽 침을 삼키면서 사죄하려 했으나 꿀먹은 벙어리처럼 더듬거릴 뿐이었다. 그의 이런 모습을 천천히 웃으며 바라보고 있던 질리언의 손이 그의 가슴을 부드럽게 쓰다듬더니 다시 그의 벨트 위에서 크게 원을 그렸다.

"불미스러운 일이긴 하지만⋯⋯."

질리언은 말을 끊더니 길게 한숨을 내쉬면서 다시 말을 이었다.

"당신 부인에게는 미안한 일이지만, 하루 온종일이라도 이렇게 하고 있으면 좋겠어요."

'이 남자는 틀림없이 온몸이 섹스로 꽁꽁 뭉쳐 있을 거야.'

그녀는 이런 생각을 하면서 눈을 감고 얼굴을 퍼디의 가슴에 살며시 묻었다. 세차게 뛰는 심장의 고동소리와 가쁜 숨소리가 들렸다.

그때 질리언은 슬며시 쓰러지면서 가냘픈 신음소리를 냈다. 깜짝 놀란 퍼디가 그녀를 붙잡았다.

"부인, 무슨 일이라도? 제가 도울 수 있는 일이라도 없을까요?"

들뜬 음성이었다.

"갑자기 복사뼈가⋯⋯."

질리언은 특유의 엄살을 부렸다.

"그리고 머리가 멍해지는 것 같아요. 잠시만이라도 집안에서 쉬게 해주면 좋겠어요."

퍼디는 그녀를 부드럽게 안고는 정원을 조심스럽게 지나, 뒤쪽 층계를 올라 다용도 부엌을 거쳐 거실로 들어갔다. 그리고 무릎을 꿇고 걱정어린 눈으로 질리언을 내려다보며, 아그네스가 만든 시트와 등받이 커버가 있는 긴 소파 위에 그녀를 가만히 뉘였다. 질리언의 얼굴이 고통으로 일그러졌고, 눈에는 이슬조차 맺혀 있었다.

"정말 당신은 힘이 세군요."

이제 그녀의 머리 속은 서서히 공중을 나르기 시작했다.

그녀는 자기 바로 앞에 무릎 꿇고 앉아 있는 퍼디의 양다리 사이로 손을 살며시 가져갔다. 그때 언뜻 그녀의 머릿속에 한 점 구름 같은 예감이 떠올랐다.

'이 장소에 걸맞는 우수어린 눈빛을 짓고 있으면 어떨까?'

그녀는 이런 생각을 하면서 말했다.

"당신이 이렇게 힘센 줄은 미처 몰랐어요."

그녀는 그의 허벅다리를 지그시 눌렀다. 그리고 말을 이었다.

"정말 몰랐어요."

퍼디는 자꾸 질리언의 얼굴로 향하려는 자기의 시선에 필사적으로 저항하면서 얼굴을 사방으로 움직였다.

그러자 결혼할 때 아그네스가 사들인 램프, 그녀의 오빠가 결혼 선물로 준 책장, 폼페이의 유적과 블루 보이의 판화, 도라지꽃 무늬가 있는 벽지가 한눈에 들어왔다. 그 벽지만큼은 퍼디가 무엇보다도 싫어했으나, 아그네스의 말을 빌리면 고급품 중의 고급품이라는 것이었다.

반대편 벽에는 구빈원의 수녀로부터 아그네스가 사들인 4피트나 되는 십자가가 걸려 있었다. 그리고 그의 등뒤에는ー보지 않아도 알 수 있지만ー몇 년 전에 촬영한 아그네스의 사진이 걸려 있을 것이다.

무관심하게 있는 듯한 퍼디의 태도에 질리언은 짜증이 났다. 몸을 비비꼬면서 고양이처럼 발을 뻗어보았으나 그는 별다른 반응을 보이지 않았다.

그래서 그녀는 이번엔 신음소리를 내며 그의 두 손을 마주잡고 자기의 젖가슴에 얹어놓았다. 그러자 비로소 퍼디는 방이 주는 환상에서 벗어날 수 있었다.

"이렇게 있는 것만으로도 당신의 힘이 내 몸 속을 뚫고 지나가는 것 같아요."

그녀는 더욱 세게 그의 손을 가슴 위로 눌렀다.

"그래도 부인, 곧 아그네스가……."

퍼디는 망설였다.

"더 세게요."

질리언이 신음하면서 애원했다. 그러자 그의 손이 뜨거워지면서 애무의 손길이 좀더 강해졌다.

그녀는 일어나 앉으며 애원하듯 말했다.

"…… 편하게 앉고 싶어요. 옷을 벗겨 줘요."

질리언은 껴지 셔츠를 위로 벗으며 브래지어의 세 개의 훅을 가리켰다.

퍼디는 두 개의 훅을 벗겼으나 투박하고 커다란 손가락은 세 번째 훅에서는 더듬거렸다. 너무나 작았던 것이다.

그는 할 수 없이 브래지어와 그녀의 등 사이로 손을 넣고는 신경질적으로 잡아당겼다. 그리고 자기 손에 들려 있는 브래지어를 신기하듯 바라보았다.

"퍼디, 너무 서두르지 말아요."

질리언이 부드럽게 말했다.

그런데 돌연 그때까지 죽어 있었던 그의 손이 되살아난 듯 갑자기 강한 힘으로 목적을 향해 돌진해 왔다. 저항하는 그녀의 목소리는 목구멍까지 와서 사그러졌다.

퍼디는 질리언을 안아 일으키자 왼손으로 그녀의 오른쪽 가슴을 덮었다. 그의 솥뚜껑처럼 커다란 손이 그녀의 왼쪽 가슴까지 건드렸다.

그는 이번엔 오른손으로 그녀의 베이지색 슬랙스를 힘껏 잡아당겼다. 그리고 맥없이 벗겨진 슬랙스를 둘둘 말아 소파 밑에 던졌다.

퍼디는 그녀를 번쩍 안고 흥분과 찬탄이 뒤섞인 눈으로 내려다보았다. 질리언은 그의 이글거리는 시선이 뜨겁게 느껴졌다. 그는 한마디 말도 없이 가볍게 그녀를 안고 침실문을 발로 열었다. 그의 뜨거운 몸에는 야수 같은 욕정만 있을 뿐 부드러움은 그림자조차 없었다.

질리언은 커다란 더블 베드에 던져진 순간, 일순 공포에 떨었으나 곧 사태는 막바지에 이르렀음을 깨달았다. 서둘러야 했다. 서둘러 그의 욕망의 끝까지 가보고 싶었다.

그녀는 자기도 모르게 태세를 갖추었을 뿐 아니라, 저 우람한 근육의 일부를 어서 빨리 자기 몸 속에 맞아들이고 싶은 욕망에 몸을 떨었다.

질리언이 그의 벨트를 풀려 했으나 퍼디는 그녀의 손을 냅다 뿌리치고는 스스로 옷을 벗었다. 그리고 그녀가 다리를 벌리기도 전에 사정없이 덮쳐 왔다.

곧이어 그는 씩씩거리며 요동을 하더니 그것도 순간일 뿐 갑자기 몸이 경직되며 짧은 경련을 일으켰다. 그리고 깊은 신음소리와 함께 맥없이 그녀에게로 쓰러졌다.

"일어나요. 어서 계속해요."

질리언도 달대로 달아올라 있었다. 이젠 더 참을 수가 없었다. 그것이 들어오기 전에 클라이맥스에 도달할지도 모른다는 생각이 들었다.

"어서 넣어요, 어서."

질리언이 재촉했다.

그러나 퍼디는 울고 있었다.

"지금도 들어가 있어."

그는 흐느끼고 있었던 것이다.

"벌써 끝났어. ……이젠 끝이야."

질리언은 아래로 손을 뻗어 그의 그것을 찾았다. 퍼디의 말대로 그의 물건은 자기 안에 있었으며 이미 끝난 뒤였다. 그녀는 믿을 수 없다는 듯 고개를 설레설레 흔들며 아직도 열기를 간직한 채 축 늘어져 있는 잔해를 엄지와 인지 사이에 끼우고 힘껏 힘을 주었다.

질리언은 과거의 경험을 아무히 회상해 보아도 지금 손 안에 있는 이런 물건을 일찍이 본 적이 없었다. 그녀는 외경에 가까운 상념에 사로잡혔다.

"이것은 신의 실수일 거예요. 온몸이 근육 투성이인 당신이 이것만……."

눈을 돌리는 퍼디의 얼굴에는 눈물이 흐르고 있었다. 갑자기 실험해 보고 싶어진 질리언은 그의 물건을 잡아당겼다. 그러자 그것이 꾸중이라도 들은 듯 더욱더 오므라들었다.

그녀는 그것을 쓰다듬으며 만지작거리고 주물러 겨우 고개를 들게 했으나, 이것이 들어갈 그릇은 기껏 손가락 하나 들어갈 정도면 족할 모양새였다.

이때 허탈 섞인 웃음이 그녀의 충족되지 못한 우울한 기분을 해방시켜 주었다. 그녀는 큰소리로 웃었다. 이렇게 빈약한 사슬로 결합된 부부생활을 어찌 파괴할 수 있으랴.

질리언은 웃음을 참지 못하고 벌렁 드러누워서 몸을 들썩거리며 다시 웃었다. 몸이 들썩일 때마다 그녀의 앞가슴이 거센 파도처럼 물결쳤다.

퍼디는 아직도 울고 있었다.

"제발 웃음 좀 멈춰 줘."

그는 계속 애원했다.

"웃지 마. 웃지 않은 것은 아그네스뿐이야. 섹스는 부정한 것이므로 한 달에 한 번 이상 해서는 안된다고 아그네스에게 다짐했어. 신이 이브의 죄에 대한 벌로서 우리들에게 준 저주가 섹스라는 거야. 아그네스만은 웃지 않아."

"나도 웃지 않을게요."

그러나 퍼디가 아그네스와의 일을 얘기하는 것을 보면 마음을 진정시키기는 힘들 것 같았다.

퍼디의 이야기는 계속되었다.

"내 본명은 월터. 월터 마디건이었어. 그런데 매니저가 퍼디로 고쳤어. 아그네스도 원래의 이름은 브리지 머피였는데, 조카들이 너무 촌스럽다고 하여 아그네스로 바꾸었지. 나는 대전중에 해군 공병대에서 근무했어. 그때까지는 아직 별 문제없었는데, 괌으로 파견된다는 말을 듣고 야뇨증에 걸렸어. 그 당시 괌 섬은 안전했는데, 미리 겁을 먹고 그만……."

그는 자기 물건이 왜소함을 부끄럽게 여긴 나머지 여자들을 피했다. 샌프란시스코의 어느 매춘부가 그의 물건을 '들어가나마나 한 것'이라 하여 묵사발을 만들어 놓아, 그녀의 입을 틀어막기 위해 그의 매니저가 1천 달러라는 거금을 그녀에게 주었던 적도 있었다.

또한 블롱크스에서는 작아서 씹을 수도 없다고 비아냥거리는 여자의 앞니 두 개를 부러뜨려 5백 달러를 뜯기도 했다.

퍼디는 또다시 울기 시작했다.

질리언은 그의 어깨에 손을 얹고 위로했으나 속으로는 웃지 않을 수 없었다. 결국 그 웃음이 입으로 터져나왔다.

순간 퍼디는 손을 들어 질리언의 뺨을 냅다 갈겼다. 이 일격으로 그녀는 맥없이 쓰러졌고, 웃음 대신 울음이 터졌다. 그러나 그것은 굴욕의 눈물이 아니고 아픔의 눈물이었다. 얼굴이 화끈거리는 일격이었다.

"울지 말아요."

애원하는 듯한 그의 말소리가 아직도 멍멍한 그녀의 귀에 어렴풋이 들렸다.

질리언은 퍼디의 얼굴을 쳐다보려고 했으나 눈물로 흐려져 윤곽만이 뿌옇게 보였다.

"제발 울음을 그쳐 줘, 부탁이야. 내가 서비스해 주겠어."

그는 손으로 천천히 그녀의 가냘픈 허리를 쓸어주기 시작했다. 무슨 짓을 하려는 것인가 생각하면서도 질리언은 그에게 몸을 맡겼다.

퍼디는 그녀의 다리를 벌리더니 자기 손가락을 습기찬 샘 속으로 넣고는 무엇이라고 중얼거리면서 앞뒤로 움직였다. 질리언의 다리가 더욱 넓게 벌어졌다.

퍼디는 짧게 외마디 소리를 지르더니 얼굴을 그 눅눅한 숲에 묻었다. 질리언의 입에서 신음소리가 흘러나오고, 그녀의 손이 더욱 세게 그의 머리를 감쌌다. 그녀의 눈에서는 이미 눈물이 깨끗이 사라지고 있었다.

어둠이 서서히 깔리고 있었다.

퍼디는 오랜 잠에서 깨어난 듯한 몽롱한 기분이 들었으나 눈을 붙인 기억이 없었다. 그는 완전히 시간 감각을 잃고 있었던 것이나. 질리언은 그곳에 없었으나 그 사실소차 깨닫지 못하고 있는 그였다.

매니저는 퍼디를 잘 이해하고 있었다. 아마 퍼디 자신을 제외하고는 그만이 진정으로 퍼디를 이해하는 사람이었다. 그 증거로 퍼디의 투지가 그의 절망의 결과라고 간파한 사람은 매니저 뿐이었다. 그가 링을 떠나던 날 밤, 매니저는 아그네스에게 이렇게 말했다.

"그놈의 심장은 완두콩 크기밖에 안돼. 그런데도 야수처럼 싸우는 것은 두렵기 때문이야. 이 정도까지 그가 큰 것도 그 공포감 때문이었어."

아그네스는 묵묵히 이 말을 가슴 깊이 간직하고 자위를 위해 소형 권총을 샀던 것이다.

퍼디는 침대에서 내려와 비틀거리며 시트를 바로잡았다. 그때 아그네스의 권총이 그의 머리에 언뜻 떠올랐다. 지금 그의 마음 속에는 절망감만이 넘쳐 있었다. 빠른 걸음으로 거실로 달려간 그는 층계 밑에 있는 옷장을 뒤졌다. 그리고 아그네스의 권총을 찾아냈다.

퍼디는 떨었다. 자기만이 알고 있는 말을 중얼거리며 떨었다. 그리고 옆에 있던 의자를 들어 힘껏 내던지고는 십자가 앞에 무릎을 꿇었다.

그는 1분 이상 십자가를 응시하다가 갑자기 시선을 아그네스의 사진으로 돌렸다. 그리고 오른손을 가슴에 대었다.

그러나 그 손에 권총이 있다는 것은 이미 그의 의식에서 사라져 있었다.

"아그네스, 나는 죄를 범했소."

카나다의 매서운 바람이 뒷마당의 낙엽을 울타리로 몰았다. 층계를 오르는 아그네스의 발 밑에서 낙엽이 춤췄다. 권총의 굉음이 들린 것은 그녀가 막 자물쇠 구멍에 열쇠를 집어넣는 순간이었다.

얼마 후, 경찰이 사건 현장으로 달려왔다. 아그네스는 울면서 말했다.

"왜 남편이 자살했는지 전혀 알 수 없어요. 우리들은 정말 행복했었는데요……."

'빌리와 질리 쇼'에서(2월 27일 방송)

질리 "오늘도 등이 아픈 것 같군요, 빌리?"

빌리 "근육통이 또 도진 것 같소. 이젠 나이 탓도 있긴 하지만."

질리 "그런 마음 약한 소리는 하지 말아요. 건강 얘기를 한 지 아직 한 달도 채 안되었어요."

빌리 "그렇군요. 그렇지만 당분간은 테니스도 못할 것 같소."

질리 "조심해야 해요. 그 이상 악화되면 어떻게 해요."

빌리 "알겠소. 그러나 어쨌든 오늘은 기분이 영 좋지 않소. 등의 근육통도 문제려니와 오늘 아침 뉴욕 타임스지를 보았소?"

질리 "그 라디오 비평을 말하는 거예요?"

빌리 "그 비평가는 우리들이 싫은 것 같더군요."

질리 "지독한 사람같아요."

빌리 "마치 구정물을 뒤집어 쓴 것 같소."

질리 "그렇다고 여기서 그것을 화제로 삼으면, 오히려 그의 비평을 권위있게 할 따름이에요. 우리들의 프로를 청취하시는 분은 스스로 이 쇼의 좋고 나쁨을 판단하실 거예요. 교활한 비평가의 판단에 신경쓸 필요는 없을 거예요."

빌리 "얘기가 다소 빗나가지만, 화를 내고 있을 때의 당신은 더 아름답소."

질리 "칭찬해 주니 정말 고맙군요. 역시 나를 알아주는 사람은 당신밖에 없어요. 이러니 당신이 없으면 저는 어떻게 살아야 할지 생각만 해도 끔찍해요."

빌리 "나 역시 마찬가지라는 것을 잊지 말아요."

질리 "그래도 그 비평가, 예의는 바르더군요."

빌리 "하긴 그 점은 남부인의 장점이라 할 수 있소."

질리 "틀림없어요. 솔직히 말해서 남부 남성들은 무척 섹시해요. 가령 '8월 15일 밤의 찻집'에서의 마론 브런드의 역할을 봐요. 얼마나 멋져요."

빌리 "왜 그럴까? 악센트 탓일까?"

질리 "그 까닭도 있지만 전체적인 분위기인 것 같아요. 여성에게 여왕이 된 듯한 착각을 갖게 하는 재주가 있는 것 같아요."

빌리 "남부 악센트 흉내를 내볼까. 예……."

질리 "빌리, 어쩐지 어설퍼요."

열 번째 이야기

●

조용한 방

조사경리부가 한눈에 내려다보이는 위치에 앉아 있는 틸러 혹
스의 자리에서는 그의 등 쪽을 제외하고는 어느 방향도 볼 수 있
었다. 그의 등 쪽에는 군함의 선부를 연상케 하는 회색빛 포금을
댄 벽이 성벽처럼 견고하게 있었다.

틸러는 이 딱딱한 벽이 키프로스 파넬이든가, 가죽이든가, 아
니면 부득이한 경우 시내의 어느 사무실에서도 흔히 볼 수 있는
황마포로 되어 있으면 얼마나 좋을까 하고 생각한 것도 벌써 오
래 전의 일이었다.

그러나 이런 제안을 남작에게 말하기에는 좀 난처한 상황이었
다. 틸러의 좌측 유리창 너머에는 비서가 두 명, 오른쪽에 역시
비서가 세 명, 앞에는 계산기와 컴퓨터를 다루는 여사무원 책상

이 줄지어 놓여 있고, 여기에 24명의 경리 및 관리 직원이 자리 잡고 있었다.

또 하나 중요한 존재는 허리와 히프의 곡선미가 유난히 띄는 교환수가 앉아 눈요기를 해주었다.

2월 27일 오후 4시 20분, 마티니 넉 잔, 워트바 석 잔, 거기에 강장제까지 들이킨 틸러는 등 쪽을 제외하고는 그 전부를 눈 안에 수용할 수 있다는데 만족했다.

그는 선글라스를 쓴 채 서류나 메모 중에서 점심시간에 걸려온 전화 내용을 기록한 메모지를 들어올렸다. 이 메모에는 시간과 긴급도, 그리고 전언이 기입되어 있는 것이다.

'링콜드(조사부) 2시 10분…….'

"그 녀석은 내가 식사를 하지 못해도 상관없다고 생각하고 있나?"

틸러는 소리까지 내며 말했다.

'레오너드(스메르웰의 경리부장) 3시 20분…….'

"이 녀석도 똑같아."

'그레이스 엘처 부인(남작의 친구로 로플린의 가족계획에 관한 광고 조언 담당) 12시 50분, 2시 15분, 3시 55분…….'

"멋대로 하라지!"

틸러는 전언 메모를 꾸겨 쓰레기통에 던졌다.

그는 전언표를 보면 엉덩이가 아파왔다. 식사를 하고 돌아왔을 때 이보다 더 짜증나는 일은 없었다. 근면한 놈과 근면치 않는 놈을 분간해야 하기 때문이었다.

그때 책상 위의 전화 버저가 울렸다. 틸러는 수화기를 들면서 습관적으로 오른쪽을 보았다. 그리고 에밀리의 목소리를 들으면서 창 너머로 그녀가 말하는 모습을 훑어보았다.

"틸러 씨, 로비에 질리언 브레이크 부인이 기다리고 계십니다."

"들어보내요, 에밀리."

그는 회전의자를 돌려 조사경리부 전체를 둘러보았다.

이윽고 이번에는 버저도 울리지 않고, 에밀리가 유리문을 밀고 들어왔다.

"남작입니다."

"응, 만나야지."

"급히 이쪽으로 오고 계십니다. 아주 빠른 속도로."

"그럴테지."

틸러는 대답하면서 목덜미에서 땀이 흐르는 것을 느꼈다.

"브레이크 부인은 어떻게 할까요?"

에밀리가 물었다.

"응, 좀 기다리시라고 그래. 커피를 대접하고 새로 들여온 컴퓨터를 구경시켜 줘. 남작을 내보낼 때까지 자네가 상대를 해줘야겠어."

이미 남작은 이 커다란 방의 3분의 1 정도까지 달려오고 있었다. 에밀리의 말대로 굉장한 속도였다. 휠체어를 교묘히 굴리면서 관리직 사무실과 컴퓨터 앞에 앉아 있는 여직원들 사이의 좁은 공간을 아주 빨리 달려오고 있었다. 이 여직원들의 방을 지나면 틸러의 방까지는 그 속도가 더욱 빨라지리라.

"일순간도 멈추지 않고 달려오는군."

틸러는 혼자 중얼거렸다.

또 말썽이 생긴 것 같았다. 남작의 무릎 위에 놓여 있는 레디스 홈 저널지가 휠체어를 회전시킬 때마다 무릎 위에서 춤을 추었다. 검정 신사복 속에 있는 말라빠진 팔을 위아래로 움직이며 은발이 뒤덮인 작은 머리를 곧추 세우고, 틸러를 향해 돌진해 오고 있는 것이다.

"저 늙은이가!"

이렇게 된다면 옷걸이에 걸어놓은 윗옷을 입을 여유도 없다. 그만 그는 윗옷 입는 것을 포기해야겠다고 생각했다. 넥타이를 매만지고 책상 위를 정리하는 것만으로도 바빴다.

'선글라스를 벗으면 또 눈초리를 번득이며 노려볼테니, 그대로 쓰고 있어야겠군. 술냄새는 나지 않겠지?'

그때 전화의 버저가 울렸다.

"틸러 씨, 브레이크 부인은 커피도 사양하시고, 컴퓨터에도 흥미가 없으시다고 해요. 당신을 만나 뵈었으면 하고 계세요, 부인은……."

에밀리가 숨가쁘게 말했다.

"지금은 안돼. 브레이크 부인에게 전해 줘…… 부인에게……."

거의 눈앞까지 와서 남작의 휠체어가 속도를 늦추었다.

"잠시만 붙잡아 둬."

"틸러 씨, 부인은……."

이어서 다른 음성이 들려왔다.

"틸러 씨?"

질리언이었다.

"저는 클레임을 가지고 찾아오는 여느 손님과는 다르다는 것을 알고 계시겠지요?"

그리고 또다른 음성이 이번에는 틸러의 코앞에서 들려왔다.

"틸러, 자네 이것을 보았나?"

남작이 잡지를 들고 말을 이었다.

"이것은 자네 아이디어인가?"

남작의 음성은 분노에 찬 외침이었다. 그런데 전화에서는 계속 지껄여대고 있었다.

"틸러 씨, 컴퓨터를 보고 싶으면 IBM으로 가겠어요."

"아뇨, 남작님."

황급히 틸러가 대답했다.

"아직 그 잡지는 읽지 못했습니다. 그러나 어네스트의 광고건이라면 지금 설명하겠습니다."

그는 수화기를 어깨 높이만큼 앞으로 내밀었다. 팔이 아팠다. 온몸이 뒤틀리는 것 같았다.

"브레이크 부인, 조금만 더 컴퓨터를 구경하고 계세요. ……죄송합니다. 남작님, 담배 광고위원회에서 마이크로 필터 광고는 하지 않은 것이 좋다고 해서…… 브레이크 부인, 그 컴퓨터는 최신의 신제품입니다."

그는 팔이 떨어져 나갈 것만 같았다. 전화는 틸러와 남작 사이에 커다란 검정 비행기처럼 매달려 있다.

"질리언…… 브레이크 부인…… 컴퓨터를 어서…… 곧 전화하겠습니다."

그는 겨우 수화기를 놓았으나 온몸은 땀으로 젖어 있었다.

"지금 전화는 브레이크 부인의 전화였나?"

남작이 물었다.

"네, 킹스 네크에 사는……."

"알고 있네. 자네가 잊고 있는지는 몰라도 그들 부부는 내 단골이야."

"네, 알고 있습니다."

"그런데 나는 어네스트는 보고 있지 않네. 스메르웰에 대해서 말하고 있는 거야. 이 컬러 두 페이지는 무엇인가?"

"네, 스메르웰의 연구실 사진입니다."

"그건 나도 알고 있어. 흰 가운을 입은 남자가 여섯 명이나 시험관을 둘러싸고 우왕좌왕하고 있는 이 사진을 보란 말이야. 비비안은 어디에도 없지 않은가. 베네치아에서 콘도라를 즐기고 있는 비비안 거란드의 사진도 없고, 내가 직접 작성한 캐치프라이즈, 즉 '비비안, 오늘 저녁……' 등이 스메르웰에서도 전혀 보이지 않은 것은 어떤 까닭이야? 틸러, 이제 자네의 잘못을 알겠나?"

"네, 말씀하신 대로 사진도 촬영하고 제판까지 했으나 인쇄 단계에서 삭제해 버렸습니다."

"도대체 누가 그따위 짓을 했어?"

남작이 버럭 소리쳤다.

"할머니께서 '오늘 저녁'이란 표현은 어딘가 좀 야하고 비속하다고 말씀하셨습니다. 스메르웰은 현대과학의 산물, 과학적으로 제조된 데오드렌트이므로 이탈리아 사람들의 마약과는 다르다고 말씀하시며……."

"그렇게 말했나?"

"남작님께서 정양하고 계시는 중이었으므로……."

틸러는 겨우 마음이 진정되었다.

"이 정도의 일로 모처럼 휴가를 망치시게 해서는 안되리라 판단했기 때문에……."

"다음부터는 반드시 내게 전화를 걸어 확인한 후 일을 처리하도록 하게. 내가 직접 작성한 것을 누군가가 변경하려 할 때에는 반드시 내게 전화를 하란 말일세. 내가 연락이 안되면 상대가 누구든 이 일에는 간섭하지 말라고 단호히 일러주게. 알겠나?"

"넷, 알겠습니다."

"그리고 당장 비비안 거란드에게 편지를 쓰게. 사태를 설명하고 자네가 나에게 설명한 것처럼 결정은 자네 책임하에 이루어졌으며, 나는 전혀 관여하지 않았다고 쓰도록 하게. 편지에 사인을 한 다음 내일 아침까지 내 책상 위에 갖다놓게."

"넷, 남작님, 그렇게 하겠습니다."

"그런데 틸러, 자네는 식사를 하고 언제 사무실로 돌아왔나?"

"조금 전에 돌아왔습니다. 약간 늦은 것은 상담이 길어지는 바람에……."

"누구와 했나?"

남작이 집요하게 물었다.

틸러는 적당한 이름을 둘러대려고 필사적으로 생각해 보았다.

"네, 엘처 부인, 로플린의 그레이스 엘처 부인과 가족계획에 대해서 의논했습니다. 아주 훌륭한 부인이더군요. 굉장한 사업 계획을 구상중인 것 같습니다."

"그렇지. 그 부인은 아주 점잖은 분이야. 그러나 그런 얘기라면 개인적인 시간에 하는 것이 좋을걸세."

그는 휠체어를 뒤로 약간 굴리더니 다시 전진시키려 워밍업을 하기 시작했다. 그리고는 말을 이었다.

"그리고 내일 아침 회의에서 내게 어네스트 광고에 대해 설명할 수 있도록 준비해 놓게. 나도 오늘 밤 다시 한번 생각을 해 보겠네. 자네의 책임하에 취한 행동에는 그에 걸맞는 이유가 있지 않으면 안되네. 그럼 수고하게, 틸러."

왼쪽 바퀴가 1회전하고 휠체어가 180도 회전하자 남작은 오른손으로 다시 균형을 잡고 전진하기 시작했다. 양손이 피스톤처럼 움직이면서 유리문을 열고 사무 집기들이 줄지어 있는 사무실로 들어서자 더욱 속도를 냈다.

틸러는 남작의 작은 은발 머리를 바라보면서 중얼거렸다.

"저 늙은이, 도대체 언제나 죽을까?"

그러나 그는 남작이 좋았다. 오랫동안 그와 함께 일해 왔고 비록 종종 실수는 하지만 노인의 명석함에는 탄복을 하고 있었다.

에드워드 오즈본 모건 남작, 104세. 71세 때 폴로 경기에서 낙마한 이후부터 휠체어 생활. 모건 광고의 주식과 경영권을 완전히 장악하고 있는, 백만장자를 50명 이상 집합한 대부호.

틸러 혹스는 모건 광고의 부사장이다. 그러나 그는 자기의 뛰어난 능력으로 보아 이것만으로는 불충분하다고 늘 생각했다. 하지만 틸러의 아내 사라는 남작의 먼 피붙이였지만, 그녀와 결혼하지 않았더라면 틸러가 과연 오늘날의 이 부사장 자리에 앉을 수 있었을런지는 미지수다.

그러나 틸러는 그런 배경이 없었더라도 자신의 능력으로 보아 충분히 이런 자리에 오를 수 있었을 것이라고 말하곤 했다.

그는 남부의 작은 광고 대리점에서 시작하여 매디슨 가의 어느 광고회사로 옮긴 후 카피의 편집 책임자를 거쳐 경리부장에까지 올랐다.

'사라가 에드워드 오즈본 모건 남작의 먼 피붙이로, 그의 가장 두터운 사랑을 받고 있었다니! 하지만 나는 광고를 어느 누구보다도 더 깊고 넓게 알고 있기에 충분히 자력으로 정상에 올라 공동 경영자까지 될 수 있었을 거야.'

그는 확실히 광고업계의 속사정을 누구보다도 훤히 알고 있었으므로 그 정도의 자신은 있었던 것이다. 그러나 모건 광고의 부사장이 될 수 있었던 것은 아마 사라와 결혼했기에 가능했을 것이다.

은발의 작은 머리는 거의 사라져 가고 있었다. 그때 전화의 버저가 울렸다.

"틸러 씨, 더 이상 참을 수 없어요. 그곳으로 가겠어요."

질리언이 말했다.

"네, 알겠습니다. 기다리고 있겠습니다."

틸러는 선글라스를 벗어 눈을 한번 비비고 다시 걸쳤다.

'윗옷을 굳이 입을 필요는 없겠지.'

그는 선 채로 심호흡을 하면서 에밀리에 안내되어 질리언이 방으로 들어오는 것을 기다렸다. 질리언은 아주 멋진 여자라고 그는 생각했다.

'세계 어느 곳에도 그만한 여자는 없을 거야. 더욱이 그녀는 자신의 아름다움을 잘 알고 있으며, 만일 그것을 알지 못하는 남자에게는 그 날씬한 다리로 등뼈를 부러뜨려서라도 자기의 아름다움을 보여주는 그런 여자야. 그런데 무슨 일로 찾아왔을까? 지난주 방송국의 칵테일 파티에서였나? 담뱃불을 붙여주자 내 손을 살짝 만지는 척하더니 힘껏 잡아주었지. 그러나 그런 일은 흔히 있는 일이지. 그런데 그 후 그녀는 자신의 완만한 곡선의 허리를 내 팔에 갖다댄 채 기대고 있었어. 그러나 그것 또한 마침 그 자리에 내 팔이 있었기 때문인지도 모르지. 아니, 그 외에 다른 일도 있었지…….'

그래도 틸러는 확신을 갖지 못했다. 만일 그녀의 속마음을 완전히 읽을 수 있었다면, 이미 만날 수 있는 방법을 강구해 보았을 것이다.

틸러가 이런저런 생각을 하고 있는 사이 벌써 질리언이 유리문까지 왔다. 곧 그녀가 안으로 들어오고 에밀리는 물러갔다.

"안녕하세요, 질리?"

그가 먼저 인사를 했다.

"그런 말투는 좀 지나친 것 같군요."

질리언이 퉁명스럽게 말했다.

"그래도 라디오에서는 그런 호칭을 쓰고 있지 않습니까?"

"그렇다고 당신마저 그런 호칭을 쓰라는 법은 없잖아요. 그렇게 불릴 만큼의 수입은 이미 받았어요. 지금은 개인적인 시간이에요."

'쳇, 남작 같은 말투군.'

그는 이런 생각을 하며 자리를 권했다.

"앉으세요. 커피라도 가져올까요?"

질리언은 선 채로 핸드백에서 뉴욕 타임스지를 끄집어내어 남작이 레디스 홈 저널지를 들이밀 때처럼 그에게 내밀었다.

"이 기사 읽었어요?"

"물론 읽었지요. 그런데 어느 기사를 말씀하시는 겁니까?"

틸러가 물었다.

"이거예요. 어느 콧대 높은 평론가가 저를 꼬집었어요."

"그것까지는 읽지 못했군요."

"읽어드리지요. '아침 밥맛이 떨어진다. 라디오 프로에서 가장 형편 없는 방송. 커피를 마시면서 하품을 해야 할 정도의 재미 없는 쇼'……."

"그럴 듯하군요."

"그렇게 감탄만 하고 있을 때가 아니예요. 당신네 회사도 이 신문에 광고를 게재하고 있지요?"

"이 신문에 광고를 내지 않은 회사는 거의 없을 겁니다."

"그렇더라도 이제부터는 내지 마세요. 이 평론가가 자리를 잃을 때까지 광고를 내지 마세요."

"그것은 쉬운 일이 아닙니다. 그 평론가에게 이쪽 뜻대로 기사를 쓰게 할 수 없거든요."

"그렇다면……."

질리언은 여전히 서 있었다. 그녀가 말을 이었다.

"남작을 직접 만나뵙고 부탁해야 되겠군요."

"잠깐 기다리세요. 지금 당장 영감님을 성가시게 할 필요는 없지 않습니까. 앉아서 커피나 들면서 천천히 애기를 나누도록 하죠."

질리언이 다리를 꼬고 앉았다. 그러자 핑크빛 드레스가 무릎 위로 3인치 가량 올라갔다. 그녀의 각선미가 유난히 돋보였다.

"당신에게 전화를 걸려던 참이었습니다."

틸러가 말했다.

"당연하지요."

"네, 테니스 때문에…… 바깥주인께서도 여전히 테니스를 하십니까?"

"아뇨, 중단했어요. 등의 근육통 때문에…… 아니, 무릎인지 손목인지 잊었군요. 그는 이제 아무것도 못하고 있어요."

그녀의 눈은 틸러의 얼굴에 못박혀 있었다. 그녀가 다시 말을 이었다.

"그러나 저는 해야겠어요."

"그러세요? 그렇다면 이번에는 함께 칠 수 있겠군요."

"좋아요."

그녀의 시선은 틸러에게서 떨어져 그의 어깨너머로 여직원들의 자리를 거쳐 차도 쪽을 향해 있었다.

"저 사람들은 무엇을 하고 있는 거예요?"

그녀가 물었다.

틸러도 바깥을 내다보았다.

"아, 남작을 차에 태우고 있는 겁니다. 그의 휠체어를 아직 못 보셨군요."

틸러는 지금까지 몇백 번, 아니 몇천 번은 보아왔으리라. 그러므로 이제는 전혀 감정의 동요를 느끼지 못했다. 마침 남작의 운전수인 루이가 나오고 있었다. 언제나 정해진 코스였다.

특별히 만든 자동차의 후미를 잡아당기면 덤프차처럼 되는데, 이렇게 되면 차도까지 내려가서 작은 언덕길을 만든다. 그러면 휠체어의 남작은 20피트 정도 떨어진 곳에서 스피드를 내고 달려와 이 언덕길을 올라서 차 안으로 들어가도록 되어 있다.

그때 41년간이나 그의 비서를 하고 있는 미니 할머니가 기계적으로 연줄에서 떨어진 연처럼 손을 흔들며 남작을 유도한다. 그러면 남작 또한 똑같이 손을 흔들면서 '미니, 비켜. 루이도 비켜' 라고 말한다. 그의 휠체어는 누구의 손도 빌리지 않고 움직이는 것이 철칙으로 되어 있었다.

"그러다가 자칫 잘못하여 앞좌석에 머리라도 부딪치면 어떻해요?"

질리언이 걱정스런 표정으로 말했다.

"아니, 절대 안전합니다. 10센트 은화 동전 앞에도 정확히 섭니다. 정말 기막힐 정도로 완벽합니다. 저 언덕을 오를 수 있을 만큼의 스피드만을 내면 됩니다. 이것이 그의 특제 대차륜 고속 휠체어입니다."

"그래요?"

"그는 휠체어를 다섯 개나 가지고 있습니다. 자택에서 쓰는 검정색 휠체어, 파티용은 은색, 회사의 두 대, 이밖에 사무용의 작은 휠체어 하나가 더 있습니다. 이곳에 올 때 타고 오지요. 나는 난생 처음으로 그렇게 빨리 달리는 휠체어를 처음 보았습니다. 정말 굉장합니다."

질리언은 손톱이 긴 왼쪽 엄지손가락으로 담배를 가볍게 치면서 의자에서 일어섰다. 그가 성냥을 꺼내 불을 붙이자 그 손을 그녀가 손으로 감쌌다. 담배에 불을 붙이고 성냥불을 끈 후에도 한동안 그들은 그렇게 서 있었다. 그 광경을 앞의 사무실 여직원들이 계속 쳐다보고 있었다.

"당신, 남작 친척이에요?"

질리언이 물었다.

"아닙니다."

틸러는 대답하면서 앞의 사무실을 보았다. 여직원들이 얼른 고개를 돌렸다.

"제 처가 쪽입니다. 그녀는 남작의 먼 피붙이입니다."

"아, 생각났어요. 방송국에서 만난 적이 있어요. 부인의 이름은 생각나지 않지만……."

"사라입니다."

"아, 생각나는군요. 성경 속의 이름과 똑같다고 그때 생각했어요. 아주 멋진 부인이더군요."

"별로."

"정말이에요. 아, 점점 기억이 되살아나는군요. 몹시 취한 어떤 여자가 그러는데, 남작은 사라를 귀여워한 나머지 당신을 이 자리에 앉혔다는 거예요. 그리고……."

"그렇게 남을 시샘하는 여자는 얼마든지 있지요. 한마디로 비열한 여자들이죠."

틸러는 질리언의 말을 가로막으며 말했다.

"어머, 화나셨어요? 용서하세요. 그저 농담삼아 얘기했는데
……."

"가십란에라도 나면 재미있겠죠?"

질리언은 일어나서 틸러의 책상 주위를 서성댔다. 그러다가 살짝 미소를 지으며 팔을 천천히 들어올리고는 손끝으로 틸러의 턱을 가볍게 만지며 말했다.

"그 얘기, 정말 미안해요. 기분이 상하셨지요?"

그녀는 한 걸음 물러서면서 그를 바라보았다.

"그럼, 돌아가겠어요. 더 이상 그 저주스러운 평론가 문제로 여러 사람들을 괴롭히고 싶지는 않아요. ……무슨 일이 있으면 전화하세요."

"아니, 좀더 계시면서 그 일에 대해서 의논을 하시지요."

그는 담배를 만지작거리며 일어섰으나 무엇인가 깊이 생각하는 것 같았다.

"브레이크 부인, 그…… 저…… 남작의 방을 한번 구경해 보실래요?"

그는 유리창이 보이는 한쪽 사무실을 가리키며 말을 이었다.

"저 방이 조용하고 좋습니다. 그리고 재미있는 사진도 많이 걸려 있습니다. 남작에 관한 사진도 있고요."

"좋아요."

두 사람은 문을 나섰다. 틸러는 에밀리의 책상 앞에 오자 이렇게 말했다.

"전화는 하지 않도록……."

"네, 혹스 씨."

회사원 이외의 사람 앞에서 그녀는 틸러를 '혹스 씨'라고 불렀다.

'사무실 한가운데에 통로를 내다니, 취미도 유별나군.'

질리언은 잠시 이런 생각을 했다

"이것이 최신형 컴퓨터이고, 저쪽에는 관리직이 있습니다."

틸러는 이것저것을 손가락으로 가리키며 빠르지도 않고 또한 자연스럽게 걸으려고 노력했다. 등에 여직원들의 시선이 뜨겁게 느껴졌다. 앞에 있는 젊은 여직원들도 질리언 브레이크와 틸러를 보고 싶은 마음에서 일손을 놓고 있으리라.

순간 틸러는 이런 생각이 들었다.

'관리직 직원들도 저 작은 방에서 각기 머리를 내밀고 있겠지. 그리고 질리언의 날씬한 다리와 핑크빛 드레스 바로 밑의 삼각지대를 게걸스럽게 바라보겠지.'

걸으면 약간 굽는 그녀의 삼각지대가 틸러의 눈에도 선명하게 들어왔다.

"브레이크 부인, 저 방에서 광고 캠페인의 성공 사례를 보여드리고 싶군요."

틸러는 남작의 방을 가리키며 주위 사람들이 모두 들을 수 있을 정도의 큰소리로 말을 이었다.

"광고 캠페인 말입니다. 자, 이 방으로 드시지요."

이윽고 그들은 잠겨 있는 남작의 방문 앞까지 왔다.

그가 주머니에서 꺼낸 열쇠 다발에는 그의 전생활이 모두 있는 셈이었다. 현관, 스테이션 왜건, 오피스, 자가용, 뷔크의 트렁크, 차고의 문, 사무실의 책상, 휴대용 금고 등등……

틸러는 질리언이 당장이라도 '폐를 끼칠 것 같아 이만 돌아가겠어요' 라고 말할 것만 같아 마음이 조마조마했다. 그는 열쇠 다발 속에서 재빨리 남작의 방문 열쇠를 찾았다.

"자, 어서."

틸러는 문을 열고 질리언을 먼저 안으로 들여보낸 다음 자기도 들어가 문을 닫았다. 그리고 벽을 가리켰다.

"방금 얘기했던 사진입니다."

질리언은 방안을 한번 둘러보고는 틸러를 바라보았다.

"당신, 마음이 몹시 불안한 것 같군요."

"저는 다만…… 사진을 보여드리고 싶었습니다. 이것은 미·스페인 전쟁 때의 남작입니다. 저 사진은 100세의 탄생일. 앞의 잔디에서 축포를 쏘았지요. ……그리고 또…… 무수히 많습니다. 광고 캠페인도……."

그는 질리언의 어깨너머로 손을 뻗치며 손가락으로 앞에 있는 사진을 가리켰다.

"당신, 정말 못 말리겠군요."

그녀가 돌아서며 말하자, 그녀의 앞가슴이 그의 몸에 스쳤다.

"정말 제게 보여줄 것이 없어요?"

그 말에 틸러는 갑자기 질리언을 끌어안고는 하반신을 밀착시키며 힘을 주었다. 그리고 오른손을 그녀의 등으로 돌리고, 왼손은 그녀의 가는 허리를 쓰다듬으며 목에 키스를 했다.

"드레스가 구겨지면 곤란해요."

"상관없어요. 질리언, 더 이상……."

"그래도 먼저 옷을 벗겨 줘요."

틸러는 질리언이 오른손으로 파스너를 내리자 눈깜짝할 시이에 드레스를 머리 위로 벗겼다. 팬티와 브래지어만을 걸친 질리언이 그에게 눈길을 쏟으며 브래지어를 벗었다. 허리를 곧추세우고 서 있는 그녀의 가슴은 크지는 않지만 도자기처럼 단단하며 희었고, 터질 듯 팽팽하게 앞을 향해 돌출해 있었다.

"당신도 넥타이를 풀어요."

질리언이 부드럽게 말했다.

틸러는 그녀에게서 시선을 떼고 넥타이를 풀었고, 그녀는 방안을 서성대더니 두꺼운 유리가 깔린 남작의 책상 위에 드레스를 조심스럽게 주름을 펴고 놓은 다음, 그 위에 팬티와 브래지어를 놓았다. 그리고 무엇 하나 걸치지 않은 알몸으로 손을 뻗어 두 장의 사진이 들어 있는 사진틀을 들어올렸다.

"이것이 남작이군요. 이 여자, 당신 아내예요?"

틸러가 고개를 끄덕였다.

그녀는 사진틀을 다시 책상 위에 올려놓았다. 그런데 야릇하게도 사진 속의 인물이 질리언과 틸러의 벗은 모습을 바라보는 상태가 되었다.

"틸러 씨, 아내를 사랑해요?"

질리언이 느닷없이 이런 질문을 던졌다.

"옛? 저도 잘 모르겠습니다."

그 역시도 벌거벗고 있었다. 그는 배에 힘을 주고 질리언을 향해 다가 갔다. 그리고 속으로 지난 여름 휴가 때 햇빛에 그을린 자리가 아직도 남아 있었으면 좀더 멋있는 육체가 되었을 텐데 하고 생각했다. 그러나 질리언은 그의 신체 따위에는 전혀 무관심한 듯했다.

"이것이 남작의…… 당신이 말한 그 사무용 휠체어예요? 상당히 빠르다구요?"

질리언은 알몸인 데도 마침 양장점에서 새 드레스를 가봉하는 듯한 편한 분위기로 말하고 있었다.

이윽고 그녀는 책상 위에서 브래지어를 들더니 휠체어의 왼쪽 손잡이에 걸쳐놓았다.

"이 브래지어까지 걸치게 되다니, 정말 행복한 휠체어예요."

이에 틸러가 입을 열었다.

"이놈의 휠체어가 화근 덩어리입니다. 아예 브래지어를 그대로 그 자리에 걸쳐놓으면 좋겠군요."

"당신, 남작이 두려워요?"

"그런 건 아무래도 좋습니다. 매일 아침 이곳에 와서 남작에게 보고를 하면, 그 영감탱이는 얼굴빛을 변하며 화를 내지요. 이런 일을 매일 되풀이해야 합니다. 브래지어가 있으나 없으나 저기압의 연속에는 변화가 없을 겁니다."

질리언이 이번에는 팬티까지 올려놓았다. 그러자 틸러가 그녀를 옆으로부터 힘껏 끌어안았다.

"그렇게 이 휠체어가 마음에 들면, 더 재미있는 것을 보여드리지요."

틸러는 그녀를 안은 채 몇 걸음 앞으로 걸어갔다. 그리고 무엇인가를 넘어뜨리며 그 위로 질리언과 함께 쓰러졌다. 그 바람에 질리언의 양다리가 공중에서 허우적거렸다.

"이것은 남작의 진동의자입니다. 저 휠체어에 앉지 않을 때에는 여기 앉아서……."

게다가 그 의자는 갈색의 시트와 발판이 있는 리클라이닝 의자였다.

틸러는 질리언 가슴에 얼굴을 파묻고 계속 그녀의 젖가슴을 애무했다.

"자, 이 의자를 움직여 볼까요?"

그가 흥분한 목소리로 말했다.

"뭐라구요? 이 의자를 진동시킨다구요?"

"진동이 시작되면 우리도 그에 맞추어 진동운동을 해야 합니다. 스위치를 넣을까요?"

틸러는 몸을 옆으로 돌리고 스위치와 기어를 찾았다. 그리고 오른손으로 레버를 눌렀다.

순간 틸러도, 질리언도 의자에 맞추어 진동하기 시작했다. 그리고 그대로 그의 몸의 일부는 질리언의 따뜻한 몸 속으로 자연스럽게 들어갔다. 이제 그들은 일체가 된 것이다.

이윽고 의자의 시트는 틸러와 질리언의 격렬한 운동으로 구겨져 있었고, 그가 몸을 일으킨 후에도 여전히 의자는 진동을 멈추지 않고 있었다. 그가 손을 뻗어 레버에 손을 대자, 질리언의 코 멘소리가 들려왔다.

"그대로 두세요. 기분이 너무 좋아요."

틸러는 몸의 좌측만을 질리언의 몸에 붙인 채 누웠다. 그에게도 진동이 전해 왔다. 몸의 오른쪽은 직접적으로, 왼쪽은 질리언의 몸을 통해 간접적으로 부드럽게 진동이 전해 왔다.

"당신, 정말 능숙하군요."

질리언이 말했다. 그녀는 난생 처음으로 생의 환희를 느꼈다. 조용히 명상에 잠긴 듯한 지금의 질리언의 얼굴 윤곽은 온화한 느낌마저 줄 정도였다.

"나도 잘했어요?"

질리언이 물었다.

"물론. 보통 여자하고는 어딘가 달랐어. 꼭 집어서 말하긴 어렵지만……."

틸러는 무의식적으로 담배를 꺼내려고 손을 뻗었다. 그런데 그녀의 가슴이 그의 손에 닿았다. 그가 그렇게 손을 뻗은 것은 마치 사라와 자기의 침대 사이에 놓여 있는 테이블 스탠드가 그곳에 있는 것 같은 착각을 했기 때문이다. 그는 항상 그곳에 담배를 놓아두고 있었다. 질리언이 눈치를 채고 물었다.

"일을 끝낸 다음에는 왜 남자들은 담배를 피우지요?"

"그건 나도 잘 모르겠습니다. 그러나 언제나 피우게 되더군요. 하지만 담배를 피우지 못하는 사람은 피우지 않겠지요. 그런데 이상하게도 담배를 피우는 사람은 일을 끝낸 후에는 꼭 피웁니다."

틸러는 일어나서 담배를 가지러 윗옷이 있는 곳까지 천천히 걸어갔다.

이윽고 두 사람은 진동의자에 다시 나란히 누워 담배연기를 뿜고 있었다. 잠시 동안 두 사람은 아무 말도 하지 않았다.

질리언이 살짝 틸러의 목과 가슴에 키스를 했다.

"당신, 정말 능숙했어요."

"솔직히 말해 이 회사에서 이렇게 마음 흐뭇한 적은 과거 14

년간 한번도 없었습니다."

질리언은 다시 한번 틸러의 가슴에 키스를 한 다음 드레스가 놓여 있는 책상으로 갔다. 틸러도 그녀의 뒤를 따랐다. 책상 위에는 아내와 남작의 사진이 화난 표정으로 그의 얼굴을 바라보고 있는 듯했다.

'이들 두 사람이 벌거벗은 나를 보았으면 무엇이라 했을까?'

틸러는 잠시 이런 생각이 들었다.

질리언은 남작의 휠체어에서 브래지어를 집어들어 몸에 걸치려 했다.

그때 틸러가 그녀를 또다시 끌어당겼다. 그녀는 양팔을 그의 등뒤로 돌리고, 들고 있던 브래지어를 놓았다. 그것은 그의 등을 타고 바닥에 떨어졌다.

그는 그녀를 몸으로 밀어붙이며 이번에는 휠체어 위로 그녀를 쓰러뜨렸다. 그리고 발로 벽을 차 휠체어를 구르게 하고는 텅 빈 방의 진한 녹색 카펫을 걷어차며, 어렸을 때 달리는 스쿠터 위에 올라탔던 것처럼 휠체어에 올라타며 외쳤다.

"저 영감탱이!"

휠체어는 곧 갈색의 진동의자에 부딪치자 멈췄다.

"오오, 틸러!"

틸러는 이번엔 그녀의 양다리를 벌려 의자의 팔걸이에 갖다댔다. 그리고 그녀의 그곳에 자신의 물건을 넣고는 다시 휠체어를 움직였다.

"정말 멋진데."

"틸러, 어서 휠체어를 세워요."

그는 한쪽 발로 휠체어를 벽과 진동의자가 만든 삼각지대로 몰아넣었다.

"틸러! 오오! 틸러!"

조용히, 그러나 율동적으로 휠체어가 앞뒤로 흔들거렸다. 자지러지는 신음소리와 함께.

바로 그때였다. 틸러의 귀에 무슨 소리가 들려왔다. 누군가 문을 여는 소리가.

'아니, 내가 잘못 들었는지도 몰라.'

그는 반신반의하며 뒤를 돌아보았다. 그런데 그곳에는 또 한 대의 휠체어가 조용히 카펫 위를 굴러오고 있었다. 그리고 소스라치게 놀라 번쩍 뜬 그의 눈에 남작의 모습이 들어왔다. 남작은 두 사람 앞에서 멈추었다.

"틸러 군!"

남작이 소리쳤다.

"안돼요, 틸러. 멈추어서는 안돼요. 계속해요!"

질리언이 속삭였다.

"아아, 틸러! 틸러!"

곧이어 질리언이 신음소리로 외쳤다.

"여보게, 틸러. 내 휠체어를 망가뜨리면……."

그러나 틸러는 흥분의 도가니에 빠져 하던 행위를 계속했다.

이윽고 두 사람은 그대로 휠체어 속에 맥없이 늘어졌다. 잠시 후 천천히 질리언과 틸러가 일어섰다.

그러나 질리언은 서둘러 자신의 알몸을 감추려고 하지 않았다. 그녀가 무릎을 굽혀 바닥에 떨어진 브래지어를 집어들자, 검정

신사복의 남작은 은발 머리를 기울여 휠체어를 약간 회전시켰다. 질리언의 그 멋진 나신을 보기 위해서겠지 하고 틸러는 속으로 생각했다.

이윽고 다시 남작은 틸러를 바라보았다.

"휠체어에서 그 일을 하다니."

남작의 음성은 의외로 부드러웠다.

"놀랄 일이군, 틸러."

그는 이렇게 말하면서 휠체어를 20센티 정도 후퇴시켰다가 다시 그만큼 전진했다.

"그런데 자네는 두번 다시 어네스트 광고건을 설명할 필요는 없어졌네. 급료는 후에 송금하겠네."

그의 음성은 여전히 부드러웠다.

"그리고 또 한 가지 덧붙이겠네. 오늘 저녁에 차를 보낼테니, 사라를 돌려보내지."

"남작님!"

틸러가 숨을 몰아쉬며 말했다.

"안녕, 틸러."

한마디 남겨놓고 남작은 휠체어를 굴려가다가 곧 멈추고 질리언을 힐끗 쳐다보았다.

그때 그녀가 브래지어를 무릎 근처까지 늘어뜨리고 장난스럽게 흔들어 보였다.

"굉장한 몸매를 가지신 미인이군요. 어느 분이신지는 몰라도."

"고마워요, 모건 남작님."

질리언은 감사의 인사를 하고는 몸을 똑바로 하고 브래지어를 몸에 걸치며 물었다.

"남작님, 당신은 킹스 네크에 살고 있지 않나요?"

"아니, 올드 브르크 빌에 살고 있어요."

"그것 참, 안되셨군요. 그 휠체어를 타고 우리집에 놀러오시게 초대하려 했는데……."

'빌리와 질리 쇼'에서(3월 14일 방송)

질리 "최근 저질 섹스가 너무 범람하고 있다고 생각지 않으세요? 책, 영화, 잡지, 어디에나 그것을 다루지 않은 곳이 없어요."

빌리 "알고 있소. 내 비록 세상 물정에 어둡다고는 할 수 없지만, 역시 이 문제에 대해선 감시할 필요가 있다고 생각해요. 아주 형편없는 외설들도 너무 많으니 말이오."

질리 "옳아요."

열한 번째 이야기

●

내 펜은 결코 마르지 않습니다

안젤 버드는 지팡이를 짚고 유태 민족을 이집트에서 인솔해 나왔을 때의 모세와 같은 걸음걸이로 걷고 있었다.

이제 겨우 30줄에 들어선 젊은이로서는 어딘가 그로테스크하다고 질리언은 생각했다. 그러한 장난스러운 면이 질리언의 호기심과 성의 원점을 자극시켜 주었다. 지금 그녀에게는 변화가 필요했다.

아니 미코노스와의 얼음조각 놀이, 퍼디 마디건의 단소(短小), 아더 프랜호프의 이상한 무지, 조수아 템벌의 도약 등은 이미 그녀의 호기심에서 떨어져 나갔다. 이번에는 자기를 수동적으로 만드는 상대가 그리웠다.

안젤 버드는 킹스 네크에서 자주 눈에 띄는 인물이었다. 가솔린 펌프 옆에서 미터계에 정신을 팔고 있는 그를 본 적도 있었다.

그가 프리게이트 골목 안 그의 집에서 나올 때에는 뚱뚱하고 키 작은 아내와 늘 함께였다. 우체국에서도 종종 만났다.

주위 소문에 의하면 작은 사무실을 갖고 있는 공인회계사로, 사업의 대부분은 우편으로 처리하고 있다는 것이었다.

그런데 우체국에 있을 때의 그의 모습은 유난히 그로테스크하게 보였다. 우체국 창구 앞으로 살금살금 걸어가는 그의 그림자와 같은 모습에는 몰래 오줌 싼 어린애가 딴청을 부리며 걸어갈 때의 뻔뻔스러움이 숨어 있었다.

그날 질리언은 버드와 우체국 창구에서 맞닥뜨렸다.

"앗차, 미안하게 되었어요."

그녀는 이렇게 말하면서 슬쩍 그의 몸에 접촉했다. 그리고 물었다.

"이것을 맨해튼까지 부치려는데 시외 창구에서 부치나요, 지방 창구에서 부치나요?"

"시외 창구입니다."

버드의 조심성 있는 발음은 마치 삼류 코미디언이 하버드 대학 출신인 것처럼 인텔리 흉내를 내는 것 같았다.

'그렇다! 저 목소리가 틀림없어.'

질리언은 이 음성을 전에 어딘가에서 들은 것 같은 확연한 느낌이 들었다. '드디어 찾았군!' 하고 생각하는 순간, 그녀의 입에서 느낌이 짙은 웃음이 터져나왔다.

'설마 안젤 버드가 그 음성의 주인공이란 말인가! 그렇더라도

어찌하여 저런 펠트의 소프트 모자를 쓰고 있을까?'

질리언은 이런 생각을 하며 말했다.

"아주 놀랐어요. 그 사람이 바로 당신이라니."

"실례지만, 무슨 말씀을 하시는지?"

"당신도 저를 알고 있을 거예요. 질리언 브레이크예요. 자주 말씀을 나눈 적이 있었어요."

"글쎄요. 저는 전혀 기억이 없는데요, 브레이크 부인. 저는 프리게이트 골목에 사는 안젤 버드라는 사람입니다."

그녀는 버드를 잠시 응시하다가 곧 부드럽게 웃었다.

"그렇지 않을 거예요. 나는 당신의 말대로 커다란 것을 두 개나 달고 있으며, 당신은 오줌싸개 잭이었지요."

버드는 우편 보따리를 바닥에 내려놓았다. 그의 얼굴이 일그러졌다.

"지난번 제게 전화했을 때 무엇이라고 하셨지요? 그래요! 제급소를 찔렀어요. 저를 매춘부라 하셨던가요?"

순간 버드의 표정은 병자처럼 창백해졌다. 질리언이 계속 말을 이었다.

"걱정하실 필요없어요. 저에게만 전화를 걸어주는 별난 사람이 있다는 것도 아주 재미있는 일이에요. 당신은 마담 펌파돌을 알고 계시지요? 저는 그분의 조카딸이에요."

"무엇이라고……."

버드가 더듬거렸다.

"걱정마세요."

"그렇다면 경찰에는……."

"물론이에요. 오히려 저는 재미있었는 걸요."

안젤 버드는 이 말을 듣자 선글라스를 벗고 '고급 매춘부'라고 소리쳤다.

"그런 말 따윈 상관없어요. 그리고 미리 이름을 알려주었더라면, 벌써 오래 전에 만날 수 있었을 텐데요."

"정말 미치겠군!"

버드는 서둘러 우편물을 창구로 밀어넣고 황급하게 말을 이었다.

"나가실까요? 호텔은 어때요?"

질리언의 마음은 풍선처럼 부풀었다. 안젤 버드야말로 찾고 있던 자극물이었기 때문이다.

따라서 그녀는 이미 이 색정광과 1회전을 치를 준비 태세를 취하고 있었다. 여차 하면 2회전이 될 수도 있으리라.

모텔로 자동차를 달리는 동안 버드는 평정을 되찾아 쉴새없이 지껄여댔고, 방에 들어간 후에도 멈추지 않았다. 그의 말 속에는 차마 글로써도 표현할 수 없는 외설적인 어휘로 가득 차 있었다.

질리언은 날아갈 듯 기뻤다. 지금까지 그녀 앞에서 이렇게까지 자극적이며 너절한 얘기를 한 남자는 없었기 때문이다.

"그런데 당신의 말을 듣고 있으면, 전혀 공인회계사 같지 않아요."

질리언이 말했다.

"무슨 말을 하려는지 영감이 잡히지 않는데?"

"말투는 공인회계사 같은데, 내용은 전혀 그런 사람같지 않다는 거예요."

"그렇다면 어떤 사람 같습니까?"

그가 물었다.

질리언은 요염하게 웃었다.

"전화 성폭력자 아니면 외설작가 정도?"

버드는 외투를 벗어 던지자, 침대에 털썩 앉더니 질리언을 쳐다보았다.

"저……."

"무슨 일이에요?"

"굉장한 상상력이군. 마치 심령술이라도 하는 여자같군."

"점점 더 이상한 말만 하는군요."

"당신의 말대로 나는 외설작가입니다."

"옛?"

질리언은 자신의 귀를 의심했다.

"외설작가가 내 본업입니다. 그것으로 생계를 잇고 있죠."

질리언은 소스라치게 놀라며 침대에 털썩 주저앉았다.

"거짓말이지요?"

"아니, 정말입니다."

"기가 막히는군요."

그녀는 전혀 믿을 수 없다는 듯 고개를 설레설레 흔들었다.

질리언이 외설문학을 직업으로 하고 있는 남자를 만난 것은 이번이 처음이었다. 그래서 마치 탐방기자라도 된 듯 버드에게 질문을 퍼부었다.

한편 안젤 버드는 비밀을 남에게 알린 후의 안도감을 깊이 느꼈다. 난생 처음으로 자기의 베일에 싸인 생활을 생판 모르는 여자에게 고백한 것이다. 그래서 그의 음성은 자만으로 가득 차 있었다.

"내가 외설작가인 것은 아무도 모릅니다. 의심조차 하지 않죠. 제 마누라조차도 나를 공인회계사로 여전히 믿고 있을 정도니까요. 모든 일을 우편으로 처리하고 있으니 모를 수밖에 없지 않겠습니까. 어쨌든 나는 오래 전에 공인회계사는 폐업하고, 이 짓을 하고 있습니다."

질리언은 그의 옆에 앉아 두툼한 그의 귀를 만지작거리면서 낮은 음성으로 속삭였다.

"지독하게 정직한 호색문학가군요."

버드는 자랑스러운 듯 어깨를 으쓱하며 말했다.

"직업으로는 최고입니다."

"만나서 정말 기뻐요. 저에게 사인한 책을 한 권 보내주시겠어요?"

"여부가 있겠습니까. 제 물건으로 사인을 할까요?"

버드가 능글맞게 말했다.

질리언은 소리내어 웃으며 말했다.

"그것 아주 멋진 아이디어예요."

"당신도 보통은 아니군요."

곧 질리언은 블라우스를 벗기 시작했다. 그리고 무의식적으로 라디오 쇼의 대담처럼 목소리를 높였다.

"당신의 그 숱한 아이디어는 어디에서 얻나요?"

"인간의 본성에서 힌트를 얻습니다. 누구나 같겠지만, 인간생활의 우여곡절을 다소 자극적으로 표현할 뿐입니다."

"모두 부질없는 질문이었어요."

"내 펜은 결코 마르지 않습니다."

"언중유골이라더니, 묘한 말만 하는군요. 그런 작가가 된 특별한 동기라도 있나요? 말하자면 누가 그 일에 불을 붙였는가 하는……."

"아주 재미있는 질문이군요. 내 집사람이었다고 대답하는 편이 옳겠지요."

"당신의 아내라고요?"

스커트를 벗으면서 질리언이 말했다.

"그래요. 아스트리, 내 아내의 이름입니다. 그녀와 결혼할 무렵 나는 해군에 복무중이었는데, 휴가차 집에 오면 밤낮을 가리지 않고 그녀와 미친 듯이 그 일만 해댔지요. 그리고 자기 버릇 개 못 주듯 제대한 후에도 마누라는 내 말에 순순히 따랐어요. 어떤 나이트 클럽에서는 아내를 무릎에 앉혀놓고 그 짓을 한 적도 있었으니까요. 그것도 음악에 맞추어서 말입니다. 아마 그때 나온 음악은 룸바였을 겁니다. 어느때인가는 흔들의자에 앉아서도 했고, 흰 눈 속에서도 거사를 치렀습니다. 한마디로 미친개였죠."

"그래요? 저는 눈에서는 스키만 타는 줄 알았는데."

질리언이 말했다.

"그렇다면 운이 좋지 않았던 거지요."

"그건 그렇고, 당신의 지금 직업과 부인과의 관계를 알 수 없군요."

"좋습니다, 얘기하지요. 그렇게 미친 듯 2,3년을 지나니 아내는 서서히 싫증을 느끼기 시작하더군요. 어쩌면 처음부터 그것을 좋아하지 않았는지 모릅니다. 함께 침대에 있어도 마치 냉장고 속의 조개처럼 썰렁했습니다. 그러니 저 혼자만 날뛴 셈이지요. 그렇게 되니 할 수 없이 아내보다는 손장난에 재미를 붙였습니다. 이 외설작품을 쓰기 시작한 것도 그때부터죠. 처음에는 4행시 정도로 했습니다. 이를테면 내 비록 미쳐도 상관없으리/귀여운 이 녀석과 함께라면/8곱하기 4는 32/다음 3회 더하면 천국."

"아주 멋져요."

질리언이 맞장구를 쳤다.

"말하자면 마스터베이션이었습니다. 그러나 그것이 어찌 저를 충족시킬 수 있었겠습니까. 아니, 처음부터 만족이라는 것을 제대로 느끼지 못했는지도 모릅니다. 마른 나뭇가지 같은 아내를 온종일 들볶았지만, 항상 허전했습니다. 아내와 결혼하기 이전에도 나를 마치 벼룩처럼 쳐다보는 흑인 여자, 유방이 한쪽밖에 없었던 웨스트 호텔의 여주인, 중학교 담임이었던 미스터 바가델로 등등이 있었지만, 결국 내게는 불만족스러웠습니다."

"어렸을 때의 성경험은 특히 가치있어요."

질리언이 말했다.

"그야 물론 잘 알고 있지요. 그래서 잠시 근신하고 있었는데, 이것조차 곧 싫증이 나더군요. 이런 삶의 변화를 겪으면서 인간과의 접촉은 내게는 어울리지 않는다는 사실을 깨달았지요. 전화로는 잘 진행되지만, 결국 그것은 말장난에 그치지요. 그래서 변태자들을 위해 재미있는 책을 쓰기로 작정했습니다. 광고는 제법 잘 알려진 잡지에 내고 우송 리스트를 만들었지요. 이렇게 하는 중에 토리 매드첸을 만나게 되었죠."

그러는 동안 질리언은 버드의 넓적다리 깊숙이 쓰다듬기 시작했다. '어? 이 남자가 팬티 스타킹을 입고 있는가 보다'라고 생각한 순간에 토리란 이름을 듣고 애무하던 손을 멈추었다.

"토리가 누구예요?"

질리언이 물었다.

"토리 매드첸입니다."

"그 유명한 변태 토리 매드첸 말인가요?"

"그렇습니다."

"그는 지금 경찰에서도 찾고 있는 변태자 아니예요?"

"맞습니다. 그러나 경찰들도 영원히 그를 찾지는 못할 겁니다. 어쨌든 그때가 좋았지요. 정말 재미있는 놈이었어요. 그놈이 지금 어디 있는지 아십니까? 이스라엘의 키부츠에 두더지처럼 은신하고 있습니다. 정말입니다. 그곳에서도 그 짓을 하고 있다고 합니다. 꽃향기가 풍기는 마약을 아랍 놈들에게 팔고 있다는군요."

"그 사람이 어떤 사건에 연류되어 있었던 거 아닌가요?"

"LSD 밀매였습니다. LSD에 스패니슈 프라이를 섞어 팔아 1주일에 1만 달러의 순이익을 올리고 있었지요. 그러나 그것은 다이너마이트 같은 약이었으므로 반드시 사고가 생길 것이라고 내가 여러 번 주의를 주었지요. 그러나 놈은 눈 하나 깜짝도 하지 않았습니다. 아닌게 아니라 결국, 커퍼스 크리스티에서 그 약을 마신 여자가 소화전에 부딪쳐서 죽었고, 뉴욕에서는 젊은 녀석이 착유기에 말려들어가 천국으로 가자, 경찰들이 조사에 나섰어요. 다행히 토리의 단독범으로 처리되어 나는 안전했습니다."

팬티를 벗으면서 질리언이 일어나자, 버드의 눈은 은은한 숲속에 있는 그녀의 황금빛 삼각지대에 쏠리고 있었다. 버드의 얘기가 계속 이어졌다.

"……따라서 그놈의 사업은 자연스럽게 내게 들어왔습니다. 물론 그 장사도 할 수 있지만, 현재로선 책과 영화에만 전념하고 있습니다. 최초로 펴낸 책의 제목은 『대령의 아내』였지요. 오랜 항해를 떠나기 전에 아내에게 강아지를 사준 해군 대령에 대한 얘기입니다. 이 강아지가 8개월이 되자, 벌써 여체를 핥기 시작했습니다. 성견이 되었을 때 이 개가 무엇을 했는지는 상상에 맡기겠습니다. 그리고 또 하나는 포피에 이어링을 여섯 개나 매달고 시골을 순행하는 집시의 얘기도 썼지요."

질리언은 이미 침대 위에 큰 대자로 누워서 무의식적으로 온몸을 움직이고 있었다. 이런 질리언의 마음을 아는지 모르는지 버드의 얘기는 계속되었다.

"굉장히 큰 페니스를 가진 원숭이의 얘기도 썼지요. 그 주인은 그 원숭이를 브리지 동호회에 데리고 가서 그놈의 서비스로 기분내는 여인들로부터 돈을 뜯어낸다는 줄거리입니다."

"그만, 그만하면 됐어요."

이윽고 버드도 천천히 입고 있던 옷을 하나하나 벗어 의자에 올려놓고 알몸으로 침대 옆에 섰다.

"어서 이리 와요."

질리언이 재촉했다.

그러나 호색문학가 안젤 버드는 못박힌 듯 꼼짝도 하지 않고 그대로 서 있었다. 그러더니 갑자기 얼굴을 돌렸다.

"자, 어서 와요."

질리언이 다시 재촉했다.

버드는 떨고 있었다. 그러더니 맥없이 한마디 뱉았다.

"자신이 없어."

그가 풀죽은 목소리로 다시 말했다.

"도저히 자신이 없어."

"당신은 오줌싸개 잭이고, 나는 레이드 개가 아니예요?"

"아냐, 나는 허풍쟁이야. 질리언, 도저히 안되겠어. 당신은 아마 모를 거야. 마누라와 그것을 끊은 이래 여자를 잊어버렸어. 게다가 책을 쓰는 일과 전화만이 내 생활의 전부가 되자, 이것도 이렇게 힘을 잃고 처져 있기만 해."

질리언은 그의 마음속을 꿰뚫어보듯 그를 노려보았다. 전혀 거짓말 같지는 않았다. 그의 말대로 그것은 축 늘어져 있었다.

"이 질리가 있잖아요."

그녀는 손을 뻗어 그의 그것을 만졌다. 그러나 한물간 해삼처럼 물컹하기만 했다.

"당신답지 않군요."

"그래, 그래!"

그녀의 말을 들은 버드는 절규했다. 그리고 창가에 있던 책상을 뒤지기 시작했다.

"갑자기 무슨 일이에요?"

"연필과 종이가 있어야 해. 아까 말하지 않았어. 내가 할 수 있는 일이란 책을 쓰는 것 뿐이야."

"나를 봐요."

질리언은 흥분으로 단단해진 짙은 갈색의 유두를 내밀어 보이며 말을 이었다.

"이렇게 넓직한 종이가 여기에 있지 않아요?"

"그러나 자신이 없어. 이처럼 꼼짝도 하지 않으니, 어떻게 하겠어."

그는 계속해서 책상을 뒤졌다. 그러더니 드디어 연필을 찾아내고는 마구 흔들며 외쳤다.

"종이! 종이는 어디 있어?"

그때 질리언의 머리에 섬광처럼 스치는 것이 있었다.

"버드! 좋은 방법이 떠올랐어요."

"……."

"아주 멋진 생각이 떠올랐어요."

"그래도 가망없어."

"문제없어요, 버드. 스토리를 만들어 그것으로 연극을 하는 거예요."

"……."

버드는 아무 말없이 질리언을 쳐다보았다.

"연극을 하는 거예요."

질리언이 다시 말했다.

"어떻게?"

"글쎄요."

순간 질리언의 머리가 섬광처럼 빛났다.

"나는 암침팬지가 되고, 당신은 육중한 낙타가 되는 거예요!"

버드는 들고 있던 연필을 떨어뜨렸다. 놀란 토끼눈이었다.

"버드, 나를 봐요. 이제부터 나는 침팬지예요."

그녀는 겨드랑이 밑을 긁적거리면서 큰소리를 지르며 침팬지 흉내를 냈다. 그제야 겨우 버드도 질리언의 말을 깨닫고는 등을 구부리고 사막의 야수처럼 어슬렁어슬렁 질리언을 향해 걷기 시작했다.

"나는 낙타야! 나는 낙타다!"

질리언은 이번엔 자기 가슴을 양손을 두들기며 침팬지 흉내를 냈다. 그때 버드가 절규에 가까운 소리로 외쳤다.

"이봐! 일어섰어. 이렇게 일어섰어!"

"자! 어서……."

질리언이 날카롭게 외쳤다.

곧이어 버드가 뒤에서 그녀를 덮치면서 숨을 헐떡이며 위세 좋게 그것을 밀어넣었다. 그리고 흰색 시트 위에서 두 몸이 하나가 되어 강하고 높게 물결쳤다.

이윽고 버드의 거친 소리가 뇌성처럼 울리자, 따뜻하고 뿌연 파도가 질리언이란 항구에 두 번, 세 번 드높게 밀려왔다.

두 시간 후 버드는 킹스 네크 우체국 근처에서 질리언을 내려주었다.

"이제 나는 당신의 노예가 되었소. 다음 만날 때까지는 도저히 참을 수 없을 것 같소. 오늘부터 내 인생은 완전히 변하였소."

버드는 자신감 넘친 음성으로 계속 말을 이었다.

"이것으로 나는 새로운 남자로 태어났소. 이 경험을 토대로 신선한 영감이 떠올랐으므로 미국 호색문학의 걸작을 펴내겠소. 질리언, 내일 전화해도 괜찮겠죠?"

"그러세요. 기다리겠어요."

질리언은 차를 몰면서 그녀에게 외설적인 동작을 보이는 버드에게서 묘한 애정을 느꼈다.

이윽고 그녀는 씁쓸한 미소를 지으며 자기 차로 들어가지 않고 우체국으로 들어갔다. 그리고 전화 부스로 들어간 그녀는 목소리를 바꾸어 전화를 걸었다.

"경찰서입니까? 지금도 토리 매드첸의 끄나풀을 찾고 있습니까?"

'빌리와 질리 쇼'에서(5월 4일 방송)

질리 "당신이 말했듯이 정절은 역시 행복한 결혼의 열쇠 같아요."

빌리 "비록 고리타분한 말같지만, 틀림없는 진리일 거요. 부부 교환 클럽에 대한 기사를 보면, 인간이 한심스럽고 말세 같은 기분이 든단 말이오."

질리 "맞아요. 젊은 사람들이 그…… 섹스에 대한 얘기를 하고 있는 것을 들으면, 어쩐지 문란한 성문화를 즐기고 있는 것 같아요."

빌리 "그렇더라도 도덕적인 사람들이 당신이 생각하는 것보다 훨씬 많다는 것도 잊어서는 안돼요. 그들은 표면상 나타나지 않을 뿐이오."

질리 "그럴지도 몰라요. 얘기는 빗나가지만, 여자들의 뒤꽁무니만을 쫓아다니는 남성들에게 결함이 있는 것 같아요. 아마 자신의 남성다움에 자신이 없어서 그럴 거예요."

빌리 "당신은 훌륭한 정신분석 의사요."

질리 "그렇지도 않아요. 어쨌든 역으로 말하면, 가장 도덕적인 남성이 가장 매력적인지도 모르죠."

열두 번째 이야기
●
이웃집 남자

오후의 따사로운 햇살과 부드러운 바람이 그의 얼굴과 목을 스치고 지나갔다. 멜빈 코비는 상상의 세계로 빠져들었다. 그는 구릿빛의 우람한 육체로 일변하여 로터스 클라이맥스를 몰고 출전하고 있었다.

포뮬러 원의 엔진이 으르렁거리면서 허리까지 결리는 진동을 일으키며 돌진한다. 코너에서 다른 차들을 뒤로 빼돌리고 직선으로 달린다. 다른 차들은 자꾸자꾸 뒤로 처진다. 흥분으로 충혈된 눈빛을 반짝거리며 그를 응시하는 여성들의 햇빛에 그을린 어깨와 풍만한 가슴의 곡선에 태양은 더욱 눈부시다.

그들 중 맨 앞줄의 질리언 브레이크의 얼굴이 어른거렸다. 흰색 스타킹을 신은 날씬한 다리를 곧게 뻗고, 가슴과 히프가 하얀 원피스에 보기 좋게 싸여 있다. 그녀의 얼굴은 홍분 바로 그것이었다. 외치는 입술 사이를 핑크색 혓바닥이 숨바꼭질을 하고 있었다.

털털…… 부릉부릉.

그때 멜빈의 강력 제초기가 갑자기 멎었다. 순간 그의 백일몽은 산산조각으로 사라졌다.

'질리언!'

그는 마음속으로 외쳤다.

이윽고 제초기에서 내려 연료가 떨어졌다는 사실을 깨달은 후에도 그는 아직 홍분하고 있었다. 정원 손질은 거의 정원사에 맡기고 있었으나, 이 운전석이 있는 제초기만은 누구도 사용하지 못하게 했다. 멜빈만의 특별한 즐거움을 주는 만화경의 하나였기 때문이다. 제초기는 환상의 세계를 마음놓고 탐닉할 수 있는 쾌락을 주었던 것이다.

근시이며 곱슬머리에 배가 불룩 나온 멜빈조차도 이 제초기에만 타고 있으면 나름대로의 멋진 영상이 떠올랐다. 이것이야말로 그의 물질적인 성공을 상징하는 귀중한 존재였다.

게다가 아직 대금은 완불되어 있지는 않았으나, 반 에이커의 땅과 3만 3천 8백 50달러의 이 집을 할부로 사는 바람에 6천 달러나 더 비쌌지만 어쨌든 그는 독립된 번지를 갖고 있었다.

킹스 네크, 셀머 69번지. 이곳 일대의 분양지 소유자들이 자기 딸의 이름을 따서 셀머의 작은 거리라고 이름을 붙였지만, 이 근처에서 지배적인 비유태주의를 자극하지나 않을까 하는 의구심으로 유태인인 그는 은근히 걱정하고 있었다.

그러나 킹스 네크는 이른바 명사라는 어엿한 인간들이 살고 있는 곳으로 소문난 주거지역이다. 이런 사실이 무엇보다도 그에겐 중요했다.

지난 겨울 멜빈은 아내와 함께 마이아미 비치로 피서 아닌 피한 여행을 떠났다. 파파야 주스와 감자 쿠니슈를 즐기면서 환상의 세계에 온 듯한 기분으로 2주일을 보냈다.

게다가 '네, 저희들은 롱 아일랜드에 살고 있습니다. 킹스 네크에 집이 있어요' 라고 떳떳이 말할 수 있는 그들에게는 걸맞는 휴가였다.

킹스 네크라 하면 듣는 사람들의 눈빛이 변했다. 그들의 사회적 지위를 인정했을 뿐만 아니라 상당한 인물이라고 상상했던 것이다. 그가 킹스 네크에서도 남쪽 지구에 살고 있다는 사실은 이런 경우 결코 문제가 되지 않았다. 그 옛날 감자밭으로 2마일도 채 안되는 곳에 흑인들의 슬럼가가 있었으나 이곳 역시 킹스 네크임에는 틀림없었다.

번지만으로 당장에 지위가 변했다. 아이들을 위해서도 필요한 전시였다. 그의 아들인 데이비드는 아직 일곱 살밖에 되지 않았으나 벌써 승마 교습을 받고 있었다. 상상만 해도 가슴 벅찬 일이었다.

그런데 한 가지 난처한 일은 그의 어머니가 이런 아들의 사회적 지위에 대해 전혀 무관심하다는 사실이었다.

"어리석은 놈! 학교에서 좋은 성적을 올리는 것이 보다 훌륭한 일이지."

그의 어머니는 아직도 그가 태어나고 자란 브루클린의 허름한 아파트에서 살고 있었다. 그래도 멜빈은 효자여서 2,3주일에 한 번은 꼭 어머니에게 전화를 걸었다.

한번은 주말에 초대하여 집과 아이들을 보아 달라고 간청했으나 보기 좋게 거절당했다.

"이 녀석아, 허영 덩어리인 그곳에 나를 어떻게 소개하려고 하느냐? '나는 코비이며 이분은 어머니인 코빈스키입니다'라고 소개할 작정이냐? 그리고 염려 마라. 나는 네놈과 콧대 높고 도도한 네 처에 방해가 되고 싶진 않다. 며느리가 좋아하지 않는 곳에는 가지 않으련다. 억만 달러를 준다 해도 말이다."

도도한 며느리란 그의 아내 마너를 말하는 것이다. 그의 어머니와 마너는 견원지간 같았다.

그의 어머니는 언젠가 마너를 이렇게 혹평했다.

"유태 여자로 비계조차 절약할 줄 모르다니, 형편없는 여자로구나."

반면 마너도 만만치 않았다.

"나는 그런 궁상맞은 사람은 처음이에요. 마치 이스트 사이드의 슬럼에 사는 사람같아요."

또 마너는 이런 말까지 한 적이 있었다.

"어머니는 다만 생활을 바꾸고 싶지 않을 뿐이에요. 당신도 알고 있는 것처럼 나는 가문 같은 것에 대해 조금도 미련이 없어요. 제 성미로는 그렇게 할 수 없어요. 친정 어머니가 중국 사람처럼 마작을 하든 안하든 나는 상관치 않아요. 어머니가 순응하는 것을 싫어하고 있을 뿐이에요. 즉 어머니는 지나친 유태적 생활에 빠져 있는 거라구요."

물론 마녀는 마작을 하지 않았으나 브리지 정도는 즐겼고, 트럼프에도 열성을 다하고 있었다. 성인 학교에서는 배구 선수이며, 더욱이 킹스 네크의 컨트리 클럽 회원이기도 했다.

킹스 네크의 지역활동에 열을 쏟고 있는 아내가 멜빈은 자랑스러웠다. 그것은 그들이 이 지역사회에 융합하고 있다는 증거가 되었기 때문이다.

아내 마녀는 훌륭히 일을 잘하고 있다고 멜빈은 생각했다. 마녀 골든은 포레스트 힐스 치과의사의 딸로, 두 사람은 그로싱거 상점에서 우연히 만났다.

처음 만나던 날 밤, 두 사람은 복숭아 수프를 다 먹기도 전에 취미가 같다는 것을 발견했다. 독서, 음악, 이밖에 두 사람 모두 민주당원이었다.

따라서 그들은 만난 지 얼마 되지 않아 눈빛만으로도 서로의 마음을 읽을 수 있는 그런 사이가 되었다. 그뿐 아니라 그녀의 양친은 모두 훌륭한 사람들이었다.

그의 장모는 약간 거만스럽지만, 어쨌든 장인은 치과의사였다. 무엇보다도 골든 가는 여러 가지로 재정적 지원을 아끼지 않았다. 그렇지 않았다면 지금의 이 집은 꿈조차 꾸지 못했으리라.

그는 마녀를 사랑했고, 그가 지금과 같은 지위에 있을 수 있는 것도 그녀의 덕택이었다. 결혼 후 9년이 지난 지금도 아직 모든 면에서 불완전하지만, 최선을 다하는 것이 최고라고 서로 독려할 만큼의 젊음을 갖고 있었다.

마녀는 살갗이 약간 거무스름하고 여윈 편이었으나, 강단있게 생겼고 손님 접대가 능숙했으며 도스토예프스키나 카뮈 등을 화제 삼을 줄도 알았다.

처음 그가 그녀에게 끌린 것은 그녀의 신경질로 언제나 긴장되었기 때문이다. 빈틈없는 성격이었다. 당장이라도 폭발할 것 같으면서도 결코 그런 일은 없었다.

그러나 9년이 지났어도 두 사람의 관계는 불완전했다. 멜빈은 마이아미 비치에의 2주간의 여행에 기대를 걸었으며, 두 번째 허니문이라고 마너에게 말했다. 그러나 이 두 사람만의 여행도 결국 기대하던 성과를 거두지 못했다.

이는 아마 마너의 비키니 스타일 때문이었는지도 몰랐다. 그녀의 비키니 스타일은 마치 한겨울의 나무처럼 가냘픈 뼈만이 앙상하게 드러나보였고, 머리카락도 빳빳하여 여자로 보기에는 너무나 삭막할 정도였다.

그곳에 유난히 가슴이 큰 블론드 머리에 몸매가 날씬한 여자가 옆방에 투숙해 있었는데, 질리언 브레이크와 닮은 점이 있었다. 수영장이나 해변가, 아니면 식당에서 자주 만났다.

멜빈은 그 특유의 백일몽 속에서 이 블론드에게 자주 유혹되었는데, 특히 얼어붙은 마음도 녹일 것 같은 그녀의 그 섹스 기술은 그의 마음을 사로잡았다.

호텔방에서 아내 마너와 그 일을 하면서도 그는 이 블론드를 머릿속에 그리고 있었으나 역시 신통치 못했다. 두 사람의 결합은 집에 있을 때와 같거나 그보다도 못했다.

그의 밑에 누워 있는 마너의 몸은 부드럽지도 딱딱하지도 않았고, 두 사람은 불을 제대로 일으키지 못하고 땀만 흘릴 뿐이었다. 서로가 뜨거운 포옹과 섹스의 기쁨을 맛보지 못하고 무거운 육체적 노동에 허우적거릴 뿐이었다.

일이 끝나고 그가 백 속에 숨겨서 가져온 남성잡지를 가지고 화장실에 들어가면, 마녀가 엉엉 소리내어 우는 것 같은 착각에 빠지는 경우도 있었으나 그는 덤덤할 뿐이었다. 부부생활이 이렇 듯 불완전한 것은 그에게 원인이 있었던 것은 아니다.

그러나 두 사람은 남이 부러워할 그런 물건들을 충분히 공유하 고 있지 않느냐고 고쳐 생각해 보기도 했다. 호화로운 주택, 사랑 스런 아이들, 공통의 취미. 그렇다면 굳이 섹스를 과대평가해서 는 안되리라. 섹스가 인생의 전부는 아니니 말이다. 그래서 남성 잡지가 무해한 배출구가 되어주었다.

그는 남성잡지에서 보다 저속한 배출구를 가지고 있는 남자에 대한 기사를 읽은 적이 있었다. 회초리, 사슬, 자위 기구 등등 ……

그러나 그는 변태성욕자는 아니었고, 어엿한 변호사라는 직업 을 가진 남자였다. 뉴욕에 있는 부동산 전문의 어느 법률사무소 엘리트 직원이었다.

지난 주말 컨트리 클럽이 개최한 파티에서 질리언 브레이크가 그에게 이렇게 말했었다.

"퍽 교양이 요구되는 일이군요."

그는 이 말에 넋을 잃을 정도로 감격했다. 라디오에 출연하고 신문에 사진이 자주 나오는 질리언 브레이크가 자기를 그렇게 평 가하다니 말이다.

마녀와 그는 브레이크 부부를 킹스·네크에서 자주 만나기는 했 으나 서로 말을 나눈 적은 없었다. 그들은 유명인이므로 이쪽에

시 섣불리 말을 붙여서는 실례가 된다고 생각했기 때문이다.

그러나 파티에서의 질리언은 아주 멋진 여자였다.

멜빈에 대해서도 극히 자연스럽게 대해 주었다. 그녀의 남편인 윌리엄은 다소 거만한 면이 있었으나, 그때에는 취기가 돌고 있었던 것 같았다.

"코비라구요? 그것은 유태계 이름이지 않습니까?"

순간 멜빈은 얼굴이 화끈거리고 무척 당황했다. 목이 메어 대답이 나오지 않았다. 이런 때에 질리언이 와서 그의 손을 부드럽게 잡아주며 상냥한 목소리로 말했다.

"남편이 한 말에 너무 신경쓰지 마세요. 프린스턴 대학의 오만한 때를 아직 벗지 못하고 있어요. 스포츠 재킷을 사는 데도 지금도 대학의 구내 매점을 이용하고 있을 정도니까요."

마녀는 파티장 한쪽에서 그에게 미소를 던져주었다. 그가 질리언 브레이크와 얘기하고 있는 것을 무척 기쁘게 생각하고 있다는 모습이었다.

하이힐을 신고 있는 질리언은 그보다 약간 더 커보였다. 그래서 그녀의 몸이 바로 눈앞을 가로막고 등을 깊이 판 그린빛 드레스를 통하여 그를 손짓하고 있는 듯한 착각까지 일으킬 정도였다.

이윽고 질리언이 술잔을 놓기 위해 멜빈 앞에서 몸을 구부렸다. 순간 그녀의 향긋한 블론드 머리카락이 그의 얼굴을 스쳤다. 끈 없는 흰색 브래지어도 언뜻 눈에 들어왔다.

멜빈은 그녀와 얘기를 나누고 있는 것만으로도 무척 흥분되었다. 그러한 사실을 알고라도 있는 듯 그녀의 입술 끝에 가벼운 웃음이 물결쳤다.

그는 이렇게 자극적인 여자와는 한번도 만나본 적이 없었다. 더욱이 교양도 있었고, 실존주의자로 통하고 있었다. 게다가 그녀는 퍼드 대학에서 극동 종교론과 실존주의를 전공했다고 했다.

어쨌든 그때 그는 그녀가 다른 곳으로 자리를 옮겨간 후에도 좀처럼 아내 곁으로 가기가 싫었다.

멜빈은 제초기 탱크에 급유하고 있는 지금도 질리언을 생각하는 것만으로도 흥분되었다. 그는 때로는 침대에서 그녀를 상상하다가 자기도 모르게 몸부림치기도 했다.

그러나 이렇게 상상하는 것만으로는 서로가 결코 죄가 되지 않으리라. 이는 피가 통하고 있는 인간이라는 증거이다. 중요한 것은 그가 9년 동안 단 한 번도 아내를 배신한 일이 없다는 사실이다. 물론 화장실에서 남성잡지를 보는 것은 별 문제이지만.

이것은 인간을 상대로 하는 것이 아니기 때문에 결코 배신 행위는 아닌 것이다. '나는 마녀를 사랑하고 있다'고 그는 자주 이렇게 다짐하곤 했다. 9년간 함께 살면서 힘을 합해 이렇게까지 지위를 굳혀 온 살뜰한 아내가 아닌가.

질리언 브레이크도 언젠가 이와 같은 뜻의 말을 한 적이 있었다. 그것은 결혼생활의 확고한 기반을 구축해 주는 일상생활의 선과 악에 대한 것이었다. 그러나 그것이 질리언 자신의 일상생활이라고는 역시 믿기지 않았다.

언젠가 멜빈이 그녀가 킹스 네크에 살고 있다고 동료인 찰리 라이더에게 말하자, 그는 이렇게 말했다.

"나는 그녀의 사진을 자주 보는데, 그런 여자를 미인이라고 하는 거야. 남성 엽색가임에 틀림없어."

게다가 찰리는 멜빈이 아내에 충절을 지키고 있다는 것은 상당히 유해한 일이라고 입버릇처럼 말하곤 했다.

"자네에게 필요한 것은 바로 그런 미인이야."

"나는 그런 일은 생각조차 하지 않네."

멜빈은 단호하게 말했다.

"어리석은 사람이군. 여자를 생각만 해도 간음이 된다고 믿으니 말이야. 그것은 유태인들의 히브리적 도덕적인 사고방식의 희생물일 뿐이야."

"나는 그렇지 않다고 생각하네."

"그런 사고방식은 약한 자의 괴변이야. 요컨대 자네에겐 용기가 없는 셈이지."

"비밀을 갖는다는 것은 결코 좋은 일은 아닐세. 아내에 대해 결백하지 않으면 그런 결혼생활은 곧 파경으로 치닫게 되네."

"다시 말하겠는데, 그런 가시적 껍데기는 벗어버려야 하는 거야. 이른바 자기 실존을 찾는 것일세. 그렇게 되면 자네 아내는 전보다 더 자네를 존경하게 될걸세."

"그런 소리 말게. 나는 아내를 사랑하고 있으니까."

"이런 경우 그런 것과는 관계없는 거야."

"자네는 아직 모르네."

"사랑을 말인가?"

찰리는 코방귀를 뀌고는 말을 이었다.

"여자와 재미보는데 무슨 사랑이 필요한가. 이런 경우 사랑이란 오히려 짐이 되는 거야. 냉정해야만 돼. 사랑할 필요는 없고, 다만 서로간의 동물적 애무나 애욕이 보다 인간적인 거란 말일세."

"자네도 문제가 있는 사람이군."

"자네 같은 벽창호는 처음일세. 마음대로라면 이 주먹으로 한 대 먹이고 싶네. 그건 그렇고, 아마 자네는 '신나고 멋진 시합'을 해보지 못해서일 거야. 이것은 불성실이라든가 남편으로서의 책무와는 다른 차원의 문제지."

멜빈은 차마 말을 못했지만 찰리의 말이 옳은 것 같았다. 그 이후부터 여자를 보게 되면 그 빨간 입술에 마음이 끌리고 '신나고 멋진 시합'을 연상하려고 노력하게 되었다.

마녀의 입술은 얄팍했고 또한 솜털까지 있었다. 이에 반해 질리언 브레이크는 부드러우면서도 관능적이었다.

멜빈이 제초기의 연료 탱크를 채우고 다시 운전석에 앉으려 하는데, 전혀 뜻밖의 일이 일어났다.

"꽤 근면한 분이군요."

이렇게 말을 걸어오는 소리가 들려왔다. 힐끗 보니 질리언 브레이크였다.

멜빈은 제초기에서 내렸으나 마치 자신이 꿈을 꾸고 있는 것만 같았다. 그리고 질리언이 자기 쪽으로 걸어오는 것을 보고는 온몸이 흥분으로 떨려왔다.

그녀는 몸에 꽉 끼는 흰색 져지 셔츠를 입고 역시 희고 밑이 좁은 슬랙스를 입고 있었다. 몸에 착 달라붙어 있는 슬랙스는 질리언이 걸을 때마다 그녀의 삼각지대를 유난히 돋보이게 했다.

멜빈은 자신의 몸이 그녀의 몸 속으로 빨려 들어가는 듯한 착각을 느꼈다.

"제가 그렇게 예뻐 보이나요?"

"옛?"

"제가 민망할 정도로 쳐다보시니 말이에요."

"그게…… 아닙니다. 실례했습니다."

멜빈은 자신도 모르게 더듬거렸다.

"상관없어요. 당신이 순진하다는 증거예요."

"넷? 글쎄요. 어쨌든 부인은 더할 수 없이 매력적으로 보입니다."

"너무 긴장하지 마세요. 그저 질리라고 부르세요."

"지, 지, 질리!"

"그렇게 부르니 아주 듣기 좋군요. 오늘은 자선사업을 위해서 작은 일을 하고 있어요. 흔히 있는 자선사업이에요. 조발성 백치증을 위한 모금운동이죠."

멜빈은 그녀의 말뜻을 알아듣지 못하고 그저 멍청히 서 있기만 했다.

"농담이에요. 사실은 이상심리 연구협회의 모금이에요."

"그러십니까. 그런데 마녀는, 아니 집사람은 지금 외출중입니다. 미용실에 갔습니다."

"부인이 아니시더라도 상관없어요. 당신이 직접 기부하시면 더욱 영광스럽겠네요."

"그렇다면 저도 영광입니다. 네, 확실히 저…… 죄송합니다. 오늘은 제대로 말이 나오지 않습니다. 제초기에 연료 따위를 넣는 일을 하다 보니……."

"이제 알았어요."

질리언은 그에게 살짝 웃어보이더니 그의 집을 향해 걸어갔다. 그도 그녀의 뒤를 따라갔다. 몸에 착 달라붙은 슬랙스에 감싸인 그녀의 탄력 있는 히프가 그의 눈을 어지럽혔다.

이윽고 그가 수표장을 가지고 오자, 그녀는 거실의 응접 소파에 앉아 있었다. 언제나 지니고 있던 성적인 환상이 돌연 현실로 된 것에 그는 어리둥절했다.

"정말 좋은 집이군요."

"바깥주인과 함께 저희 파티에 참석해 주십시오. 곧 개최할까 합니다."

"윌리엄에 대해서는 말씀 마세요. 그가 있으면 또다시 흥이 깨질지도 몰라요."

그는 수표에 떨리는 손으로 25달러나 썼다. 자선에 5달러 이상 기부한 적이 없는 그였지만, 그날은 그만한 가치가 있었다.

"도움이 되어 퍽 기쁩니다."

그가 웃으며 말했다.

질리언은 소파에 기대앉아 엷은 미소를 띄웠다.

"지난 컨트리 클럽 파티 때에는 정말 감격했습니다."

또 그가 웃으며 말했다.

"한잔 주시지 않겠어요?"

"깜박 잊었습니다. 물론…… 드려야지요."

이미 그의 음성은 흥분으로 떨려 있었다. 그가 말을 이었다.

"참, 무엇을 드시겠습니까?"

"마티니를 주세요. 좀 진하게요. 레몬도 잊지 말고요."

멜빈은 허겁지겁 주방으로 달려가서 마티니를 준비했다. 그리고 질리언과 자기의 마티니를 각각 만들어 가져왔다.

질리언은 의자를 두드리며 멜빈에게 그곳에 앉으라고 권했다.

"건배!"

이윽고 두 사람은 글라스를 가볍게 부딪쳤다. 멜빈은 한 모금 마셨다. 너무 독했으나 그대로 주욱 들이켰다. 다행히 비피터 진이 있었던 것이다. 이것은 최고의 품질이라고들 했다. 질리언 브레이크처럼 세련된 사람이라면 이 맛을 알 수 있으리라.

"파티 때 꼭 바깥주인과 함께 방문해 주십시오."

"그런 고리타분한 얘기는 이제 그만두세요. 기분 잡치겠어요."

"그래도 바깥주인께서는 너무 근사한 남성인 것 같습니다."

"멜빈, 당신이 훨씬 더 근사해요."

마티니는 곧 멜빈의 온몸에 번졌다.

"칵테일 솜씨가 대단하군요."

"정말입니까?"

그녀는 그의 목덜미 쪽으로 손을 돌렸다.

"당신과 같은 남성과 결혼했어야 했어요. 영리한 유태 도령님!"

"네, 맞습니다."

그는 이 마티니가 굉장히 효능이 있다고 생각했다. 그가 말을 이었다.

"아주 영리한 유태 도령입니다. 영리한 유태 도령은 훌륭한 남편이 된다고 합니다."

"그럴 듯한 말이에요. 뿐만 아니라 애인으로서도 아주 멋져요."

그는 흐뭇한 미소를 지었다. 그러자 질리언이 한쪽 눈을 깜박 감았다. 윙크였다.

"당신, 정말 매력 있는 남성이에요."

"그런데 말입니다."

그는 그녀가 바로 옆에 있다는 것과 강한 마티니 덕분으로 그의 심장은 점점 두꺼워져 갔다.

"저는 당신 같은 미인은 정말 처음입니다."

"제 남편은 저에게 그런 칭찬을 한번도 해준 적이 없어요."

"그렇다면 섭섭하시겠습니다."

그는 질리언 같은 여자가 어떻게 하여 윌리엄 같은 얼간이와 결혼했는지가 이상했다. 그가 말을 이었다.

"당신은 놀랄 정도로 아름답습니다."

질리언의 손이 어느 틈인가 그의 손목을 애무하고 있었다.

"당신도 정말 멋져요."

"아닙니다, 당신이 훨씬……."

"멜빈……."

그의 손목을 쓰다듬으며 질리언이 말을 이었다.

"개인적인 질문을 해도 괜찮겠어요?"

"무엇이든 물어보십시오."

"부인을 배반한 일이 있어요?"

순간 멜빈의 얼굴이 갑자기 붉어졌다.

"넷? 저……."

"없겠지요, 절대로?"

그는 진실을 토해 냈다.

"네, 없습니다."

"정말이에요?"

"하늘을 두고 맹세합니다."

"참말이에요?"

"네, 맹세코 없습니다. 저는 아내를 더없이 누구보다도 사랑하고 있습니다."

"그렇군요. 그래도 한두 번 정도는 속인 일은 있었겠지요?"

"절대로 없다고 말하지 않았습니까?"

"그렇다면 이상하군요."

"아마 당신의 눈에는 저 같은 사람은 얼빠진 사람처럼 보일 것입니다."

"그렇지 않아요. 오히려 당신이 사랑스러워요. 그런데 왜 그래요? 부인이 무서워서요?"

"그렇지 않습니다. 특별한 이유가 있어서가 아닙니다. 그러나 그런 일이 결코 좋다고는 생각되지 않으며, 또한 피차간 비밀을 갖는다는 것은 좋지 않다고 봅니다."

"정말 당신은 훌륭한 분이군요."

그러나 이미 마티니가 멜빈의 감각을 마비시키고 있었다. 지금부터 일어날 일이 어떤 것이든 그것이 그의 마음에 어떠한 영향을 미치지도 않을 것이며, 쇼크조차 받지 않을 일이라고 의식적으로 단정하고 있을 뿐이었다.

그러나 신체의 반응만은 정상적이었고, 그녀의 손이 그의 손목을 쓰다듬고 있을 때부터 그의 그 부분은 팽팽해져 있었다.

"안경 좀 벗어요."

질리언이 말했다.

그는 곧 그녀의 말을 따랐다.

"안경을 벗으니 당신의 눈은 훨씬 더 감수성이 예민하게 보여요. 당신의 마음을 그대로 보여주는 것 같아요."

부릉 부릉, 부릉…….

"마녀가 왔군!"

순간 그의 얼굴이 심하게 일그러졌다. 차도로 들어오는 차소리가 들린 것이다.

"좋은 기회가 아니예요?"

갑자기 질리언이 그를 껴안았다. 순간 멜빈의 얼굴이 그녀의 얼굴을 덮으며 입술을 더듬었다. 질리언이 그의 손을 자기의 부드러운 앞가슴에 올려놓았다. 그가 꿈에 그리던 그 부드러운 봉오리가 그의 손 안에서 숨쉬고 있었다.

"질리! 질리!"

그의 뜨거운 신음소리가 들렸다.

그러나 마녀가 현관 앞에 이르렀을 무렵, 질리언은 그를 조용히 떠밀어내고 있었다.

"도령님! 이 귀여운 도령님!"

멜빈은 그 후 어떤 일이 있었는지 기억이 멍했다. 그저 허탈할 따름이었다. 질리언이 마녀에게 이렇게 말했다.

"기부금 모금 때문에 잠깐 들렀더니, 바깥주인께서 한잔 권하는 바람에……."

마녀는 질리언이 자기 집에 있다는 것이 언짢았다.

"질리언에게 술까지 권할 수 있는 감각이 당신에게 있었다니, 정말 놀라운 일이군요."

그녀는 조롱하듯 말하고 소리내어 웃고는 말을 이었다.

"당신, 좀 취한 것 같아요. 조심해야겠어요. 원래 당신은 술에 약하잖아요."

그리고는 그에게 질리언과 무슨 얘기를 했느냐고 물었다. 멜빈은 킹스 네크에 관한 것과 질리언의 라디오 쇼에 대한 얘기를 했다고 대답했다.

그날 밤, 멜빈은 질리언 브레이크를 머릿속에 그리면서 혼신의 힘을 다해 마녀를 공격했다. 그러나 마녀는 마치 넘어진 망부석처럼 무표정했다. 그는 절정에 이른 듯한 신음소리를 내며 '당신을 사랑하오'라고 말하고는 모든 것을 끝낸 다음 황급히 모던 바스트라는 남성잡지를 들고 화장실로 뛰어 들어갔다.

이윽고 그는 다시 침대로 돌아왔다. 아직까지 마녀는 눈을 뜨고 있었다.

"솔직히 당신은 만족하지 않았지요?"

"아냐, 나는 당신을 사랑해."

그는 이렇게 말했지만, 그의 머릿속에는 질리언의 환상으로 가득 차 있었다.

그는 지금도 몸에 꽉 끼는 흰색 져지 셔츠 밑에서 숨쉬고 있던, 그녀의 부드럽던 젖가슴의 감촉이 손끝에 짜릿하게 남아 있는 듯했다. 그러나 그는 그것을 요구할 수 없었다. 순간 그는 이렇게 생각하는 것만도 큰 죄악이라는 생각이 들었다.

'자제심을 잃은 것은 순전히 그 마티니 때문이야. 그리고 질리언이 나를 유혹한 거야. 그러나 그 감촉, 키스했을 때의 그 황홀함은 영원히 잊지 못할 것 같아. 그렇더라도 키스한 것만으로도 나는 아내를 배신한 것이 아닌가.'

멜빈은 전전긍긍 뜬눈으로 밤을 지새웠다. 질리언에 대한 환상과 공상으로 잠을 설친 것이다. 브래지어와 팬티만을 걸친 질리언, 누드 모습의 질리언, 자기 밑에서 뜨겁게 온몸을 비꼬는 질리언, 카펫 위에서 한몸이 되어 뒹구는 자신과 질리언, 자기를 그 부드러운 앞가슴으로 지그시 누르는 질리언.

'오오! 질리, 질리, 질리!'

두 사람은 달빛어린 바다가 내려다보이는 발코니에 서 있었는데, 왠지 질리언이 그 뽀얀 앞가슴을 내놓고 가는 손가락으로 귀엽게 튀어나온 유두를 만지작거리고 있다. 또한 낯선 중국의 도시 상해 뒷골목을 인력거로 달리며 즐기는 두 사람. 숨소리조차 들리지 않는 밤을 달리는 기차 안에서 뜨거운 포옹으로 지새는 두 사람, 백사장에 누워 출렁이는 파도소리를 즐기는 두 사람. 질리언이 그에게 속삭인다.

"멜빈, 불쌍해요. 당신은 아직도 최고의 환희를 맛보지 못했으니."

"그렇지 않아. 마녀에게 물어봐."

"마녀에게요?"

환상 속의 질리언 브레이크가 큰소리로 웃는다.

"마녀는 그것이 불가능해요."

다음날은 일요일이었다. 질리언의 일로 멜빈은 죄의식에 사로잡혔다. 그러나 마녀에게는 이런 사실을 섣불리 고백할 수는 없었다.

그는 이 죄의식을 한평생 마음속에 간직한 채 살아야 한다고 생각하니 괴로웠다. 마녀에게는 무엇이든 말하는 것이 그의 습관이지 않은가. 그러므로 비록 하찮은 일로서도 죄의식을 느끼게 되면 그는 의기소침해지는 것이다.

그러나 멜빈은 마녀에게만은 친절하게 대해 주어야 한다고 생각하면서도 알 수 없는 불만 같은 것이 순간순간 고개를 드는 것은 어쩔 수가 없었다. 언제부터인가, 그녀에 대한 그의 따뜻한 사랑도 얼음처럼 식어 있었다.

한편 마녀는 그녀대로 마음이 복잡했다. 더욱더 앙칼지게 신경질을 부리는 일이 많아졌다. 그리고 그의 이런 변화의 이유를 끈덕지게 추궁했다. 그러는 중에 멜빈의 감정도 그 정점에 이르렀다. 마침내 멜빈의 손이 마녀 얼굴에서 번쩍 춤을 춘 것이다.

"이제는 사람까지 치는군요. 악마가 씌워도 단단히 씌웠군요!"

그날 두 사람은 안마당에 있었다. 5월의 햇살이 따사로웠으나, 멜빈은 머리가 아팠다.

'질리언은 무엇을 하고 있을까? 이렇게 그녀와 둘이 앉아 있으면 얼마나 좋을까? 질리, 질리!'

그는 이런 생각을 하면서도 마녀를 보면서 애써 웃음을 지으며 말했다.

"내가 잘못했어, 여보. 미안해요."

"나도 좀 지나친 것 같았어요. 오히려 내가 잘못했어요."

"아냐, 그렇지 않아."

멜빈은 입으로는 이렇게 말했으나, 마음속에서는 정반대의 생각을 하고 있었다.

'젠장!'

마녀는 어제 질리언이 입고 있던 것과 똑같은 옷을 입고 있었는데, 멜빈이 보기에는 꼭 들판에 서 있는 허수아비에 옷을 걸쳐 놓은 것처럼 보였다.

멜빈은 일어나서 집안으로 들어갔다.

"나, 샤워 좀 하겠어."

멜빈은 사무실에 멍하니 앉아 있었다. 그때 전화가 걸려왔다.

"저, 질리예요."

"토요일은 실례했습니다. 제가 그만……."

"즐거웠어요."

"저도 즐거웠습니다. 그러나 제가 말씀드리고 싶은 것은, 그게 ……."

"아무 말씀 마세요, 지금은. 우리 점심시간에 얘기해요."

"그게 아닙니다, 즉……."

"저를 민망하게 만드시는군요, 멜빈."

그리고 그녀는 50번가의 레스토랑을 지정했다.

두 사람이 점심을 약속한 곳은 프렌치 레스토랑이었다. 야채까지도 입 안에서 살살 녹는 것 같은 감미로움이 분위기를 더해 주었다.

멜빈은 질리언과 함께 있으면 마치 억만장자가 된 듯한 기분이 들었다. 다른 테이블의 남자들이 자기를 부러운 눈으로 바라보고 있는 듯했기 때문이다.

"앞으로는 만날 수가 없습니다."

멜빈이 먼저 말을 꺼냈다.

"갑자기 무슨 말이에요?"

"당신은 이해 못하실 것입니다. 제 머릿속을 이렇게 가득 채우고, 제 가슴을 애태우게 하는 사람은 정말 처음입니다."

"그렇다면 문제는 없겠네요."

"저를 얼간이라고 생각하실지 모르겠지만, 그 일로 인해서 저는 아내에게 고개를 제대로 들지 못합니다."

"그렇다면 당신은 부인에게도 그 일을 해드리지 못하겠군요."

멜빈은 떨고 있었다. 새우튀김을 주문했으나 아무 맛도 느끼지 못했다. 오직 질리언이 오늘은 심플한 검정 드레스에 진주 목걸이를 하고 있다는 모습만이 눈에 띄었다.

또한 잔에 차 있는 브랜디 메리를 겨우 비우고 더듬거리며 말을 했으나 생각과는 다른 말이 튀어나오곤 했다. 그러나 그의 눈은 질리언에게서 떨어지지 않았다. 질리언은 주문한 달팽이 요리를 즐기고 있었다.

그녀를 바래다 주는 택시 속에서 멜빈은 자기가 말했던 것을 잊고 한 번만 더 만나자고 했다. 그러나 그녀는 다만 잔잔한 미소를 띄우고 있을 뿐이었다.

그는 갑자기 손을 질리언의 무릎에서부터 강하게 누르면서 점점 위로 더듬어 올라갔다.

이윽고 두 사람은 미친 듯이 껴안고는 서로 뜨거운 애무를 했다. 택시 운전수가 백미러로 뒷좌석을 힐끔 보았다. 멜빈이 브랜디 메리를 마시지 않았더라면 그런 용기를 내지 못했으리라.

그날 밤 멜빈은 전날보다 더 열에 들떴다. 질리언도 이제 그가 마음속에 깊이 자리잡고 있었다.

한편 마녀는 더없이 운이 없는 날이었다. 컨트리 클럽의 임원 선거에서 낙선되었고, 가정부가 병으로 고향에 내려갔으며 아들 데이비드가 학교에서 말썽까지 일으켰다.

"당신이 데이비드를 타일러 주세요."

마녀가 계속 투덜댔다.

"당신은 데이비드의 아버지잖아요."

"여보, 오늘은 사무실에서 너무 일 때문에 시달렸어요."

멜빈은 짜증 섞인 목소리로 말했다.

"나는 편안하다는 말인가요? 이 집안을 혼자 치우는 일이 아주 쉬운 일처럼 생각하는군요."

"그래도 당신은 그렇게 집안일을 해야만 건강에도 좋을 거야. 언제나 얼굴을 찡그리고 신경을 곤두세우고 있으니 말이오."

"내게 설교를 하실 작정이에요? 그렇다면 당신은 어째서 요즈음 내 말을 전혀 듣지 않지요?"

"여보, 제발 날 좀 편히 쉬게 할 수 없소?"

"좋아요. 이젠 내게 관심조차 갖지 않을 작정이군요."

마녀는 그를 바라보면서 조금은 누그러뜨리며 말을 이었다.

"내가 너무 신경과민해 잔소리한 것은 인정해요. 그렇더라도 당신의 요즘 행동이 눈에 띄게 수상하게 보여요."

"입 좀 다물지 못하겠어? 내게서 당장 꺼져!"

갑자기 멜빈이 소리쳤다.

"여보, 당신 돌았구려!"

"그래, 돌았어! 이 마귀야!"

마녀는 급기야 울음을 터뜨리고 2층으로 뛰어 올라갔다. 그리고 멜빈은 그날 밤 오락실의 소파에서 지냈다.

'질리, 질리!'

멜빈은 그녀와 관계를 갖고 싶었으나 그럴 수는 없었다. 그것이 죄가 되기 때문이었다. 어떻게 생각하더라도 그 일만큼은 도덕에 반하는 짓이리라.

그는 훌륭한 유태교 집안에서 유태교도로 성장했다. 어찌 질리언과 동침을 할 수 있겠는가.

그는 갑자기 아내 마녀가 불쌍해졌다. 그는 진정 마녀를 사랑하고 있으며, 현재 두 사람은 남부럽지 않게 행복한 삶을 살고 있지 않은가.

다음날 아침, 멜빈은 사무실에서 질리언에게 전화를 걸었다.

"당신을 꼭 만나야 하겠습니다. 오늘부터 당신과 교제를 단절해야 할 이유를 설명해야겠습니다."

"굳이 구차한 설명을 하실 필요는 없어요. 당신이 하고 싶다고 스스로 인정하고 있는 것을 실행하면 그만이니까요."

질리언의 음성이 수화기를 통해 들려왔다.

"그게 아닙니다. 나는 도저히 불가능합니다. 아내를 배신할 수는 없으니까요."

"아주 기특하군요."

그녀가 말을 이었다.

"그렇다면 조용히 제게서 물러서도록 해요."

"질리, 질리!"

멜빈이 외쳤다.

"저, 한 시간 내로 킹스 네크로 돌아갈 거예요. 그러니 곧장 우리집으로 와요. 멜빈, 마음의 문을 활짝 열어보세요. 그리고 당신 자신을 찾는 거예요. 지금 당신은 참된 기쁨을 갈망하고 있잖아요."

전화를 끊은 멜빈은 몽유병자처럼 킹스 네크로 향했다. 그러나 그녀에게로 가기 위해 차를 탈 무렵에는 긴장감으로 온몸이 떨렸다.

이윽고 마음을 다잡고 시속 70마일로 그녀의 집까지 달려간 그를 그녀는 거실에서 기다리고 있었다.

그녀는 욕망의 화신처럼 투명한 잠옷을 걸치고 부드러운 머리카락을 어깨까지 늘어뜨리고 있었고, 거실 안은 향수 냄새로 가득 차 있었다. 질리언은 섹스 그 자체로 이미 변신해 있었다. 멜빈이 지금까지 그리던 환상이 집약되어 믿을 수 없을 정도의 결정체로 응결되어 있었던 것이다.

순간 그녀를 바라보는 멜빈의 눈이 이글거렸고, 얼굴은 그 열기로 붉게 물들었으며 손은 경련까지 일으켰다. 그러나 '안돼!' 하고 외치는 소리가 그의 마음 한구석에서 울려퍼졌다.

멜빈은 심장의 고동소리가 점점 빨라짐을 느꼈다. 그에 따라 투명한 잠옷 속에 솟아오른 그녀의 젖가슴이 위아래로 크게 물결쳤다. 게다가 불을 토할 것 같은 그녀의 눈이 그를 녹이듯 지켜보았고, 그녀의 핑크빛 혀가 입술을 핥고 있었다.

"귀여운 내 사랑. 자, 어서 와요."

그녀의 음성에는 도발적인 색정이 넘실거렸다.

"싫소!"

그의 거친 음성이 떨리듯 계속 흘러나왔다.

"안돼!"

질리언은 그를 지켜보면서 천천히 자기의 잠옷을 벗었다. 그리고 그대로 그 자리에 우뚝 섰다.

멜빈은 검정 레이스의 브래지어와 팬티에 압도되어 씩씩거리며 떨고 있었다.

"절대로 안하겠어, 절대로!"

동물의 신음소리 같은 괴성이었다.

질리언은 푹신한 푸른 카펫 위에서 탄력 있는 부드러운 육체를 방심한 사람처럼 나긋하게 비비꼬았다. 그러면서 우선 브래지어를, 그리고는 천천히 팬티를 내렸다.

"제발 부탁이오."

멜빈이 미친 듯이 애원했다.

그녀의 눈은 반쯤 감겨 있었으나, 더욱더 몸의 율동을 크게 하면서 그에게 다가섰다.

"그것만은 안돼!"

이제 멜빈은 절규했다.

그녀는 멜빈 앞에 정면으로 섰다. 양손이 핑크색으로 물든 젖가슴을 지그시 덮고 있었으나 중심부는 전후로 크게 물결쳤고, 중앙에 있는 황금빛 숲이 그를 유혹하듯 넘실거리고 있었다.

"노!"

그녀의 손이 슬며시 올라가더니 눈깜짝할 사이에 그의 지퍼를 내렸다.

"자, 기회는 이번 뿐이에요. 어서!"

그녀는 정겹게 속삭이면서 뜨겁게 달아오른 그의 물건을 손으로 애무하기 시작했다.

"노! 나는 아내를 사랑하고 있어."

그는 허둥지둥 있는 힘을 다해 필사적으로 자기 차로 되돌아왔다. 그는 울고 있었다. 집을 향해 차를 몰고 있는 그의 난마처럼 헝클어진 머릿속은 용광로와 같았다. 집안으로 뛰어들어간 후에도 그의 신음소리는 계속 흘러나왔다. 헝클어진 머리카락, 벌려진 앞가슴, 충혈된 눈, 그는 마치 요괴같았다.

그때 마녀는 난로 앞에 앉아 있었다.

"당신이에요? 좀 마음이 진정되었어요? 아직까지 가정부는 돌아오지 않았고, 데이비드는 넘어져 다리를 다치고……."

그때서야 비로소 그의 모습이 그녀의 눈에 들어왔다.

"당신, 도대체 어떻게 된 거예요?"

멜빈은 흠칫 걸음을 멈추고 아내를 노려보았다. 스토브의 열로 땀이 솟은 그녀는 안경 너머로 그의 이상한 모습을 물끄러미 쳐다보다가 소리를 내질렀다.

"그것 뭐예요? 바지의 지퍼를 올려요!"

딱! 순간 그의 머릿속에서 무엇인가가 부러졌다. 그리고 기괴한 소리가 온 집안에 울려퍼졌다.

"너 따위는 지옥에나 떨어져!"

그는 미친 듯이 외쳤다. 그리고 강렬한 펀치가 마녀의 입언저리에서 춤을 추기 시작했다.

셀머 골목 안 사람들이 비명을 듣고 경찰을 불렀다. 그리고 제각기 자기 집 앞에서 웅성거리며 달려오는 패트롤 카를 지켜보았다. 이어 구급차가 달려왔다.

잠시 후, 피투성이가 되고 거의 정신을 잃은 마녀 코비와 수갑을 찬 멜빈 코비를 태우고 그 차는 오던 길로 되돌아갔다.

'빌리와 질리 쇼'에서(6월 5일 방송)
질리 "금주의 타임지에 게재된 호모에 관한 기사를 읽어보았어요?"
빌리 "읽었소. 이 미국에서도 전염병처럼 호모가 증가하고 있다고 하더군요. 놀라지 않을 수 없소."
질리 "어린이에 대한 교육을 심각하게 생각해야 될 것 같아요. 그런 경향은 어렸을 때부터 싹이 튼다고 하는데……."
빌리 "그렇소, 그것도 일종의 질환이라 할 수 있소. 그러므로 병을 고치는 마음으로 치료를 해야겠죠."
질리 "아직도 올바른 치료법을 발견하지 못하고 있는 것 같아요."

열세 번째 이야기
●
육체의 벤치

그날은 몹시 무더웠다. 먹구름이 무겁게 덮여 있어서 하늘만 보아도 숨이 막혔다. 그레이트 사운드 만을 오르내리는 페리 호의 손님들도 더위에 넋을 잃을 정도였다.

우일로비 마틴은 담배에 불을 붙였다.

'젠장! 이렇게 무덥고 땀이 흐르니, 화장도 하나마나군.'

블론드에 잿빛이 감도는 머리카락을 쓸어올리며 우일로비는 어떻게 하면 행크와 멋지게 지낼 수 있을까를 곰곰이 생각하고 있었다. 잔뜩 저기압 상태에 있는 행크와 파이어 섬에서 1주일을 함께 지낸다는 것은 아무래도 마음이 내키지 않았다.

연인 사이인 두 사람은 사소한 일로 심한 말다툼을 했으나, 그 원인을 우일로비는 확실히 몰랐다.

'신혼시절도 아닌데, 도대체 이게 무슨 일이람!'

빼빼 마른 큰 키에 매부리코인 행크는 우일로비와 2년간이나 함께 살았다. 뉴욕의 동성연애자 그룹에서도 이상적인 커플로 소문난 두 사람이었다. 더욱이 킹스 네크의 이웃 사람들도 그들을 반갑게 맞아주어 이 지역에서는 베드 호모로 알려져 있었다.

두 사람이 처음 만난 곳은 파이어 섬이었다. 두 사람 모두 1주일간의 휴양과 함께 쾌락을 찾아서 체리 글로브에 온 것이었다.

이곳은 연인을 구하는 데는 안성맞춤의 장소였다. 남자들 중에는 기혼자도 있었으나, 이곳에서는 연속적 관계가 아닌 일시적인 섹스가 목적이었으므로 서로가 부담없이 한정된 휴양 기간을 즐길 수 있었다.

그런데 우일로비는 기혼 남성들은 안중에도 두지 않았다. 이들은 대개 양다리 걸치기가 아니면, 완전한 호모인 데도 세상을 속이기 위해서 결혼하고 있는 불쌍한 남자들이었다.

우일로비의 성은 그러한 양립 상태를 허락치 않았다. 그래서 여자 꽁무니를 따라다니는 남자들을 이해하지 못했고, 그의 눈에는 여자가 섹시하게 보이지 않았다.

그는 여자들과 어울려 다니는 것은 싫지 않았으나 함께 침대로 들어가는 것은 질색이었다. 호모를 병이라고 떠들고 다니는 사람들의 심정을 이해할 수도 없었다. 정신과 의사가 수입을 올리기 위해서 고안해 낸 묘안이라는 생각이 지배적이었다.

세상에 태어난 이래 지금껏 감기 한번 앓아본 적이 없는 그였다. 다만 호모가 좋아서 호모를 즐길 뿐이다. 이렇듯 건강한 것도 그 때문인지도 모른다. 거슬러 올라가면 그리스의 철학자들 중에도 호모는 있었다지 않는가.

어쨌든 그는 어느 술집에서 당시 유행하고 있던 마디슨이라는 춤을 추고 있을 때 행크와 만났던 것이다. 기억으로는 자기 외에 남자가 20명, 남장을 한 레스비언이 3명 있었던 것 같았다.

마디슨의 좋은 점은 서로 부둥켜안고 춤을 추지 않고 남자들끼리 춤을 출 수 있다는 점이다. 이 지역을 순찰하는 경찰은 체리글로브에 대해 방관정책을 취하고 있었는데, 공공연히 질서를 어지럽히지 않는 한 크게 간섭하지 않았다.

행크와 만난 밤은 믿을 수 없을 정도로 황홀한 밤이었다. 우일로비는 보풀이 그려진 오렌지색 셔츠와 가랑이 부분에 풀솜을 넣어 부풀어오르게 한 끝이 좁은 슬랙스를 입고 있던 것을 지금도 생생히 기억하고 있을 정도였다.

행크는 평범한 흰색 스포츠 셔츠에 회색 바지를 입고 있었으나 그의 마른, 그러나 골격형의 체구에 우일로비는 매력을 느꼈다.

실내장식가인 우일로비와 컴퓨터 프로그래머인 행크는 모두 호모 옹호협회 기관지를 구독하고 있었지만, 이밖에 많은 공통점을 가지고 있다는 것을 후에 알게 되었다. 두 사람 모두 미술, 연극, 독서, 요리, 승마, 음악을 즐겼다.

그날 밤, 그들은 당연히 같은 침대에서 잤지만, 그것은 황홀한 경험이었다. 지금까지 경험해 보지 못한 깊이가 있었고, 남다른 의미를 지니고 있었다. 어둠에 싸인 하룻밤의 정교를 즐기기 위해 사용하는 '육체의 벤치'가 주는 무의미한 육체적 접촉과는 거리가 먼 아름다운 경험이었다.

그 후 두 사람은 함께 살기 시작했다. 처음에는 맨해튼의 아파트에서 동거하고 있었으나, 젊은 커플답게 교외로 옮기기로 했다. 킹스 네크가 마음에 들었다. 이곳은 아직 말쑥하게 정리되지는 않았으나 아늑하게 보였고, 더욱 마음을 기쁘게 한 것은 두 사람이 호모라는 것을 전혀 문제로 삼지 않았다.

"우리들이 이렇게 킹스 네크에서 살게 된 것은 호모 공인의 선구자 구실을 하고 있다는 증거야."

행크가 농담까지 하며 좋아했다.

실제로 이웃 사람들 중에는 이곳에 호모 커플이 살고 있다는 것을 자랑으로 삼고 있는 사람들이 있다고 우일로비는 확신하고 있었다. 킹스 네크의 품격이 올라간다는 것이다.

따라서 그들은 자주 파티에도 초대되었으며, 그 답례로 자기 집에서도 손님들을 초청하여 파티를 열기도 했다. 최근에 우일로비는 컨트리 클럽에 입회하려고까지 마음먹고 있었다.

이윽고 호모가 아닌 친구가 초대해 준 데비스 파크에 가까워질 무렵, 우일로비는 주위를 둘러보았다. 행크는 배의 선미에 있는 것 같았다.

우일로비는 짙은 선글라스를 쓰고 경쾌한 복장을 하고 있는 젊은 남자들과 바스켓, 슈트케이스, 쇼핑백 등을 들고 있는 여자들에게 둘러싸여 있었다. 쇼핑백에는 대개 콘 프레이크와 진이 들어 있었다.

여자들은 이스트 사이드의 아파트에 살고 있는 젊은 직장 여성이 대부분으로, 모두 한결같이 진한 화장을 하고 몸에 착 달라붙은 흰색 슬랙스 아니면 평범한 판탈롱을 입고 있었다.

그런데 그가 질리언 브레이크를 볼 수 있었던 것은 이런 규격

품 같은 젊은 여성들 덕분이었다. 그만큼 질리언은 눈에 확 들어오는 존재였다.

우일로비는 질리언을 전혀 모르지는 않았다. 시내나 킹스 네크의 파티에서 남편과 함께 참석하는 그녀를 몇 번 본 적이 있었다. 이들 부부는 밑빠진 상식적인 사람이지만, 질리언에게만은 그래도 호감이 갔다. 여자로서 그녀는 아름다웠고, 그녀에게는 어딘지 모르게 나긋나긋하고 사람을 끄는 아련한 성적 매력이 깃들어 있었다.

그때 질리언도 그의 존재를 깨닫고 오라는 손짓을 했다.

"당신을 만나서 숨통이 조금은 트이는 것 같습니다. 모두가 그렇고 그런 사람들 뿐이어서……."

"저도 같아요. 혈안이 되어 상대를 찾아 헤매이는 헌트들이니 말이에요. 그런데 당신은 어떻게 이런 곳에?"

"행크와 몇 명의 친구들과 함께 왔습니다. 오늘만큼은 마음껏 즐기렵니다. 오랫동안 시크시슈에 참석하지 못했거든요."

"저도 마찬가지예요. 종종 그런 쾌락은 필요해요."

질리언이 대답했다.

우일로비가 막연하게 웃었다.

시크시슈는 재미있는 관습이었다. 파이어 섬으로, 특히 데비스 파크로 휴가차 오는 독신 남녀가 함께 어울려 즐기는 의식으로, 손님들이 자기가 먹을 음식은 각자 자신이 준비하는 이브닝 칵테일 파티를 말한다.

마티니를 가득 넣은 마요네즈를 가지고 오는 남자들이 있는가 하면, 버번이 가득 찬 계량컵을 수없이 가지고 오는 여자도 있었다. 이렇게 하여 사람들은 가장 흥을 돋우는 집단으로 모이게 되고, 바닥이 높은 집에 난입하여 서로 어울리며 친구가 된다. 이때 성은 묻지 않고 다만 이름과 직업만을 서로 알린다. 그러나 보통의 샐러리맨이나 직업 여성이라도 카피라이터라든가 텔레비전의 디렉터라고 직업을 속이는 사람들도 간혹 있었다.

결국 상대를 골라 하룻밤을 즐기지만 자기가 묵고 있는 집에 같이 살고 있는 사람과는 절대로 즐기지 않는 것이 하나의 관례로 되어 있었다.

여름 한철, 집 한 채를 빌려 여러 쌍이 함께 보내지만 비용, 요리, 청소 등은 각자가 공평하게 분담했다. 그러므로 동숙인끼리 동침하면 반드시 말썽이 생겼다. 족외혼(族外婚)이란 원칙은 상당히 현실적이라고 우일로비는 생각했다.

파이어 섬 전체는 문화인류 학자가 좋아할 수 있는 곳이기도 했다. 각 지구가 어느 정도 서로 성격을 달리하고 있기 때문이다. 오션 지구는 긴밀한 구성체로 되어 있어 학교가 필요할 정도로 연중 거주자가 상주해 있었다. 그뿐 아니라 이곳은 화가나 예능계의 유명인사들의 피서지로서도 유명했다.

커스미 지구는 중산계급 지역으로 색다른 설계로 집들이 줄지어 서 있고 술집과 테니스 코트까지 있었다. 더욱이 파이어 아일랜드 파인스로 들어가면 이곳에는 이미 주변지대에 호모들이 침투하고 있었다.

그러나 이 파이어 섬에서 가장 매력 있는 곳은 체리 글로브 지구인 것 같았다. 일류 호텔이 하나, 2급에 속하는 레스토랑이 몇 개 있고, 미술 장식과 손질이 잘된 여름용 별장들도 많기 때문이었다.

또한 데비스 파크 지역은 옛날은 싼 임대료로 오붓한 시간을 즐기려는 젊은 부부들이 찾는 조용한 해변이었다. 그러나 현재는 독신 남녀의 헌트 지구로서 유명했고, 이스트 사이드의 굴 속 같은 생활 터전에서 주말만이라도 시원스럽게 보내려는 젊은이들로 들끓는 곳이 되었다.

연령 폭은 20대 전반에서 30대 후반에까지의 사람들이 대부분을 차지하나 때로는 40세를 넘은 중년층도 있었다. 따라서 주말이 되면 롱 아일랜드 차도의 베이쇼이 역과 세이벌 역에 이런 패거리들이 떼를 지어 수시로 페리 선착장으로 달려가는 모습을 볼 수 있었다.

우일로비는 질리언에게 미소를 보내면서 말했다.

"저희들 집에도 놀러오십시오."

"네, 꼭 가겠어요. 그런데 행크는?"

"사소한 일로 싸웠어요. 그런데 당신의 바깥주인은 어디 계십니까?"

"저만 이곳에 왔어요. 저는 지금 독수공방을 지키고 있을 뿐이에요."

질리언은 자조하는 듯한 애조 띤 목소리로 말했다.

"그렇다면 마음껏 날개를 펼 수 있겠군요."

"어디서요?"

"그야 마음내키는 대로 아닐까요?"

"우일로비, 당신은 정말 멋져요!"

질리언이 말했다.

"그런 칭찬을 듣기 위해 열심히 노력하고 있는 셈이지요."

우일로비가 싱글벙글 웃으며 말하자 질리언도 따라 웃었다.

페리가 흔들거리며 선착장으로 들어가자 주말의 쌍쌍 팀은 끼리끼리 자신들의 짐을 들고 하선했다. 이때부터 일요일 오후 7시 페리가 출항할 때까지는 누구에게나 구속되지 않은 휴가인 것이다. 적어도 그들은 그렇게 생각하고 있었다. 그러므로 최대한의 노력으로 인생을 즐기려고 했다. 한 사람 한 사람이 살고 있다는 실감을 만끽하려는 것이다.

우일로비는 잠시 생각해 보았다. 이런 노력을 하지 않으면 안 될 호모가 아닌 친구들은 불쌍한 존재일 거라고.

질리언은 조금 후에 그와 행크를 찾아가겠다고 약속을 하고, 그녀를 기다리고 있는 그룹에 합류했다.

우일로비는 행크를 기다리다가 그의 모습을 본 순간 가슴이 메어지는 듯했으며, 심장이 터지는 듯한 아픔을 느꼈다. 행크는 마르고 검은 머리의 겨우 20세밖에 안되어 보이는 소년과 함께 있었던 것이다.

우일로비는 침착하게 행동하려고 필사적으로 노력했다. 그는 아무렇지도 않은 듯 조용히 말했다.

"야, 행크. 이쪽이야."

"여어, 우일로비."

그러나 행크의 음성은 왠지 냉랭했고 감정도 마른 듯했다. 마치 모르는 사람을 대하는 듯한 태도였다. 그리고 곧 소년을 향해 말했다.

"빈스, 후에 또 만나!"

그 음성에는 확실히 벅찬 기대감이 넘쳐 있었다. 두 사람이 벌써 오늘 밤에 만나기로 약속했다는 예감이 우일로비에게는 느껴졌다.

"알았어, 행크!"

소년은 대답하면서 우일로비에게 시큰둥한 시선을 던졌다.

잠시 후, 우일로비와 행크의 방에서는 말다툼이 시작되었다.

"빈스, 후에 또 만나!"

우일로비가 행크의 흉내를 냈다.

"나를 웃기지 마. 자네야말로 먼저 그치와 만났으면 하고 생각했었지?"

행크가 대꾸했다.

"이 바람둥이!"

"모두 자네 때문이야."

행크도 지지 않았다. 그가 말을 이었다.

"내가 딴 생각을 갖게 된 것은 자네가 설계 시안을 작성하는 것과 같은 거야."

"행크, 자네를 사랑하네."

우일로비가 말했다.

행크가 조소의 웃음을 떠우고 말했다.

"우일로비, 여러 말 말게. 자네는 아직 사랑이란 것이 무엇인가를 몰라."

"그렇다면 그 빈스라는 녀석은 알고 있다는 건가?"

"우일로비, 자네는 모르나? 이제 나는 자네에 대해 싫증을 느끼고 있네."

"그 녀석과 어디에서 만나기로 되어 있나?"

"응, 둘이 체리 글로브까지 해변 전차를 이용하기로 했어."

행크가 자리에서 일어나며 말했다.

"에잇, 더러운 놈! 정말 치사한 놈이군."

우일로비는 외치면서 방문을 나서는 행크를 향해 구두를 던지고는 침대에 쓰러져 울기 시작했다.

'행크가 설마 이렇게까지 나를 괄시하다니! 행크에게 내 청춘을 바쳤는데. 에잇, 더러운 놈!'

그는 심장이 당장이라도 터질 것 같았다.

그러나 시크시슈 의식이 한창 무르익어 갈 무렵에는 어느 정도 마음이 풀려 있었다. 행크의 변심이 결코 영원한 것은 아니리라.

'빈스는 애송이에 불과해. 그 녀석 같은 싸구려 바람둥이와는 하룻밤 정도의 기분풀이로 즐길 뿐이겠지. 결코 동거는 못할 거야.'

무엇보다도 행크는 지금껏 우일로비를 배신한 적이 없었다. 그러므로 한때 기분을 풀게 하는 것도 나쁘지는 않을 거라고 우일로비는 자위했다.

그러나 이렇게 속상해 하는 우일로비도 한 번 바람을 피운 적이 있었다. 행크는 모르지만 시내의 선술집에서 만난 미용사였다. 그러나 한 번으로 끝냈고, 그 후에는 만나지도 않았다.

우일로비는 시크시슈에 참가함으로써 원기를 회복했다. 파이어 섬의 파티에는 몇 년 동안 참가하지를 못했다. 데비스 파크 지역에는 호모가 우선 없었고 또한 누군가를 만나게 될지도 몰랐다. 더욱이 혼자 모험을 즐긴다는 일도 어려웠다. 우일로비는 지금은 호모가 점점 증가하고 있으므로 언젠가는 정상인보다 많아져 호모가 정상인이 될 수도 있다고 생각했다.

그는 화장을 고치고 청색 슬랙스와 핑크색 셔츠를 입은 다음 샌들을 신었다. 그리고 피넛 버터 그릇에 마티니를 채우며 잠시 생각에 잠겼다.

'행크는 지금쯤 무엇을 하고 있을까? 죽일 놈같으니!'

우일로비는 거울을 보고 머리 손질을 했다. 그리고 잠시 그 자리에 서서 포즈를 지어보고는 아직은 한창이라고 생각했다. 그런 다음 그는 허리를 흔들면서 물결소리를 들으며 집을 나왔다.

질리언은 우일로비가 전에 묵었던 집에서 여장을 풀었다. 비바람에 퇴색된 소나무 오두막집 앞 주차장에는 벌써 사람들이 모여 노래부르고 춤추며 소리치고 있었다. 소음, 떠나갈 듯한 노랫소리, 다소 질서를 잃은 군중들의 흐름과 색채 등등은 해변에서는 흔히 볼 수 있는 광경이었다.

이들 군상들은 대부분 그루퍼스─여름 한철 전셋집을 공유하는 사람들의 속칭─였다. 호모는 한 사람도 없는 것 같았다. 남자들은 모두가 한결같이 평범한 차림새였고 유별나게 치장한 사람은 없었다.

호모가 없다는 것은 우일로비에게는 다행한 일이었다. 적어도 한눈에 반할 수 있는 남자는 보이지 않았다. 그는 차라리 질리언과 얘기라도 나누는 것이 훨씬 좋을 것 같았다.

그때 검정 슬랙스에 파도 무늬가 있는 반팔 셔츠를 입고 있는 질리언이 우일로비의 눈에 들어왔다. 그녀에게는 표범처럼 정력적인 체취가 물씬 풍겼다.

"이곳에서 다시 당신을 만나다니, 인연도 이상하군요."

우일로비가 말했다.

"우연이라구요?"

고양이처럼 재빨리 싱긋 웃고 난 질리언은 이미 먹이를 앞에 두고 입맛을 다시는 표범처럼 혀를 날름거리고 있었다. 눈에서는 광채가 나고, 부드럽고 관능적인 머리카락이 어깨를 덮고 있었다. 소문처럼 매력적인 여자였다. 그렇더라도 남자의 매력에는 미치지 못하리라.

"아주 매력적이군요."

그가 말했다.

"고마워요. 당신도 멋져요. 특히 셔츠가 마음에 들어요."

"그리니치 빌리지에서 샀습니다."

그는 상점 이름을 가르쳐 주었다.

이윽고 두 사람은 제각기 가지고 나온 그릇에서 술을 마시며 유행이나 갖가지 장식에 대해서 얘기를 나누었다. 그때 질리언이 행크의 존재를 물었다.

"저는 그의 사육사가 아닙니다."

우일로비는 말했다.

"그것은 퍽 현명한 생각이군요. 이런 장소에 필요한 것은 분별력이에요. 억지로 새장에 처넣을 수는 없지요."

우일로비는 새삼 존경어린 시선으로 그녀를 쳐다보았다.

"그렇습니다. 당신은 정말 예민한 여성입니다."

"그렇게 생각되나요?"

"물론입니다."

여성과 함께 있는 것이 이렇게 즐거웠던 적은 없었다고 그는 생각했다.

이윽고 두 사람은 술을 홀짝거리며 주위를 둘러보았다. 소음의 난장판이었다. 팔짱을 끼고 해변으로 사라져가는 남녀들이 하나둘 보였다.

"저는 저런 흉내는 못 내겠어요."

질리언이 말했다.

"지금 열에 들떠 있기 때문입니다."

"그렇게까지 극단으로 생각하면 오히려 저 사람들이 불쌍하게 느껴지는군요."

질리언이 싱긋 웃고는 말을 이었다.

"당신처럼 세련되어 있지 못해서 그럴지도 모르겠군요. 결국 호모가 아니기 때문에, 그렇지 않아요?"

우일로비도 크게 웃으며 말했다.

"그것도 알고 있습니다. 그러나 저들이 하는 행태를 보면 한심스럽습니다. 그런 일이 무슨 뜻이 있습니까?"

"하긴 그런 불쌍한 사람들에게 동정심을 보이는 것은 좋은 일이에요. 아마 병일지도 몰라요."

우일로비가 갑자기 킥킥거리며 웃었다. 그는 질리언이 아주 매력적이었지만, 남자가 아니어서 몹시 안타까웠다.

"저를 타락시키려고 하는 일이 아니므로 별로 신경쓸 필요가 없습니다. 멋대로 하라고 내버려두는 것이 상책입니다."

"그래도 저 사람들은 좀 지나친 것 같아요."

"그야 어떻든 제 알 바가 아니지요."

"정말이에요?"

"정말이구 말구요."

"그래요? 그래도 여성과 섹스를 즐긴다는 것을 한번쯤 생각해 보았을텐데요?"

"한 번도 없습니다."

"왜요?"

"질리언, 저와 관계없는 일로 시간을 허비할 필요는 없을 것 같군요."

"정말 믿을 수 없어요."

"자기 중심으로 생각하기 때문이죠."

"정말 몰라요? 여자와 한 번도 잠자리를 같이 한 적이 없어요?"

"없습니다."

"어렸을 때도요?"

"전혀 없습니다."

"그렇다면 어떻게 호모가 아닌 사람을 비평할 수 있죠?"

"무엇을 듣고 싶으신가요?"

"알고 있겠지요."

이렇게 말하는 질리언의 눈이 웃고 있었다. 그녀가 말을 이었다.

"실제로 경험하지 않고서는 비난 따위는 할 수 없어요."

우일로비는 약간 당황했다. 그래서 농담으로 속이려 했다.

"그렇습니까? 만일 행크가 이곳에 있었다면, 그런 말은 하지 못했을 것입니다. 당신도 저들과 같겠지요?"

질리언은 킬킬 웃으며 그에게로 다가갔다. 향수 냄새가 물씬 풍겼다. 좋은 냄새였다.

"그래도 우일로비, 당신은 남자예요."

"그렇지요. 보통 남자들보다는 약간 고급이라고나 할까요."

"우일로비, 당신은 자신이 선거권을 박탈당한 니그로와 같다는 생각이 들지 않아요?"

질리언의 공격이 조금씩 가열되기 시작했다.

"아닙니다, 오히려 자유로운 니그로입니다."

"그래요? 자유에도 그런 뜻이 있는 줄을 몰랐어요. 그러나 거세된 니그로 정도라고 말하고 싶었는데……."

"약간 저속한 표현 같습니다."

"그렇다면 실례했어요."

질리언은 얼굴을 그의 얼굴 바로 앞까지 갖다댔다. 그리고는 조금도 시선을 떼지 않고 약간 앞으로 구부리며 그의 입술에 키스를 했다.

순간 우일로비의 몸이 목석처럼 굳어졌다. 당황한 표정. 그러나 그는 전혀 불쾌하지는 않다고 생각했다. 오히려 달콤했다고 느껴지자, 그의 마음이 산란해졌다.

"생각한 것처럼 불쾌하지는 않았겠지요?"

질리언이 정곡을 찔렀다.

"네, 불쾌하지는 않군요."

천성이 정직한 그는 솔직히 인정했다.

"행크에게 말해 주겠어요?"

"나는 행크를 사랑하고 있습니다."

"그렇겠지요……."

또다시 질리언의 몸이 다가왔다. 그리고는 이번엔 그녀의 혀가 그의 혀를 건드리며 지그시 물더니 강하게 빨았다.

순간 그는 정신없이 그녀를 밀치고는 거친 숨을 몰아쉬었다.

"오오, 맙소사!"

그는 몸 속에서 끓어오르는 흥분을 믿을 수가 없었다.

"우일로비, 현실을 직시해요. 당신은 자신이 생각하는 것처럼 완전한 호모가 아니예요."

"그런 억지는 말하지 마십시오."

"당신의 피를 끓게 하는 여자를 만나지 못했을 뿐이에요."

"아닙니다, 이것은 알코올 탓입니다."

"우일로비, 호모는 이제 집어치우세요."

"그래도 행크는……."

"행크가 어떻다구요? 지금 그는 무엇을 하고 있죠?"

'행크, 개새끼, 지옥에나 떨어져 죽어라!'

우일로비는 속으로 악담을 하며 말했다.

"행크 얘기는 그만둡시다."

"그럼 그렇게 해요."

순간 질리언에 의해 두 사람의 혀가 또다시 겹쳤다.

이윽고 질리언이 뒤로 물러서며 미소를 보냈다. 술병은 이미 비어 있었다. 질리언과 우일로비는 서로 마주보았다. 질리언의 표정에는 모든 비밀을 알고 있는 사람의 자만심이 감돌고 있었고, 우일로비의 표정은 당황과 혼란을 드러내놓고 있었다.

"달콤해요?"

그녀가 정곡을 찔렀다.

"아니, 그저……."

그가 더듬거리며 말했다.

"그렇게 슬픈 표정을 짓지 말아요. 이제 곧 좋아하게 될 거예요."

"미친 지랄이에요. 그런 생각은 모두 미친 생각이에요."

"이 이상의 멋진 쾌락은 없어요."

"안됩니다. 할 수 없습니다."

"할 수 있어요."

순간 마셨던 마티니가 우일로비의 머릿속을 어지럽게 했다. 그는 이 사태를 이해하지 못했다. 일찍이 그의 마음을 사로잡은 여자는 한 명도 없었다. 그런데 질리언 브레이크는 알 수 없는…… 그렇다. 어떤 종류의 흥분을 가져다 주었다.

그는 자기 자신을 속일 수 없었다. 그가 사랑한 사람은 행크뿐이었다. 남자 미용사도 있었지만 오직 사랑한 사람은 행크뿐이었다. 그런데 그 행크가 지금 애송이 같은 빈스와 함께 있잖은가.

질리언은 그의 손을 잡았다. 그리고 손목을 덮은 털을 만지작거리면서 그를 천천히 끌어당겼다.

"자, 우일로비. 이곳에 오면 그루퍼스 법에 따라야 해요. 우리도 산책을 해요."

'멍텅구리 행크 녀석!'

우일로비는 속으로 이런 생각을 하면서 자리에서 일어났다.

"네, 그렇게 합시다."

모래 언덕을 따라 우일로비는 천천히 걸어갔다. 질리언이 인도

하는 것도 아니며, 그렇다고 따라가는 것도 아니다. 그저 그를 걷게 하였고 두 사람은 주택이 밀집해 있는 지역에서 멀리 떨어져 이윽고 모래 구덩이에 이르러 걸음을 멈추었다.

"질리언, 더 이상 어리석은 짓은 그만둡시다."

"당신은 아직도 믿고 있지 않군요."

질리언이 그에게 다가섰다.

"그렇지는 않습니다. 그러나 저는 호모가 되고 싶어서 호모가 되었습니다. 여자를 보면 구토증을 느끼기까지 합니다."

"제게도 그래요?"

그녀는 몸을 구부려 가볍게 그에게 키스를 했다.

"당신에게만은 그렇지 않습니다. 그러나 그것은 안될 것 같습니다."

"결코 그렇지 않을 거예요."

그녀는 벌써 우일로비의 귓불을 가볍게 애무하고 있었다.

"정말입니다."

"할 수 있을 거예요."

질리언의 혀가 이번엔 그의 입술을 빨았다.

우일로비는 서서히 쾌감을 느끼기 시작했다. 그의 슬랙스 속으로 질리언의 손이 들어가자, 우일로비는 모래 위에 털썩 주저앉았다. 믿을 수 없는 일이 일어나고 있는 것이다. 난생 처음 겪는 경험이었다. 그의 신체가 여성에 반응하고 있었다.

질리언은 다음엔 그의 남성적인 부분을 입 속에 넣었다. 부드러운 입술과 익숙한 혀놀림. 우일로비는 눈을 감은 채 누워 있었다. 그리고 곧 황홀한 쾌감에 도취되었다. 행크에게서 느끼지 못한 쾌감이 온몸에 흘렀다.

그때 질리언이 일어섰다.

"이래도 행크를 마음속에서 내쫓지 못하겠어요?"

"질리언, 오오, 질리언!"

"좋아요."

곧이어 두 사람은 부둥켜안고 뜨거운 포옹의 쾌감에 빠르게 젖어들었다. 그리고 서로 쓰다듬고 애무하면서 한 시간을 보냈다. 우일로비에게는 새로운 발견의 연속이었다.

'여성의 육체는 마르지 않은 흥미의 샘이다!'

잔잔한 물결소리를 들으며 차가운 모래 위에서 뒹구는 두 사람의 몸에는 실오라기 하나 걸쳐 있지 않았다.

질리언은 양손으로 자신의 젖가슴을 감싸서 그에게 내밀었다. 그의 두 눈에 흥분으로 단단히 긴장한 유두가 들어왔다. 그리고 그녀의 탐스러운 앞가슴이 어둠의 장막 속에서 개화하는 것을 숨을 죽이며 지켜보았다. 그러자 그의 몸 속에서 새로운 본능이 꿈틀거렸다. 그는 미친 듯이 달려들어 그녀의 앞가슴에 얼굴을 파묻고는 애무를 하기 시작했다.

얼마 후, 질리언이 조용히 그를 밀쳤다. 그리고 손으로 그의 남성을 더듬자, 그것은 그에 응하기라도 하는 듯 뜨겁게 경직했다.

그때 우일로비가 자신의 남성을 그녀의 입가에 갖다댔다.

"안돼요. 이번에는 내 방식대로 해요."

"그래도 그것은 안돼!"

우일로비는 잘라 말했다.

"어서 질리언에게 들어와요."

그녀는 노래부르듯 말하고 애무의 손길을 멈추지 않았다.

"하고 싶어?"

드디어 그의 말문이 열렸다.

"하고 싶어!"

그녀의 이 말에 용기를 얻었는지 모래 위로 쓰러지는 질리언 위에 그의 몸이 덮쳤다. 곧이어 천천히, 부드럽게, 조용히 움직이던 그의 율동은 급기야 뜨거운 입김을 내뿜으며 빨라지고 커졌다. 크고 부드러운 그 범람하는 색채, 포효하는 바람. 우일로비는 이 속에 열풍처럼 휩싸였다. 그는 모래가 되고 바다가 되고 별빛 쏟아지는 하늘이 되었다.

이윽고 저 멀리 수평선에서 낮은 신음소리가 들려오더니 그것은 울부짖음으로 변했다. 질리언의 목소리였다. 그리고 우일로비도 자기의 입 속에서 그녀와 똑같은 신음소리가 새어나오는 것을 깨달았다.

폭풍우는 지났다. 그는 담배에 불을 붙였다.

"정말 기분이 좋았습니까?"

그가 물었다.

"아마 최고의 부류에 들 거예요."

"하지만 나는 타락했습니다."

우일로비는 일어나서 성큼성큼 해변으로 걸어갔다. 그리고 새로운 남성을 느끼며 서서 힘껏 소변을 보고는 바닷물로 화장을 지웠다. 그리고 질리언에게로 다시 돌아왔다.

"행크는 어떻게 하겠어요?"

우일로비는 시원한 바다 공기를 한껏 들여마시고 대답했다.

"그 녀석, 내게 집적거리면 발길로 차버릴 작정입니다."

두 사람은 웃었다. 우일로비는 자신의 음성이 훨씬 베이스로 된 것을 느꼈다. 이제 다시 남성으로 태어난 것이다.

그들은 해변가에서 하룻밤을 보냈다. 그러나 질리언은 아쉬운 듯했다. 그녀의 샘은 더욱더 분출했던 것이다.

'이제 이 세상에는 수많은 여자가 나를 기다리고 있으리라. 그리고 행크가 무릎을 꿇고 내게 사죄하는 날이 꼭 오겠지.'

우일로비는 갑자기 웃음을 터뜨렸다.

'그 죽일놈.'

수주일 후, 킹스 네크에서 호모의 커플이 사라졌다. 한바탕 크게 싸우고 이사를 했다는 것이다. 그 다음날, 코에 반창고를 붙이고 눈두덩이에 퍼렇게 멍든 행크를 시내에서 본 사람이 있었다.

그리고 1개월 후, 이번에는 컨트리 클럽 여성회원이 시내에서 우연히 우일로비를 만났다. 그는 긴 머리를 깎고 작업복을 입고 있었다는 것이다. 더욱 신기한 것은 그가 그녀를 유혹하려 했다는 것이다.

이 소문을 들은 질리언이 침착하게 말했다.

"소문이 틀림없겠지요. 해보고 나서 비로소 깨달았으니까요."

'빌리와 질리 쇼'에서(7월 2일 방송)

빌리 "그 작가는 유명해지고 싶지 않다고 말하더군요. 정말 그렇게 말했소. 개인적인 생각이지만, 이 쇼에 나오는 작가들의 태도란 전혀 이해되지 않은 것이 많소."

질리 "그야 그 사람들은 붙임성이 없어서 그렇겠지요."

빌리 "붙임성? 그는 우주 비행사 못지않게 높은 곳에서 비행하고 있는 거요. 물론 고도는 훨씬 낮지만 말이오. 어쨌든 작가로서는 과대평가되고 있는 것 같소. 겨우 한 권의 책밖에 저술하지 못했는데."

질리 "당신이 말하고 있는 것은 『경직성과 습기』를 말하는 거예요?"

빌리 "또 다른 것이 있소?"

질리 "『산정』은요?"

빌리 "먼저 책과 똑같았소. 다만 제목만 바꿨을 뿐이오. 그는 세계에서 가장 나이 많은 44세의 히피라고 하잖소."

질리 "그래도 그는 작가인 것만은 틀림없어요."

마지막 이야기

●

여승과 시인

조던 캐러덕을 자신의 유혹 리스트에 첨가시켜야 할 정당한 이유를 질리언 브레이크는 가지고 있지 못했다. 그는 네 번 결혼했으나—최근은 댄서인 페지 머찬드—모두 일반적인 의미에서의 결혼 범주 속에 넣을 수 없는 그런 결혼들이었다.

그가 해안에 있는 성채와 같은 저택에서 혼자 살면서 매일 밤마다 정사 상대를 갈아치우고 있다는 소문은 벌써 9년 전의 일이었다.

그러나 매년 9개월간을 그는 사실상의 은둔자, 작가로서 롱 아일랜드 만의 음울한 겨울 바다를 바라보면서 소설 구성에 많은 시간을 보냈다.

이 유폐된 듯한 9개월간, 그는 자기 일에 집중했다. 그가 서성대는 각 작업실과 유리문으로 구획된 작은 방 어디에서든 수면을 바라볼 수 있게 꾸며져 있었다.

그의 주위에는 언제나 테이프 레코더, 스테레오 세트, 컬러 텔레비전, 컴퓨터가 놓여 있었다. 이렇게 인생의 4분의 3을 초현대식 전자제품 속에서 살았다.

외부 세계의 동향은 텔레타이프가 규칙적으로 전해 주었고, 감도가 우수한 마이크로폰이 항상 작동하며 그의 사고와 기억을 보존하여 후세에 전달하는 역할을 맡고 있었다.

조던 캐러덕은 44세의 젊은 나이로 푸르스트가 평생에 걸쳐 저술한 양을 훨씬 넘는 대 저작을 쓰고 있는 중이었다.

그러나 매년 추운 겨울철이 끝날 무렵이면 캐러덕은 다시 현실 세계로 뛰쳐나오곤 했다. 3개월간 부탄에서는 사슴 사냥, 불가리아에서는 멧돼지 사냥, 샌프란시스코에서는 히피 사냥에 몰두하는 캐러덕의 모습을 카메라가 뒤쫓았다. 그야말로 작렬하는 포탄처럼 그는 젊음을 폭발시키며 살았다.

질리언도 예리한 감식력을 가진 사람답게 눈덩이처럼 점점 커져가는 캐러덕 전설에 주목하고 있었다. 그녀는 탄자니아 앞바다에서 그가 식인상어와 혈투했다는 기사를 생각해 보았다. 이때 캐러덕은 왼손 손가락 세 개를 잃으면서도 원주민 선원의 목숨을 구했다는 것이다.

또 하나의 섬뜩한 모험담이 있었다. 이것은 비버리 힐스 호텔의 자기 방에서 세 명의 금발 미녀, 늙은 흑인 여자 조각가, 그리고 스코틀랜드 산 망아지 한 필과 함께 있던 중에 체포된 사건이었다.

질리언이 캐러덕을 처음 만난 것은 초겨울로, 모턴 이어블러와 조수아 템벌과의 정사를 즐기고 있던 중간 시기였다.

킹스 네크에서 27시간 정전이 계속된 적이 있었다. 캐러덕은 자기의 성채에서 조용히 암흑을 참고 있었으나 끝까지 참지 못하고, 활동을 정지한 모든 기계를 남겨둔 채 촛불이 실내를 밝히고 있는 술집으로 피난해 왔다. 그때 질리언도 권태로움과 추위를 피하여 이곳에 들렀던 것이다.

훨훨 기세 좋게 타오르는 불길을 등에 지고 서 있던 그녀는 곧 그가 누구인가를 알 수 있었다. 『산정』이라는 책의 표지에서 본 낯익은 얼굴이었던 것이다.

그러나 그때의 사진은 원래의 그의 폭발적인 생기가 어느 정도 가신 평범한 복사품에 지나지 않았다. 그런데 그녀는 이렇듯 날카롭고 폭발할 듯한 푸른 눈을 가진 사람은 처음이었다. 머리가 목언저리까지 내려와 있는 감청색의 곱슬머리를 받치고 있는 네모난 얼굴에서 마치 두 개의 다이아몬드가 빛을 발하고 있는 듯한 느낌이었다.

코에는 수많은 상처자국이 있었고, 턱은 그의 정력을 과시라도 하는 듯 옹골차게 입을 받치고 있었으며, 두껍고 관능적인 입술이 전체의 인상을 약간은 완화해 주었다. 그리고 소탈한 작업복 차림이었다.

게다가 바지주름도 없는 블루진과 소매를 걷어올린 빛바랜 스웨터를 입고 있었는데, 팔짱을 끼고 있는 양팔에서는 그의 넘치는 힘이 꿈틀거리는 듯했으며 푸른 혈관이 팽팽하게 솟아 있었다. 남성미, 바로 그것을 보는 듯했다. 왼손 손가락이 세 개 없는 것이 보일듯 말듯 했다.

그런데 캐러덕 바로 옆 의자가 비어 있었다. 질리언은 자연스럽게 그곳에 앉았다.

"마티니 한 잔 주겠어요?"

웨이터가 순간 당황한 표정을 짓자, 캐러덕이 웃으며 말했다.

"이곳에서는 마티니를 팔지 않습니다, 브레이크 부인. 맥주로 하시지요."

"그렇다면 맥주로 해야겠군요."

그녀는 웨이터에게 주문하고 캐러덕을 빤히 쳐다보며 말을 이었다.

"제가 실수했군요. 그런데 어떻게 제 이름을?"

"당신도 제 이름을 알고 있지 않습니까. 모두 신문이 가져다 준 선물이겠지요."

그때 질리언이 걷어올린 그의 스웨터를 내려주었다.

"그런 일은 하지 않아도 됩니다."

그가 말했다.

"그런 일이라니요?"

"스웨터 말입니다. 당신의 손을 빌리지 않더라도 이 가슴은 잘 보입니다."

"당신의 작품을 좋아해요. 『산정』도 읽었어요."

『산정』은 그의 최근작이었다. 무관심 속에 방랑하는 젊은 세대의 반항적인 생활을 속된 표현 속에 시정을 담아 묘사한 걸작이라고 비평가들은 평했다.

타임지의 서평에 따르면 '머리엔 꽃, 허리엔 불길이 타고 있는 소년들에 대한 얘기'라 했다.

이 소설 속에서 그들은 평화, 집단 결혼, 남성 매춘, 무료 공중 변소를 요구하며 데모를 한다. 인상적인 마지막 장면에서는 전원이 옷을 벗어 던지고 값싼 술을 홀짝거리면서 환각제를 즐긴다. 그리고 훨훨 타오르는 캠프 파이어를 둘러싸고 와일드 댄스를 미친 듯 춘다. 이때 주인공이 나타나서 12세의 소녀와 세 살된 암양과의 사랑을 고백한다.

질리언은 작가 자신도 그 현장에 있었다는 것을 책을 읽으면서도 느낄 수 있었으나, 새삼 지금 그것을 확인할 수 있는 절호의 기회라고 생각했다.

캐러덕의 강점은 이 현장주의에 있었다. 아무리 신랄한 평론가도 그가 자신의 생활을 토대로 하여 글을 쓰는 체험문학가라는 것은 인정하고 있었다.

"그 책도 졸작은 아니지만 『개미핥기』, 『스트립 댄서』 등에 비하면 수준 이하라고 할 수 있지요. 그러나 그 작품들 역시 아직은 완숙하다고는 할 수 없습니다."

캐러덕이 겸손하게 말했다.

그가 말하고 있는 동안 머리 위의 전등이 깜박거리더니 정전은 끝났다. 질리언은 그것이 좀 아쉬웠다.

길고 좁다란 카운터에 세워졌던 촛불이 하나 둘 꺼지고 홀은 다시 대낮처럼 밝아졌다. 바닥, 창문, 심지어는 글라스에까지 먼지가 앉아 있었다. 여기저기에 몇 사람의 손님들이 지껄이고 있었다. 저 먼지와 함께 저들도 깨끗이 쓸어버렸으면 좋으련만.

"당신 집과 우리집 중 어느쪽이 좋겠습니까?"

캐러덕이 느닷없이 물었다.

"무슨 말인지 모르겠군요."

질리언이 되물었다.

"어느쪽이 좋겠습니까?"

그가 또 한번 물었다. 그리고 보충설명을 곁들었다.

"당신이나 나나, 이대로는 헤어질 수 없지 않겠습니까?"

캐러덕을 공격 목표로 할 이유가 없으므로 질리언의 마음가짐은 가벼웠다. 아니, 즐겁기까지 했다. 그에게는 시험해 볼 결혼생활도 없으므로, 나무로 둘러싸인 언덕길을 따라 해변으로 내려가는 캐러덕의 차 안에서 질리언은 조용히 콧노래를 흥얼거릴 수 있는 여유도 있었다.

정전이 끝나고 모든 창에 불이 밝혀진 그의 집은 안전한 분지의 암반 위에 서 있었다. 높게 몰아치는 파도가 집의 토대를 삼킬 듯 밀려와 거실 밑까지 물보라가 튀었다.

타일이 깔린 넓은 현관에는 남성의 상징인 그것이 힘있게 발기한 나상을 본뜬 커다란 철선제 조상이 우뚝 서 있었다. 거기에 붙어 있는 작은 표지에는 '발기한 남성의 나상'이라고 명기되어 있었다.

이윽고 그들은 방으로 들어왔다. 그의 방을 둘러보던 질리언은 경이의 탄성만을 연발했다. 세잔느, 피카소, 반 고흐, 포록, 워폴, 리버스 등의 이름을 발견하고 강한 인상을 받은 그녀는 캐러덕의 오른쪽 얼굴을 찍은 확대 사진을 발견했다. 저 차디찬 푸른색은 그의 눈임에 틀림없었다.

또 브래지어와 팬티 차림에 부츠를 신고 있는 현재의 그의 여자 페지 머찬드의 유화도 걸려 있었다. 상아, 박제의 가오리, 벽마다 장치해 놓은 스피커……

메인 룸에 들어선 캐러덕이 벽의 스위치를 누르자, 동시에 불빛은 희미해지고 레코드 플레이어가 돌기 시작했다. 그리고 사방의 모든 벽에서 제퍼슨 에어프레인의 쉰 듯한 목소리가 요란하게 울려나왔다.

준비 행위도 없이 캐러덕은 방 한가운데 우뚝 선 채 옷을 벗기 시작했다. 우선 재킷과 스웨터, 그리고 바지와 팬티. 질리언이 아무런 말도, 행동도 취하지 않았는 데도 그는 벌써 흥분하고 있었던 것이 틀림없었다.

그 광경은 그것만으로도 깊은 감명을 주었다. 그런데 현관의 남성 누드상이 사실은 그를 모델로 했다는 것을 깨닫고 질리언은 또 한번 깊은 감동을 느꼈다. 틀림없는 그였다. 따라서 캐러덕은 용케도 오랫동안 같은 포즈를 취했을 것이다.

"당신이 지금 무엇을 하고 있는지를 알고 싶어요?"

질리언이 물었다.

"이것은 시각화라 하여 매우 중요한 것입니다."

"캐러덕 씨, 당신은 나를 오해하고 있군요."

"글쎄요, 그럴지도 모릅니다. 브레이크 부인, 저는 다만 당신에 대해서 솔직하게 행동하고 싶을 따름입니다. 이제부터는 당신의 말은 남김없이 녹음될 것입니다."

"무엇이라구요?"

"테이프에 수록한다는 말입니다. 이 경험을 통하여 쓸만한 가치가 있는 것을 발견하면, 저는 완벽한 문장으로 정리할 작정입니다. 있는 그대로를 쓰고 싶을 따름입니다."

"시간 낭비예요. 당신은 애기 상대가 안되는군요."

그녀는 천천히 문 쪽으로 뒷걸음질쳤다.

그러나 캐러덕은 보다 날쌔게 방을 가로질러 그녀의 도주로를 가로막고, 자신의 흥분한 신체의 일부분을 역력히 드러내보이며 그녀를 향해 다가섰다.

"제발 물러서요."

질리언은 손을 내저으며 말했다.

"당신이 원하지 않은 것은 하지 않습니다."

그가 말했다.

지금까지의 질리언의 경험과는 정반대 상황이 벌어지고 있었다.

"바람 좀 쏘이면 좋겠어요."

질리언이 말했다.

"지금은 그렇게 말하겠지만, 후에는 틀림없이 제게 감사할 것입니다."

당황해 하며 서 있는 질리언에게 그는 우람한 오른손을 뻗어 그녀의 스웨터를 움켜잡았다. 그리고는 정확하고 날쌘 동작으로 스웨터를 벗기더니 이어 스커트를 단숨에 벗겼다.

"이건 강간이에요!"

질리언이 소리쳤다.

"처음에는 강간이 되겠지요. 그러나 끝마무리는 달라질 것입니다."

"제발 진정해요. 저는 이런 식으로는 하고 싶지 않아요. 좀더

부드럽고 기분이 좋을 때 다시 오겠어요. 그때 같이 즐기도록
해요."

그러나 그녀의 애원에는 아랑곳하지 않고 그의 손이 이번에는
부드럽게 그녀의 뒤쪽으로 돌아가더니 브래지어의 훅을 벗겼다.
브래지어가 그녀의 몸을 간지럽게 스치며 방바닥에 떨어졌을 때
질리언은 몸을 돌려 마주보이는 문을 향해 달려갔다.

그러나 그곳은 뜻밖에도 침실이었다. 아뿔싸 하고 깨달은 순간
캐러딕이 서서히 그녀를 향해 걸어왔다. 그녀는 처음 보는 크고
화려한 침대 쪽으로 물러설 수밖에 없었다.

그는 질리언을 내려다보며 싱긋 웃었다. 그녀는 눈을 감았다.
시각만은 이 남자로부터 피할 수 있었으나, 다른 감각 작용은 그
기능을 멈추지 않았다.

질리언은 불안으로 굳어진 몸을 떨면서 이윽고 닥쳐올 공격에
대비했다.

그러나 그는 오랫동안 그녀에게 손을 대지 않았다. 다만 자기
입술을 그녀의 목에 키스하더니 그대로 서서히 앞가슴으로 옮겨
갔다. 그러다가 이번에는 그의 습기찬 혀가 늑골을 하나하나 음
미하면서 내려오다가 잠시 배꼽 근처에서 맴돌았다. 그러더니 그
아래로 코스를 잡고 내려오기 시작했다.

설명할 수 없는 공포가 그녀를 긴장시키고 있었으나, 자기도
모르게 서서히 그 긴장이 조금씩 풀려가고 있었다. 그리고 그녀
스스로가 키스를 요구하고 달콤한 쾌락에 신음소리를 내기 시작
했다.

그녀는 이제 집요하게 애원하는 그의 뜨거운 입술의 움직임을

막을 수는 없었다. 그런데 오히려 긴장이 더욱 풀리고 열이 올랐다. 긴박한 압력이 다리로부터 위로 올라오며 그녀의 몸은 자연스럽게 물결치기 시작했다.

그것은 지휘자의 지휘봉에 따르는 오케스트라와 같은 정확한 하모니로 그의 입술의 움직임에 반응했다. 그의 혀는 때로는 부드럽게, 때로는 강하게 그녀의 달아오르는 뽀얀 육체를 마음껏 음미했다. 모든 것이 캐러덕의 방식대로 전개되었다.

그녀 자신의 마음속에서는 마음과 몸이 격렬하게 대립하고 있었으나, 이미 그녀의 그곳은 자신의 것이 아니었다. 그것은 집요하게 애무하는 그의 혀에 항복이라도 하는 듯 열렸고, 그녀의 등은 흥분으로 활처럼 굽었다. 속으로는 이것은 자기가 바라는 모습이 아니라고 외치면서도 그녀의 손은 캐러덕의 목을 힘껏 부둥켜안았다.

그녀의 뜨거운 숨결은 그에게 더욱 용기를 주었고, 그를 인도하고 유인하고 있었다. 그는 그녀의 그 핑크빛 샘에서 고개를 들었다.

"브레이크 부인, 이제 돌아가셔도 좋습니다."

갑자기 캐러덕의 음성이 들려왔다.

"무슨 뜻이지요?"

질리언이 흥분한 목소리로 물었다.

"다만 당신의 반응을 실험해 본 것뿐입니다. 이것으로 충분합니다."

그가 냉철한 음성으로 말했다.

"지금까지의 과정이 실험에 지나지 않았다는 건가요?"

질리언은 어이가 없었다.

"네, 브레이크 부인. 이제 어서 집으로 돌아가십시오. 원하신다면……."

그는 그녀를 비웃기라도 하는 듯 아직도 팽배한 채 뻗쳐 있는 그것을 앞에 세우고, 그녀의 다음 행동을 기다리고 있었다. 그녀가 무릎을 꿇고 더 계속해 주도록 애원하기를 기다리고 있는 것이다.

질리언도 손을 뻗어 그 오만하게 뻗쳐 있는 물건을 힘껏 잡아 그를 무릎 꿇게 하고 싶었으나, 마음을 돌려 방바닥에 떨어져 있는 팬티를 집어 발을 넣었다. 브래지어도 찾아내 원래의 자리에 걸쳤다. 그리고 다른 옷들도 찾아 처음의 자기 모습으로 만들었다.

질리언이 이러는 동안에 캐러덕은 놀란 시선으로 그녀를 지켜보고 있었다.

"무섭군!"

그가 한마디 뱉았다.

"천만에, 정말로 무서운 것은 당신의 에고예요."

"다시 만날 수 있겠지요?"

그가 물었다.

"글쎄요, 생각해 보구요."

애매한 말 한마디를 남기고 그녀는 곧 돌아섰다.

그녀는 그 후 자신의 말대로 심사숙고 끝에 그를 너댓 번 찾아갔다.

그러나 이 해변가 외딴집에 찾아오는 이유를 설명하기 위해 그너는 어떠한 징당성이나 합리성도 늘어놓지 않았다. 다만 몇 번 찾아왔을 뿐이었다.

캐러덕이 그녀의 알량한 작은 정사에의 효과적인 해독제가 되었기 때문인지도 몰랐다. 또는 앞으로 즐길 새로운 정사에 대비하는 강장제였는지도 모른다.

그러나 일반적인 이유는 두 사람 모두 어느 의미에서는 인생을 포착하기 어려운 진리에 차례차례 도전하는 과학자, 실험가였기 때문인지도 모르는 일이었다.

더욱이 이들 두 사람이 갖는 흥미의 주제는 상통한 것이었다. 캐러덕이 사랑을 테마로 연구를 하고 있었다면, 질리언의 테마는 결혼의 의의에 대한 연구를 한다고 말할 수 있을 것이다.

그러나 두 사람의 관계는 끝나지 않을 수 없었다. 캐러덕과 함께 있으면 공통의 관심사, 섹스, 낡고 반복 없는 신선한 대화를 즐길 수 있었으나, 한편 이런 평범한 교제를 넘어선 묘한 감정을 그녀는 캐러덕에 대해 품기 시작하고 있었다.

겨울이 지나고 봄이 가까워질 무렵, 뜻밖에도 그것이 사랑일지 모른다는 느낌을 그녀는 깨닫게 되었다. 만일 사랑이라면 그녀의 전부가 파괴되는 것이다. 아침의 라디오 쇼는 물론 그녀 자신마저 사회의 뒷골목으로 사라지게 되는 것이다. 그리고 사랑이 아니라면 이 이상 더 쾌락의 모험을 계속할 이유가 없으리라.

6월 초순의 어느날, 조던 캐러덕이 예년의 수렵 여행을 포기해야겠다고 말했을 때, 질리언은 예정된 행동을 취했다. 그와는 이제 선을 긋는 일이었다.

그러나 그 후, 두 사람 사이에 사소한 문제가 발생했다. 조던 캐러덕의 생애를 연구하는 후세의 문학사가들에게는 무상의 보화가 될만한 편지가 질리언에게 날아온 것이다. 봉투의 소인은 해변의 나라 아이티였다.

친애하는 질리!

당신은 킹스 네크에 고양이의 발톱자국을 남겼소. 그 발톱자국은 서서히 확대하여 이웃에 수많은 불행을 가져왔소. 나도 당신과 마찬가지로 그 수를 알고 있소. 당신이 그 수를 자랑삼아 자주 내게 얘기했기 때문이오. 죽은 자, 정신병자가 된 자, 슬픔을 간직한 채 일생을 지내야 할 자, 파멸된 자, 이들은 모두 당신의 무분별한 유희의 희생자가 된 사람들이라 하겠소.

그리고 최후의 희생자가 바로 나였으나, 어느 의미에서는 최초이며 마지막이라 할 수 있을 거요. 내 등장으로 당신 자신의 승리를 비추어 주던 거울도 이제는 산산조각 깨졌기 때문이오. 7년의 저주를 받을지어다. 그러나 이것도 당신의 행적에 비하면 가벼운 형벌이라 하겠소.

이 편지는 내 최후의 메시지이며 당신이 내게 준 역할에의 마지막 향연이라 하겠소. 이 산문적인 편지가 우리 두 사람의 교제에 결별을 고하는 것이겠지만, 그 귀족적인 코에 주름이나 생기지 않도록 바라오. 지금도 나는 당신을 싫증나게 할 용기가 없으니 말이오.

이 편지가 당신에게 씁쓸한 영국 맥주와 비슷하게 느껴질지 모르겠소. 이 편지를 쓰고 있는 옆방에서 나를 기다리고 있는 두 사람의 여성이 있기 때문에 빨리 끝내야 할 것 같소. 한 사람은

귀여운 16세의 블론드 아가씨인데, 이른바 처녀요. 다른 한 사람
은 살쾡이처럼 생긴 니그로, 그 왼쪽 귀만이 처녀라 하겠소.

이곳의 여름밤은 시원스럽소. 이 두 여성과 한 침대에서 뒹굴
면서 같은 행위에 대한 반응을 비교해 보는 것이 지금 내가 즐길
수 있는 약간 점잖지 못한 정사라 하겠소. 이 기묘하고 신선한
놀이를 나는 '죄와 정'이라 이름 붙이고 싶소.

솔직히 말해서 이 편지는 내 진정한 마음의 고백이오. 나는 당
신 앞에 내 자신을 속속들이 노출시켰고, 겨우 최근에 깨달은 사
실들을 침착한 기분으로 인정하기 위해 이 편지를 쓰고 있소.

결국 당신의 최대의 승리—창조적 파괴의 걸작—는 바로 나였
다는 것을 비로소 깨달았소. 아마 당신은 이 사실을 훨씬 전부터
알고 있었을 것이오. 나의 부드럽고 시니컬한 파괴자는 아마 알
고 있었을 거요.

우리들은 두 사람만의 시간을 창조했소. 친애하는 질리, 그렇
지 않소? 마치 여승과 시인처럼 말이오. 나는 당신의 영혼과 계
획도 모두 꿰뚫어 볼 수 있었소.

그러나 내가 그 게임에 참가하지 못할 이유는 없었소. 결국 나
에게는 당신이 가지고 갈, 떼어놓아야 할, 그리고 파괴할 아무것
도 없었던 것이오. 적어도 나는 그렇게 생각하고 당신의 사랑을
그대로 받아들인 것이오. 그리고 당신만큼은 내게는 여신이었소.
작품의 소재를 알려준 여신이었소.

다른 희생자는 문제가 되지 않았소. 당신은 그들을 볼링의 핀
처럼 하나하나 넘어뜨리는 것을 지켜보았을 뿐이오. 폭력배, 타
락한 의사, 갱, 복서, 가벼운 유태인 남자, 미치광이 외설작가, 호

모…… 한마디로 스코어 카드가 없으면 이름조차 기억할 수 없는 소인들 뿐이오.

질리, 당신은 스코어를 기록하고 있었소? 그들을 전부 철저히 불행의 나락으로 몰고 간 당신이었기 때문에 기록하고 있었다 해도 나는 전혀 놀라지 않겠소. 그들은 모두 목말라 고대하던 어린 나무처럼 당신의 섹스란 날카로운 도끼날에 맥없이 쓰러져 갔지만, 캐러덕은ㅡ교외의 세익스피어, 잘못 세상에 태어난 세대의 구세주, 타임지의 표지를 장식하는 반체제주의자ㅡ이 캐러덕만은 그렇지 않았다고 나는 믿고 있소.

그러므로 희생자들이 나타났다가 사라지는 것을 즐기는 당신의 모습을 나는 지켜보고만 있었소. 그래서 하나의 정사가 끝나면 다시 참된 남성을 찾아 즐기면서 끝내는 내게 올 것이라 믿고 나는 당신을 기다리고 있었던 거요. 지구라도 움직일 수 있다고 믿었던 내 마음은 그만 당신에게 어린양처럼 순응했소. 솔직히 고백하지만, 그 마음은 지금도 변함이 없소.

어느날, 난로 앞에 누워 있는 당신의 그 눈부신 피부를 적동색으로 물든이고 당신의 가슴이 마치 저녁놀에 물든 발렌시아 남쪽의 스페인 구릉을 생각나게 했을 때, 당신의 그 샘에는 흐르는 미래를 쉬게 하는 듯한 아늑함이 있었소. 결국 나는 이 남자에게서 저 남자로 옮겨다니는 집시를 여신처럼 받들고 있었던 셈이오. 그 불길 앞에서 성의 유희를 즐기고 그 불길에 두 사람의 체내에 축적한 연료를 불사르면서 창공의 별을 보고 누웠을 때, 내 손가락이 저 별에 닿을까 하고 시험해 보기도 했소.

당신은 담배연기를 내뿜고 있는 내게 미래를 얘기했었소. 그때 나는 내 몸의 불멸을 믿기 시작했소. 위대한 나의 작품. 생명의 정수를 모두 짜내어 영감어린 말로 표현하는 일만큼 위대하고 훌륭한 공헌, 세계에의 유산, 인류에의 선물이 있을까 하고 나는 생각했었던 거요.

그러나 솔직히 당신은 너무나 야비한 여자였소.

당신은 이런 내 말을 듣고 과연 놀랄까? 그렇지는 않으리라 믿소. 저 '빌리와 질리 쇼'란 프로는 그러한 야비성 위에 성립하고 있으니 말이오. 지금이야말로 당신을 놀라게 할 아무것도 없으리라 믿소. 이것은 모두 당신이 계획한 일이었다고 나는 생각하오. 이 못난 나는 당신을 오해하고, 당신의 불멸에의 갈망을 과대평가하고 있던 셈이었소.

내 금발의 검은 정인으로서 나의 영원한 저작에 그 이름을 남겼어야 했을 것을 당신은 기억하고 있소? 21세기의 대학원생이나 학자들이 내 작품을 연구할 때 조던 캐러덕의 『황금의 여신』의 모델을 둘러싸고 각주가 달린 길고 긴 논문을 작성할 것이오.

그러나 나는 당신이 떠나간 지금에 와서야 비로소 깨달았소. 당신은 '빌리와 질리 쇼'의 사회자 질리언 브레이크 부인으로서 염라대왕의 생명록에 기입되는 것으로써 만족하고 있다는 것을 말이오. 태평하게 잠자는 속물 여성에게 행운이 있을지어다! 질리, 만세!

질리, 나는 당신이 떠나간 후 일점, 일획의 글 한 자조차도 쓰지 않았다는 것을 전하고 싶소. 나는 이제 말을 버렸소. 그렇다고 노래를 잃은 나이팅게일은 아니오. 아직도 말을 믿지 않는 인간들에게 남기고 싶은 말은 내가 말을 버림으로써 당신이 최대의 승리를 거두었다는 것을, 당신이 파괴한 어떠한 결혼생활보다도, 당신이 인도한 어떠한 죽음보다도, 당신이 만들어낸 어떠한 결혼생활보다도 훨씬 위대한 승리를 거둔 셈이오.

나는 이 편지를 쓰고 나면 곧 침실로 들어가서 나를 기다리고 있는 처녀와 매춘부를 상대로 이상한 섹스를 익힐 것이오. 그것은 필름과 테이프에 입력되어 나를 연구하는 위대한 자료가 될 것이오. 앞으로도 육필 원고나 사진을 정성껏 계속 연구할 것이지만, 글은 쓰지 않을 작정이오. 절대로 그런 일은 없을 것이오.

내게는 아내가 없었소. 그러므로 당신은 나를 갈기갈기 조각내고 떠났소. 그것은 위대한 일이었소. 당신이 나에 대한 이런 계획을 언제부터 했는지는 모르나, 결과는 완전한 성공이었다는 것을 알리고 싶소.

맥베드는 우리의 잠을 앗아갔지만, 그도 결코 질리의 적수는 못 되었소. 내 사랑하는 질리는 예수를 가해했기 때문이오. 그리고 질리, 당신은 또한 불멸까지도 앗아간 사람이오.

'빌리와 질리 쇼'에서(9월 18일 방송)
질리 "우리들의 쇼도 이번 주로서 여름 휴가에 들어가게 되었어요. 4주간의 휴가예요. 우리 두 사람만의 시간을 갖게 되었어요. 휴가를 끝내고 돌아왔을 때는…… 즐거웠던 추억을 얘기하노록 해요."
빌리 "물론 그래야죠, 질리."
질리 "그리고 이 사실도 청취자 여러분께 알려야 하겠네요. 다음에 여러분이 이 방송을 들으실 무렵에는 맨해튼 한가운데에 짓고 있는 새 아파트로 이사하고 있다는 것을 말이에요."

빌리 "그렇군요. 그렇더라도 라디오를 듣고 계시는 청취자께 약간의 설명을 해드려야 되지 않겠소. 우리들이 시내를 떠나 교외인 킹스 네크로 이사했다고 알린 것이 어제처럼 생각되는데, 벌써 1년이 지났다는 것을 말이오."

질리 "그래요, 약간은 설명이 필요할 거예요. 빌리, 내가 조금만 어려운 말을 쓰면 곧 얼굴을 찡그리는군요. 어쨌든 여러분께 말씀드리는 것이 합당한 거예요."

빌리 "어쨌든 여러분에게 말씀드리고 싶은 것은, 여러 번 말씀드렸지만 이 쇼의 목적은 결혼을 현대생활의 소요 속에서 재인식하자는 것입니다."

질리 "빌리, 아주 좋은 말을 했어요."

빌리 "그를 위해 교외만큼 적당한 장소도 없었다고 생각하오. 우리들 두 사람에게 있어서, 물론 청취자 여러분도 마찬가지겠지만 이 1년은 귀중한 한 해였어요. 실험과 관찰과……."

질리 "네, 옳은 말이에요. 그러나 이 한 해가 또한 밝고 안락한 한 해가 아니었다는 것도 인정하지 않으면 안되리라 믿어요. 실제로 킹스 네크에서 일어난 불행한 사태에 우리들은 동시에 가슴 아파했어요. 결혼생활이 계속 파괴되고 연기처럼 사라지는 등……."

빌리 "너무 문학적인 표현은 삼가는 것이 좋을 것 같소."

질리 "어쨌든 이 근처 일대가 유령의 도시처럼 느껴지는 것을 당신도 인정하지요? 많은 집을 팔려고 내놓았다는 사실 말에요."

빌리 "그렇다고 해서 킹스 네크에서 살았다는 것을 후회하지는 않소. 결혼생활을 왜곡하고 파괴한 갖가지 압력을 연구할 수 있었으니 말이오. 교외가 아니라면 이런 귀한 경험을 설명하기에는 아마 힘들었을 것이오."

질리 "그런데 그 압력이란 것이 퍽 두려운 것이에요. 킹스 네크의 모든 부부들은 어느 의미에서는 서로 떨어져 살고 있다고도 말할 수 있어요. 법률적인 의미의 별거가 아니라, 아침부터 저녁까지의 별거 말이에요. 여러 부인들과 얘기를 나눠보았지만, 그만큼 욕구불만의 여성들이 모여 있는 곳도 드문 것 같았어요. 새로운 자가용, 화려한 풀장을 마련하는 등 물질적인 욕구를 추구하고 있는 그들은 정신적 가치를 간과하고 있는 것처럼 보였어요. 이런 사실이 결혼생활에 미치는 나쁜 영향은 측량하기는 어려운 거예요."

빌리 "그렇다면 우리 두 사람은 행복한 부류에 속하는 것 같소?"

질리 "엄밀히 말해 단순히 행복하다는 것만으로는 충분치 않아요. 결혼에 새로운 샘물을 부어넣기 위해 부부가 함께 노력하지 않으면 안된다고 생각해요."

빌리 "그 생각에도 절대 찬성이오. 그러나 또 한 가지 추가한다면 킹스 네크와 같은 교외에 살고 있는 사람들은 결국 뿌리 없는 화초와 같아서 안정된 생활이 어렵다는 것도 사실이오. 지나치게 전통을 등진 결과 과거 수세대에 걸쳐 주의 깊게 유지되고 전해 온 귀중한 교훈을 자칫 잊기 쉬워요."

질리 "함께 기도하는 가정은 함께 생활한다는 말을 하려는 것은 설마 아니겠지요?"

빌리 "그러나 대개는……."

질리 "결국은 단순하고 기본적인 것이 중요하다는 것은 저도 알고 있어요. 아마 '함께 지내는 가족은 함께 살아남는다' 라고 고치는 것이 보다 적당할지도 몰라요. 일체감이라 하면 낡은 생각으로 여기지만, 이 일체감이야말로 우리들의 생활을 지탱해 온 기초가 아니었나 생각해요."

빌리 "틀림없는 생각이오. 그런데 벌써 시간이 다 된 것 같군요."

질리 "청취자 여러분, 저희들은 새 주소로 옮기지만 4주 후에는 이 스튜디오에 다시 돌아오겠습니다."

빌리 "그때까지 저희들을 잊지 말아 주십시오. 저희도 여러분을 기억하고 있겠습니다."

＊　＊　＊

8월의 호텔

소문난 여자의 남자 이야기

초판인쇄 2016년 6월 25일
초판발행 2016년 6월 30일

지은이 엘리자베스·F·헤일리
옮긴이 홍 석 연
발행처 문 지 사
발행인 홍 철 부

등록일자 1978년 8월 11일
출판등록 제3-50호

주소 서울특별시 은평구 갈현로 312
전화 | 영업부 02)386-8451(代)
　　　편집부 02)386-8452
　　　팩　스 02)386-8453

정가 **14,000**원